殺人依存症

櫛 木 理 宇

幻冬舎文庫

殺人依存症

MURDER
ADDICTION

RIU KUSHIKI

目次

プロローグ

やめてください、の一言が、どうして口からこぼれ出てくれないんだろう――。

血が滲《にじ》むほど、美玖《みく》は下唇を嚙《か》みしめた。

美玖は約五箇月前、明蓮《めいれん》第一高校に入学した。家にもっとも近い駅から、電車で約三十分。普通科の偏差値は六十。数年前にデザインを一新した制服は、グレンチェックのスカートと藤色のリボンタイが「上品だ」と保護者からも好評だ。

合格できて嬉しかった。憧れの制服にも、はじめての電車通学にも胸が躍った。またひとつ大人になれたんだ、と思えた。

――その電車通学に、こんな落とし穴があったなんて。

落とし穴とは、痴漢である。

初登校のその日から、美玖は毎朝、痴漢に悩まされるようになった。美玖だけではない。電車で通っている女子生徒たちは、ほぼ全員が口を揃《そろ》えて、

「ぶっ飛ばしてやりたい」

「学校来るのがいやになる」

と嘆いている。中にはショックと屈辱で泣きじゃくる子や、「体液をかけられた」と目を真っ赤にしてスカートを洗いに行く子もいた。

「あいつら、明蓮一《うち》高の制服を狙ってくるんだよ」

部活の先輩はそう言って唇を曲げた。

「お嬢さま学校だからおとなしくて泣き寝入りする子が多いって、痴漢の間じゃ評判らしいの。どいつもこいつもいい歳《とし》したオヤジのくせして、恥ずかしくないのかな」

まったくだ、と美玖は同意した。

痴漢の八割は美玖の父親と同年代で、父と同じく紺のスーツを着込んだ中年男だった。もしかしたら家には美玖と同い歳の娘がいて、

「勉強はどうだ」

「部活、頑張れよ」と笑顔で肩を叩いているかもしれない。彼らは娘を励ましたその手で、他所《よそ》の女子高生の体を撫《な》でまわし、下着の中まで指を侵入させ、ときには血が出るほど荒あらしくまさぐるのだ。

痴漢に悩まされていると、いまだ美玖は両親に訴えていなかった。

多感な年頃である。性的な事柄について、親と話し合うのは抵抗があった。よけいな心配をかけたくもなかった。クラスメイトたちも同じ意見で、

「一時間早いのに乗るとかして、対処するしかないよね」

「安全ピンで手を刺してやるといいって言うよ」

「先輩たちに自衛方法を教えてもらおう」

と、あくまで「自分たちで対処する」もしくは「我慢する」ほうを選んでいた。

――でも今日の痴漢は、常にも増してひどい。

美玖は奥歯を嚙みしめた。

体を這《は》っている手は、あきらかに複数だった。痴漢に前後左右を囲まれている。彼らの手の動きはよどみがなかった。共謀しているのだ。グループでの痴漢であった。

泣くもんか、と美玖は思った。泣いたらこの変態どもを喜ばせるだけだ、絶対に泣くもんか。

そう決心したそばから、足の間を疼痛《とうつう》が貫く。爪を切っていない不潔な指が、少女の未発達な粘膜をなんの遠慮もなく抉《えぐ》る。

痛い。怖い。声をあげたい。でも、やめてくださいの一言が喉の奥で凍りついている。だって一対四だ。怒らせたらなにをされるかわからない。怖い。

――怖い。

目がうるむ。鼻の奥がつんとする。思わず、嗚咽《おえつ》を洩《も》らしそうになった刹那。

「ちょっとあんたら、なにしてんの！」

女の声が、満員電車の空気を裂いた。

「いい大人が女子高生相手に、よってたかってなんやの。こっちから手ぇ、ばっちり見えてんで。次の駅で駅員呼ぼか？」

女の抑揚には、はっきりと関西訛《なま》りがあった。美玖は顔を上げた。

ドア近くのシートに座る、五十代なかばの女であった。無造作なショートカット。安っぽい長袖ニットとジーンズ。目が細く、頬がふっくらとしたお多福顔だ。膝に抱えた安っぽいバッグから、マシュマロの徳用袋を覗《のぞ》かせている。

美玖の体から、力が抜けた。

この人知ってる――。そう思った。この時間帯の車両で、以前にも二、三度見かけたことがある。

顔も服装も、ごく平凡である。なのに覚えていたのは、女がいつも同じシートを陣取り、降りるまで決まってお菓子を食べつづけていたせいだ。

あるときはクリームを挟んだビスケット。あるときはクッキー。またあるときはチョコレートパイ。

そのたび「満員電車でものを食べるなんて」と美玖は鼻白んだものだ。マナーがなってない。甘ったるい匂いで、気分が悪くなる乗客だっているのに——と。

しかしいま痴漢を糾弾してくれているのは、その〝非常識な女〟であった。逆に〝常識的〟だったはずの乗客たちは、われ関せずと無言で顔をそむけている。

美玖の視界が、涙でぼやけた。安堵《あんど》の涙であった。声を上げてくれる人が、一人でもいるという事実が嬉しかった。

だが背中の後ろで、

「はあ？　なに言いがかり付けてんだ、ババア」

と痴漢の一人が声を張りあげた。

「人を痴漢呼ばわりすんのか。なんの証拠があってほざいてやがる。てめぇの股が干上がって、触ってもらえないからって妄想かましてんじゃねえぞ」

怒気のこもった声だった。ふたたび美玖の体がすくむ。恐怖で身が縮まる。

しかし女は眉ひとつ動かさなかった。

「はあ？　あんたみたいな不細工に触ってもらいたがる女なんて、この世にいいひんわ」

臆せず、そう言いはなつ。

「見てみ、その子。泣いたぁるやないの。あんたが不細工な上、へったくそな証拠や。へたくそには女の体をいじくる資格はないねんで。風俗行って、お銭《ぜぜ》払《はろ》うて修行してこんかい」

「なんだと！」

「あら怒った。へたくその図星突いてもうて、ごめんなさいね。おお怖《こ》わ、ほんまのこと言われて逆ギレするその顔、おお怖わ」

わざと目を剝《む》いて、大げさに身を震わせる。

誰かがぷっと噴き出すのが聞こえた。車両の中で、あちこちから低い笑いが次第に伝播《でんぱ》していく。……くすくす。ぷっ、くすくす……。

背後の男が、舌打ちするのが聞こえた。数度舌打ちしたあと、不服そうに黙りこむ。美玖の体にたかっていた複数の手は、いつの間にか離れていた。

「よっこらしょお」大声で言って、女が立ちあがる。

「ちょっとごめん、ごめんなさいねえ」

人波をかき分けて、彼女は美玖の手をとった。

「お嬢さん、次の駅で降りましょ」

「え？　でも、学校……」

「あかんあかん。あんた、ひどい顔しとるよ。そんな顔じゃ学校なんて行かれへん。どないする。警察行く？」

「あ……いえ」

美玖は涙ぐみながら、首を横に振った。大ごとにしたくなかった。

ぷしゅう、と音をたててドアがひらく。たったいまの痴漢騒ぎなど忘れたように、乗客たちがひとかたまりに降りていく。

女に手をとられたまま、美玖は流れに押し出されるように電車を降りた。

「あ、あの……」

「どっか座れるとこで、いったん落ちついたほうがええね」

女が微笑《ほほえ》んだ。造作に似合わぬ、欧米人ばりのきれいな歯並びだ。吐く息は、マシュマロの甘い香りがした。

「改札出てちょい歩いたとこにほら、ええとあれや、スタバ。スタバがあるやん。な、あそこでなんやらマキアートだかラテだか飲んでいきましょ。あったかくて甘いもんには、人を安心さす効果があるねんで」

二人は駅ビル内のスターバックスに入った。

女はホワイトモカにキャラメルシロップとチョコレートソースを追加し、「同じものを」と美玖にも奢《おご》ってくれた。

糖分たっぷりの温かいモカを啜《すす》るうち、美玖の心はすこしずつ落ちついてきた。動悸《どうき》がおさまり、拭えど拭えど溢《あふ》れてきた涙も、ようやく止まった。

「親御さんに迎えに来てもらったほうがええね」

女が静かに言った。

「電話して、お父さんかお母さんに来てもらわんと」

「いいえ。うち、共働きなんで無理です」

美玖はかぶりを振った。

「父も母も仕事中だから……。大丈夫です、一人で帰れます」

「そんな。こないなときくらい、甘えたってええんちゃう」

「いいえ、いいんです。この時間帯、反対方向の電車なら空いていますし」

かたくなに言い張る美玖に、「しゃあないな」女が大きなため息をついた。

「しゃあない。ほな、送ったげるわ」

「え？」

「うちの亭主がな、いつも駅まで迎えに来てくれるんよ。ほんまはふたつ先の駅で降りる予定やってんけど、まあこの程度の距離やったら旦那も文句言わんやろ。メールしてみるから、ちょい待っとき」

いまどき珍しい折りたたみ式の携帯電話をひらくと、女はメールを打ちはじめた。

三十分後、美玖はスターバックスを出て、女とともに中央口の駐車場前に立っていた。

「あ、あの白いワゴンや。お父さーん、こっちこっち」

女が手を振る。その動きにつられるように、手前から二列目に駐車していた大きなワゴン車が発進し、場内を一回りして二人の前に停《と》まった。

「お父さん、ごめんなあ」

女が助手席のドアを開ける。美玖を振りかえり、

「あ、これ、うちのお父さん。やくざみたいな顔しとるやろ？　せやけど、中身はそう捨てたもんやないねんで。それなりにええ人やから、安心してな」

と紹介してから、自分の言葉に声を上げて笑う。

運転席には、なるほど人相のよろしくない中年男が座っていた。猪首《いくび》で、額が禿《は》げあがっている。真正面を見てハンドルを握ったまま、男は美玖にかるく会釈した。慌てて美玖も頭を下げかえした。

「ほら、乗って乗って」

女が助手席シートに片膝をかけ、肩越しに美玖をうながす。

「はい」

うなずいて、美玖はおずおずと後部座席のドアを開けた。窓の前面にスモークフィルムが貼られたドアだ。そのせいか、中はひどく薄暗かった。

ふいに背中をとん、と押された。

中へ体がのめる。背後で、ドアが閉まった。

女がドアを閉めたのだ。そう気づく前に、美玖の口を汗ばんだ掌《てのひら》が覆った。

ワゴンは三列シートタイプで、二列目と三列目はすでに倒されフラットになっていた。その上に、複数の男たちがうずくまっている。

美玖は酸《す》い悪臭を嗅いだ。一瞬にして、体が恐怖にすくむ。

悪臭は、男たちの汗の臭いだった。

車内には饐《す》えたような獣臭と、体熱とがこもっていた。男たちの目が鈍く光っている。全身の毛穴から立ちのぼる、むっとするような害意が嗅ぎとれた。

これから自分の身に起こることを、美玖は悟った。悟らざるを得なかった。悲鳴を上げたかった。しかし声は、湿った掌の下で凍りついていた。

怖い。恐ろしい。彼らを怒らせたら、なにをされるかわからない。いやもしかしたら、怒らせなくとも――。

「すぐには、殺さないで」

女の声が聞こえた。

完全に標準語のイントネーションだ。訛りの気配すらなかった。

「わかってるって」

美玖にのしかかる男が、低く応《いら》える。

美玖は瞠目《どうもく》した。この声。さっき、女に「なに言いがかり付けてんだ、ババア」と怒鳴った声だ。

つづいて体を這いまわりはじめる、複数の手。荒れた掌の感触。酸い体臭。粘《ねば》っこい指の動き。

間違いない。さっきの痴漢たちであった。

――全員、共謀《ぐる》だった。

悟ったときには、とうに遅かった。

ワゴンが発進する。女がグローブボックスを開け、中からチョコレート菓子の徳用袋を引っぱり出す。

しかし美玖がそれを目にすることはない。少女は早くもフラットにした座席の上にねじ伏せられ、力任せに仰向かされていた。その耳にはもはや、なにものも届かない。

菓子をひとつ口に放りこみ、女は言った。

「――楽しませて」

駐車場を出ると、信号はちょうど青だった。

ハンドルを握る男が、左にウィンカーを出す。悲鳴をエンジン音がかき消す。白のワゴンは滑らかに、迷いなく郊外に向かって走った。

第一章

1

「……うわ、ひでえなあ」

眼前に横たわる遺体に、制服姿の巡査がつぶやきを落とす。

「まったくだ」と、浦杉克嗣《うらすぎかつし》は内心でひそかに同意した。

まだ初秋だというのに、夜の河川敷はひどく肌寒かった。

川から吹きつける風が、体を芯まで冷えさせる。向こう岸に瞬くパチンコ屋やファミレスの灯《あか》りさえ、奇妙に寒ざむしく映る。下流の水面は真っ黒くよどんで、重油を流したようにぬめっていた。

浦杉が到着したとき、現場はすでに規制線が張られ、イエローテープで区切られていた。テープの向こうでは鑑識課員とともに機動捜査隊員や警官が忙しく立ち働き、手前の道脇に並ぶパトカーが赤色警光灯を派手に回転させている。

「ウラさん」

片手を上げて走り寄ってきたのは、堤《つつみ》だった。浦杉と同じく、荒川署の捜査一係の捜査員である。

「おう、ご苦労。真っ先に現場到着《ゲンチャク》したのはおまえだってな」

「そうです。コンビニ強盗の捜査を終えてパトカー《PC》で戻る途中、無線連絡を受けました。鑑識と機動捜査隊《キソウ》に臨場を要請したのもぼくです」

学生と言っても通るだろう童顔を強張《こわば》らせた堤は、いまにも敬礼せんばかりだ。

浦杉は遺体から目をそらして問うた。

「マル害の所持品は？　身元は割れているのか」

「明蓮第一高校指定のスクールバッグが川に浮いているのを、交番勤務の巡査が発見し、確保しました」

きびきびと堤が答える。

「バッグの中身は文具、教科書、財布、小物ポーチなどです。ポーチの中からスマートフォンと学生証を発見。学生証によればマル害は明蓮第一高校一年生、小湊美玖《こみなとみく》。中野区在住の満十五歳です。行方不明者届が出されていないか、現在中野署に確認中です」

「スマホのデータはどうだ」

「水没したせいか、電源が入りません。しかし解析課ならデータ復旧できるかと」

「そうか」

首肯して、浦杉はふたたび遺体に目を落とした。

覚悟を決めて、まともに顔を注視する。

あのときから、未成年の――子供の遺体を正視するのがつらくなった。六年経っても、痛みはすこしも薄れてくれない。むしろ強まるばかりだ。

遺体は上半身にブラウスだけを着け、下肢は剝き出しだった。ブラウスはボタンのほとんどが千切れ、前がはだけている。未発達な乳房と、まだ生え揃わない陰毛が無残だ。左足のみ、足首までのソックスを履いていた。

右乳房の下と脇腹に、深い刺創が見てとれた。また下腹部に、×字の切創がいくつか刻まれている。こちらは浅いなぶり傷であった。

顔面は殴打で腫れあがっていた。裂けた唇の隙間から覗く前歯が、一本折れていた。口腔《こうくう》を検《あらた》めれば、おそらく奥歯も何本か失われているだろう。一目でわかるほど、激しい殴打痕だった。

なぶられた痕は、ほかにもあった。右手の中指と薬指、左手の人差し指と中指と小指が折られ、各々ばらばらの方向を指している。右の乳首が切り落とされている。

髪を汚しているのは少女自身の嘔吐物《おうと》だろうか。腹部は黒と紫のまだらな痣《あざ》に覆われ、ぶよぶよと膨れあがっていた。殴打で内臓が損傷している証拠だ。そして、白い頸部《けいぶ》に索溝《さっこう》がある。

――死因は刺された失血か、もしくは窒息。いや、激しい殴打による外傷性ショック死もあり得るな。

浦杉は遺体にかがみこんだ。

むろんハンカチを口に当てておくのは忘れない。半分は汗や皮脂などで遺体への汚染を防ぐためで、もう半分は臭いを防ぐためである。人間は死ぬと、あっという間に臭くなる。死臭への忌避本能は、慣れでそう克服できるものではない。

浦杉は目を閉じ、片手で遺体を拝んだ。

――十五歳。娘の架乃《かの》とふたつ違いか。

ふたたび胸が痛んだ。錐《きり》を刺しこんだような、瞬間的だが鋭い痛みだった。

架乃は確か、高校三年に進級したはずだ。しかしいま何組なのか、まだ部活をつづけているかもわからない。なぜって、もう二年以上会えていないからだ。そして同じく妻とも――。

「ウラさん。足跡《ゲソ》と微物の採取、終わりました」

鑑識課員と話していた堤が戻ってきた。

「死亡推定時刻は、直腸温からして八時間から十時間ほど前だそうです。眼瞼《がんけん》と眼球結膜に溢血点《いっけつてん》あり。直接の死因は絞殺《こうさつ》でしょうかね。もちろん検視結果を見なけりゃ、正確なところはわかりませんが」

「第一発見者は?」

「近所に住む主婦です。草むらの間から白い足が見えたので、近寄ってみたら死体だったと供述しています」

堤の説明はよどみなかった。

「その時点で、すでに死体は臭っていたようですね。ありがたいことに、遺体から走って逃げたのちに吐いてくれました。貧血を起こしたため、現在はパトカーの横で休んでいます」

親指で、回転する赤色警光灯を示す。

白黒ツートンの車体にもたれるようにして座っているのは、三十代なかばの女だった。夜目にもはっきりと顔いろが悪い。掌で口を押さえている。

「アルバイトでメール便の配達をしているんだそうです。証言に整合性があり、いまのところあやしい点はありません。不審な人物や車両については、『たぶん見なかった』『車にくわしくないので、よくわからない。でも印象に残るような動きの車はなかったと思う』とのことです」

「そうか」

ご苦労――とふたたび浦杉が言いかけたとき、道沿いに連なるパトカーの後ろにアコードが停まった。荒川署の捜査車両だ。

後部座席のドアが開く。降り立った恰幅《かっぷく》のいい男が、浦杉を見つけて片手を挙げた。小田《お だ》嶋《じま》係長だった。浦杉たちの直属の上司である。

現場に出たがらないお飾り係長も多いが、小田嶋はその限りではない。いかにも叩き上げらしい、勤勉実直な警部補どのであった。

「おう浦杉、堤。ご苦労さん。女子高生の殺しだそうだな。署長には話を通しといたから、おっつけ本庁《ホンテン》から応援が来るだろう。捜査本部――いや、ひさしぶりに特捜本部の設置だ。いまのうちに会議室を空けとかにゃいかんな」

係長が早口で言った。

殺人事件が起これば、捜査本部は所轄署に設置されるのが定石だ。さらにただの殺しではなく、『連続』『凶悪』『重大』が付く事件の場合は、特別捜査本部となる。

――そして今回の殺しは、間違いなく「凶悪」だ。

「あーあ。まだ子供じゃねえか。可哀想に」

小田嶋係長が、遺体にしゃがみこんで合掌した。

「こないだまでランドセル背負ってたような子に、よくこんな真似する気になるよな。なんにしたっておれは、子供が死ぬ事件は――。あ、すまん」

係長が慌てたように口をつぐむ。

浦杉は聞こえなかったふりをした。意思の力で頬の筋肉を保ち、

「本庁からは、誰が来ますかね」

と目をそらして尋ねた。さいわい声は、震えずにいてくれた。

ほっとしたように係長が答える。

「ああ、いま捜査一課《ソウイチ》で体が空いてるのは、合田《ゴウ》さんとこくらいだろう。合田《ごうだ》班なら気心も知れているし、悪かあないさ」

「……ですね」浦杉は同意した。

合田警部が捜査主任官ならば、動きづらい特捜本部《チヨウバ》にはならないはずだ。となると、浦杉が組む相手は誰だろう。すでに何度か組んだ捜査員か、それとも若手の面倒を押しつけられる羽目になるか――。

浦杉は腰を伸ばし、現場を見まわした。

鑑識課員がしきりに焚《た》くカメラのフラッシュが、目の奥につんと染《し》みた。

2

二時間を超える長い捜査会議が終わった。

特捜本部がひらかれた場所は、小田嶋係長が予言したとおり荒川署の会議室だ。折りたたみ式の長机に着いていた捜査員たちが、ある者は弾《はじ》かれたように、ある者はゆったりと余裕を持って立ちあがる。後者に属すうちの一人が、

「浦杉さん」

とバリトンの声で近づいてきた。

警視庁捜査一課合田班の捜査員、高比良《たかひら》であった。

とっくに三十の坂を越えたはずだが、二十代なかばとしか見えない。すらりと長身で、歌舞伎役者のような色男だ。色白のおっとりした容貌に似合って、本庁の刑事部には珍しく腰の低い男である。

「主任官から、今回も浦杉さんと組めと言われています」

「へえ」浦杉はすこし驚いた。

だがけして迷惑ではなかった。高比良は見かけによらず、なかなかの切れ者だ。新入りの

お守《もり》をさせられずに済んだのもありがたい。

なにより嬉しいのは、高比良が煙草を吸わないことである。嫌煙・分煙社会になって久しいが、警察という男社会では、まだまだ喫煙者が格段に幅をきかせている。かつては浦杉もそのうちの一人だった。しかし例の事件をきっかけに、すっぱりと禁煙した。

――あれ以来、煙草がまずくてたまらなくなった。

代わりに酒量は上がったが……と、苦い思いを胸の底で嚙み殺す。

「いやな事件ですね」高比良が言った。

「ああ」

浦杉は首肯した。

かろうじて残った歯の治療痕で、被害者は小湊美玖本人と確定した。

死因はやはり、頸部を紐《ひも》状のもので絞めた扼殺《やくさつ》であった。体の切創および刺創のほとんどには生活反応が見られ、生前に負わされたものだと判明した。つまり、意識があるうちにそうとういたぶられたのだ。

また激しい殴打により、肋骨《ろっこつ》のうち三本を骨折。六本の歯が折れ、うち二本は歯根が歯茎と口腔粘膜に突き刺さっていた。肝臓と脾臓《ひぞう》が破裂していた。

繰りかえし性的暴行されており、膣《ちつ》と肛門に著しい裂傷。なお被害者は、正真正銘の処女であった。

体内から体液は検出されなかった。ただし髪に唾液が付着していた。累犯者データベースとDNA型を照合したものの、一人も符合せず。死亡推定時刻は九月二十二日の午前零時から午前二時の間だった。

両親は、十九日の夜に行方不明者届を出していた。そうして遺体が河川敷で発見されたのは、二十二日の午後八時である。

小湊美玖は十九日の朝には登校していない。おそらく道中で、なんらかのトラブルがあったものと見られている。ふだんは自宅から最寄りの駅まで自転車で約十分。中央・総武線から新宿で山手線に乗り換え、品川駅で降りて、明蓮第一高校まで徒歩四分の距離を通っていたという。

Ｓｕｉｃａの履歴によれば、美玖は失踪当日、目黒駅で降車していた。

降車の理由は不明だ。具合でも悪くなったか、知人に会ったか、はたまたもっとほかの突発的事項に見舞われたか――。

「変質者による、行きずりの犯行ですかね」高比良が言う。

「かもな」

浦杉は相槌《あいづち》を打った。

「両親によれば、マル害はいたって真面目な少女だったそうです。対人関係に問題はなし。中学時代からバスケットに打ちこんできた、ごく普通の少女だったと」

「……親の言うことだからな、当てにはならんさ」

低い声が洩れた。

「わが子の行動を、すべて把握している親なぞいない」

そうだ、親の考えなど参考にならない。わが子の行動を逐一把握しきれはしない。なぜっておれ自身が――。

無意識にかぶりを振りそうになり、意思の力でこらえる。

高比良は六年前のあの事件を知らない。知らないはずだ。高比良とバディを組んだのは、せいぜいここ二、三年だ。

「さて、……おれとあんたで組むとなると、いつもどおり役目は敷鑑だろうな」

わざとらしく、浦杉は伸びをした。

「すまんが、その前に五分だけアパートに寄っていいか。しばらくは忙しくなる。帰りも遅くなるだろう。大家がうるさいんで、挨拶だけでもしておきたいんだ」

合田主任官の命は予想どおり、

「高比良と浦杉は、敷鑑にまわれ」

であった。

特捜本部の看板『荒川女子高生殺人死体遺棄事件特別捜査本部』の文字は、署長みずから筆をふるった。墨痕淋漓《ぼっこんりんり》たる看板は、荒川署会議室の入り口に貼り出された。

副本部長には、同じく署長が任命された。

捜査本部長は規定どおり本庁の刑事部長が就いた。まだ二十八歳の、押しも押されもせぬ東大出のキャリアである。だが合田によれば、「気のいいお殿さまだ。下じものことにはうるさく口を出さねえ、扱いやすい部長だ」そうである。

「すまんな。さっきも言ったように、五分だけ」

捜査にまわる前、浦杉はあらためて高比良にことわり、荒川署から徒歩十分の自宅アパートに寄らせてもらった。

昭和末期に建ったという、木造二階建てのアパートである。外観は「古びた」を通り越し、いまや「汚らしい」の域に入っている。外階段は赤錆《あかさび》にまみれ、もとは白かったのだろう壁も黄ばんだ灰いろにくすんでいる。

浦杉が住む部屋は、二階の二〇四号室だった。

とはいえ彼の住民票に登録された住所は、この部屋ではない。住民票上の住所は南千住《みなみせんじゅ》にあるマンションで、そこには妻と娘の架乃が住んでいる。マンションは南東向きのベランダ付き3LDK。かたやこのアパートは、1Kのみの安物件だ。

妻子と仲たがいしたのではない。

彼女たちに「出て行ってくれ」と乞われたわけでもなかった。

――おれが、耐えきれなかっただけだ。

あの空気に。重くのしかかる悲哀と悔恨に。

このアパートに入居して、すでに二年以上経つ。しかし浦杉の部屋に、生活感はまるでなかった。家電は冷蔵庫とテレビ。単機能レンジのみ。板張りの床に敷かれた万年床と、量販店で買ったロウテーブルがかろうじて生活感を醸しだしている。

食事はコンビニと弁当屋に頼りきりだった。シャツはすべて形状記憶加工タイプに替えた。スーツも然《しか》りで、いまは三着を代わる代わる着まわしている。ネクタイにいたっては、紺と臙脂《えんじ》の二本しかない。

かろうじてユニットバスではないが、シャワーしか使っていない浴室は黒黴《くろかび》だらけで、最後に掃除したのがいつかも思い出せないほどだ。退去するときは敷金が戻るどころか、クリーニング費用をたんまり取られるだろう。

浦杉は手早くシャツと靴下を替えた。

そして、テーブルのメモ帳に短い文章を書きつけた。

——しばらく帰りが遅いです。部屋には、好きに出入りしていい。

高比良に言った言葉は嘘《うそ》だ。大家に渡すメモではなかった。部屋を出て、浦杉は隣室の新聞受けにメモを挿しこんだ。

二〇三号室のドア横には『加藤《かとう》』と手書きの表札が出ている。厚紙に油性ペンで書きなぐった雑な字だ。浦杉自身の筆であった。

——女所帯だと宣言するような表札は、防犯上お勧めできない。

そうアドバイスしたついでに、頼まれて書いた二文字だった。厚紙の裏を返せば、住人本人の繊細な筆跡が現れるはずだ。『加藤一美《かずみ》　亜結《あゆ》』と。

浦杉は外階段を駆け下りた。電柱の脇で待っていた高比良を、片手で拝む。

「悪い。待たせたな、行こう」

近くで咲いているらしい薄黄木犀《うすぎもくせい》が、甘く匂った。

3

山手線から中央・総武線に乗り換え、二人はまず小湊家に向かった。

東中野駅から、バスで十分弱の距離に建つ賃貸マンションである。その三階に、小湊美玖は両親と弟とともに住んでいた。

父親は繊維加工会社の課長補佐だという。母親はパートの主婦で、弟はまだ小学四年生であった。

浦杉と高比良を出迎えたのは、父親一人だった。

「妻は、その……精神的に参ってしまいまして、いまは立川の実家に帰しています。息子も一緒に行かせたかったんですが、学校を休みたくないと言うもので……。姉が死んだということが、まだ、ぴんと来ていないようです」

父親は、言葉が喉につかえたような話しかたをした。

実感がないのは彼も同じだろう、と浦杉は考えた。無精髭《ぶしょうひげ》に埋もれた頬の筋肉が、弛緩《しかん》している。いまだ呆然《ぼうぜん》としている証《あかし》だ。突然襲った悲運を、いまだ受け入れられずにいるのだ。

気持ちは痛いほどわかる。わが子の死を簡単に受け入れられる親などいない。

陳腐な言いまわしだが、親はみな「うちの子に限って」と思っている。わが子はずっと幸福に平穏に暮らしていくものだと、なんの根拠もなく信じている。些細《ささい》なつまずきはあれど、大きな災厄になど見舞われまいとたかをくくっている。

だがある日、彼らは気づかされるのだ。この世に例外はないと。誰しも足もとに、ぽっかりと黒い陥穽《かんせい》がひらく瞬間がある。わが子だけが、災厄から逃れられるはずはなかったのだと——。

「娘さんについて、いくつかご質問させてください」

高比良の声で、浦杉はわれに返った。

いかん、と急いで顔を引き締める。自分の思いに沈みかけていたと、父親に気取られなかっただろうか。

眼前の父親をあらためて見つめた。しかし彼は、やはり緩んだ表情で立ちつくしていた。

「ああ、いまお茶を……。カップはどこだったかな」

「おかまいなく」

「ひとまず座りましょう。小湊さん」

うながして、三人はリヴィングのソファに腰を下ろした。

ソファセットの正面には大きなテレビがあった。ロウボードには特撮ヒーロー映画や、女性アイドルグループのライヴDVDが並んでいる。ボードの横には、アニメのキャラクターシールを剝がしそこねた跡が残っていた。娘の架乃も、かつて好んだキャラクターであった。

「——美玖さんの、当日の足取りを追っています」

浦杉は切り出した。

「失踪した十九日、美玖さんは学校に姿を見せていません。誰かと会うと言っていませんでしたか。たとえば最近知り合った誰かと、駅で待ち合わせをしているだとか」

「いえ、なにも」

父親は首を横に振った。

「入学して、半年足らずでした。最近知り合った誰かと言われても……」

「では、進学によって別れた元同級生はどうです。校外で会う約束をする可能性のある相手に、お心当たりは？」

「ない……と思います」

やはり父親は否定した。

「美玖は小学生の頃から、バスケットに打ちこんでいました。中学時代の友達も、バスケ部の子ばかりです。明蓮一高は朝練禁止なので、『ほかの高校に進んだ子たちはいまでも五時起きなのに、自分だけ楽してるみたいで落ちつかない』とぼやいていました。だから中学以前の友達が、美玖と朝に会う余裕はなかったと思います」

「そうですか」

浦杉はうなずいた。

証言に矛盾はない。美玖のスマートフォンを情報技術解析課がデータ復元したが、とくに誰かと待ち合わせした履歴はなかった。

ＬＩＮＥもメールも、たわいない内容ばかりだった。バスケの話。女性アイドルグループの話。クラスメイトがああしたこうしたの噂《うわさ》話。異性の話題は皆無だった。十五歳にしては幼いな、と感じたほどだ。

「では、ＳＮＳはどうです」

高比良が問う。

「美玖さんはＴｉｋＴｏｋとインスタグラムのアカウントを持っていました。ＳＮＳで知り合った相手について、話題にのぼったことは？　会いたいだとか、会ってみたいと話していませんでしたか」

「あり得ません。うちの子は、それほど馬鹿じゃないですよ」

父親の声がはっきり尖《とが》った。

「ネットで知り合った赤の他人と、親に内緒で会うような子じゃない。まさかそんな——。ああそうだ、こっちにも通信履歴があります」

憤然と立ちあがり、キッチンに向かう。

約一分後、父親はノートパソコンを小脇に抱えて戻ってきた。

「わが家共有のノートです。美玖もよく使っていました。TikTokにもインスタにも、ここからログインしていましたよ。どうぞ確認してください」

「失礼します」

一礼して、浦杉はパソコンのモニタを覗きこんだ。

ブラウザの左横にブックマークが表示されている。【miku_39】のフォルダに、同名義のTikTokとインスタグラムのアカウントが収納されていた。

「パスワードは？」

「デスクトップのメモ帳にありますよ。ほら」

指されるがまま、【Password】の文書をダブルクリックしてひらく。家族全員のアカウントIDとパスワードが保存されていた。驚くべき無防備さだ。とはいえ一般家庭は、こんなものなのかもしれない。

浦杉は【miku_39】のインスタグラムにログインした。

途端、花が咲いたような笑顔が目を射る。

生前の小湊美玖だった。思わず浦杉は眉根を寄せそうになった。一瞬、正視しかねたのだ。

しかし無表情を保ち、記事を順に確認していく。

最新の記事は級友たちと撮った画像だった。全員が女子生徒で、美玖と雰囲気が似ている。

よく言えば素朴。悪く言えば子供っぽくて垢抜《あかぬ》けない。

次の画像は部活のジャージ姿だった。次はマクドナルドのダブルチーズバーガーとコーヒーの画像である。友人と下校途中に立ち寄って食べたらしい。さらに次は、新品のスニーカーだ。

浦杉はダイレクトメッセージを確認した。ざっと見たところ、あやしいメッセージはない。

ストーリーズ動画は、当然ながら二十四時間を過ぎており消えていた。

つづいてＴｉｋＴｏｋのアカウントを調べる。こちらにも、とくに不審な点はないようだった。だが断言はできない。浦杉も高比良も、ＩＴ関連はさほどくわしくない。

「こちら、しばらくお借りしていいですか」

浦杉はノートパソコンを指した。

「本庁の解析課に、一度渡しておきたいんです。必ずお返しします」

「どうぞ。好きにしてください」

父親が投げ出すように言う。

「なんでも調べてくれてかまいませんよ。……うちの子に、やましいことなんかひとつもありやしませんからね」

強気な台詞《せりふ》だった。しかし、語尾が震えた。気づかなかったふりをして、浦杉はノートパソコンを高比良に手渡した。

「お預かりします。では次に、美玖さんと一番親しかった友人の名前を教えてもらえますか」

「友人?……それこそ、SNSを確認すれば早いのでは?」

「いえ。ご本人の口から多く出ていた名前を知りたいんです」

父親は「妻のほうがくわしいと思いますが……」と渋りながらも、つっかえつっかえ五人の名を挙げた。

浦杉はつづけて美玖と教師との関係、先輩後輩間の関係、部活内での軋轢《あつれき》はなかったかを尋ねた。そして、

「最後にお訊《き》きします。小湊さん、もしくは奥さんに恨みを抱く人間にお心当たりは?」

と切り出した。

父親の顔が、目に見えて強張る。

「わたしどものせいだ、と言いたいんですか」

「そうは言っていません。われわれは、あらゆる可能性を想定して潰していかなければならないんです。それだけです」

横から高比良が口添えした。しかし父親は不愉快そうに顔をそむけ、

「ありませんよ。あるわけがない」

と吐き捨てた。

「――真面目に、生きてきたんだ。そりゃあ、あんたらから見たら、たいした暮らしじゃないでしょう。このマンションだって賃貸だ。でも娘に恵まれて、親に似ず出来のいい子で、さいわい息子も生まれて……。幸せだったんだ。確かに子供たちに贅沢《ぜいたく》はさせてやれない。高い塾にも行かせてやれなかった……。なのに、自分の力でいい高校に受かってくれて、なんて親孝行な子だと……」

口もとが無残に痙攣《けいれん》した。

「これからあの子は、いろんなことを、たくさん知っていくはずだった。大人になって、幸せになるはずだった。頑張り屋の、やさしい子だった。幸せにならなきゃいけない子だった。それが――こんな、こんな……」

――こんな。

父親は絶句した。両手で顔を覆う。指の間から、低い啼泣《ていきゅう》が洩れた。

――ここまでだな。

浦杉は思った。

今日は、これ以上の証言は引き出せそうにない。追って母親からも話を聞かねばならないが、すこし間を置くべきだろう。

礼を告げて立ちあがろうとした刹那、

「ただいまあ」

少年の声とともに、玄関ドアの閉まる音がした。

父親が腰を浮かす。どうやら、美玖の弟が小学校から帰ってきたらしい。

「ねえお父さん、誰か来て――」

来てるの、と尋ねかけた声は途中で消えた。居間に飛びこんだ瞬間、浦杉たちを目にしたせいだ。

よく陽焼けした少年だった。きかん気そうな太い眉を除けば、美玖によく似ていた。浦杉と高比良を、無遠慮にじろじろと上から下まで見さだめる。

「あのな、柊斗《しゅうと》。こちらは」

「警察の人？」

父親の声をさえぎって、少年はなおも浦杉たちを睨《ね》めまわす。

浦杉を見つめ、父親は首を横に振ってみせた。息子にまで探りを入れないでくれ、これ以上子供を苦しめないでくれ――と、その瞳が雄弁に語っていた。

「出なおすか」

「ええ」

高比良とうなずき合う。

ごり押しして粘ったところで益はない。被害者遺族が相手ならばなおさらだ。よほどの疑惑か手ごたえがない限り、遺族とは信頼関係を結んでいくのがベターであった。

「では、本日はこれで。お時間を割いてくださってありがとうございます」

頭を下げたそのとき。横から袖を引かれた。

視線を落とす。小湊柊斗だ。浦杉の袖を、皺《しわ》が寄るほどきつく握っていた。

「お姉ちゃんの、捜査に来たんでしょ？」

硬い声だった。

「柊斗くん？」

「……おれ知ってる。お姉ちゃん、学校に行くのいやがってたよ」

かたわらで高比良が息を呑《の》むのがわかった。浦杉は素早く父親に目線をやった。だが反応できずにいるらしく、息子をたしなめる気配はない。

浦杉は膝を折り、かがみこんで柊斗と目線を合わせた。

「ありがとう柊斗くん。ということは、お姉ちゃんは入学した学校に馴染《なじ》めていなかったのかな？　クラスかバスケット部に、誰かいやな人でもいたんだろうか。お姉ちゃんから、なにか聞いていたのかい？」

「違うよ」

焦《じ》れたように、柊斗は顔をしかめた。

「違う、そうじゃない。学校がいやだったんじゃない。お姉ちゃんは、〝学校に行く〟のがいやだったんだ」

「それはどういう意味？」

「知らないよ」

柊斗は口を尖らせた。その目に、ゆっくりと涙の膜が盛りあがっていく。

「お姉ちゃん、おれに話してくれなかったもん。……おじさんたちは刑事なんだろ。だったら、おじさんたちが調べてよ。……おれ、ガキじゃないからわかってる……。お姉ちゃんとは二度としゃべれないし、もう、なにも訊けない」

4

つづいて浦杉と高比良は、小湊美玖の中学時代の友人たちと会った。

女子バスケの強豪校に進んだという二人は、目を真っ赤に泣き腫らしていた。

「誰かに恨まれるような子じゃありません」

彼女たちは口を揃えて証言した。

「初恋もまだな、奥手な子でした。女性アイドルグループが好きで、男性アイドルには、興味ないって……。じゃあ誰がタイプなのって訊いたら、漫画のキャラクターを答えました。そういう子なんです」

「いつも、すごく真面目でした。バスケのポジションはずっとPGです。全体の動きを見て、パスをまわす役目なんです。責任感が強くて、三年次は副キャプテンでした」

次に、文京区の私立高校へ進学した三人に会う。同じくまぶたを腫らしていたものの、彼女たちは前の二人よりやや冷静だった。

「確かに、美玖は真面目な子でした。たまに、ちょっと真面目すぎるくらいで」

「はい。だからこそ、人と衝突することも……あったかもしれません」

「たとえばどんな？」

浦杉が水を向けると、

「これ、わたしが言ったって、内緒にしてくださいね」

少女の一人が声を低めた。

「中学のときのコーチが……なんていうか、セクハラっぽい触りかたをする人だったんです。

ある後輩がとくに被害に遭っていました。みんな逆らえなくて、なにも言えなかった。なのに美玖があるとき『やめてください。そういうの気持ち悪いです』ってはっきり言っちゃって……。場が、静まりかえりました」

「それで、そのコーチの反応は？」

「機嫌が悪くなりましたが、それだけでした。以降はセクハラも一応止《や》んだんです。でもなぜかコーチは、美玖じゃなく後輩に当たりがきつくなって。……だから後輩は、美玖のこと恨んでたみたいです」

「美玖さんをですか。コーチではなく？」

「ええ。『小湊先輩がかっこつけて、よけいなことをしたせいで迷惑した』なんて言うんですよ。『かばってもらっておいて、そんな言いかたやめなよ』と止めましたが、その子はふてくされるばっかりでした」

浦杉はくだんのコーチと、後輩の名をメモに控えた。

美玖が卒業した中学に問い合わせると、該当するコーチはすでに辞めていた。いわゆる外部コーチらしく、保護者からの推薦だったそうだ。

姓名は室戸《むろと》武文《たけふみ》。三十六歳の会社員である。

スマートフォンの番号とＬＩＮＥのＩＤが、当時の女子バスケ部の連絡網に登録されていた。いまどきはどの部活でも、ＬＩＮＥのグループトークで連絡をまわすのが常識なのだそうだ。

「ＬＩＮＥをやっていない子もいるでしょうにね」と高比良。

「その場合は、親が急遽《きゅうきょ》スマホを買い与えるのかもしれんな」

浦杉は答えた。

美玖を「いい迷惑」と疎んだ後輩についても、聞きとりの結果、情報がいくつか入手できた。現在、中学三年生。一昨日から学校を休んでいるそうであった。

この時点で、時計の針は七時をまわっていた。いったん捜査本部に戻ると決め、浦杉は高比良とともに電車に乗りこんだ。

「怨恨の線は、あり得ますかね？」

利き手で吊り革を握った高比良が問う。

「まさか中学生の少女が、大人の男を雇って襲わせたとは思えません。あやしいとしたら、元コーチの室戸のほうでしょうか」

「どうかな。まだなんとも言えん」浦杉は言った。

「中学生相手にセクハラしていたというから、ロリコンの気があるのは間違いないだろう。

だがセクハラから殺人まで一足飛びに越えるのは、ハードルが高すぎる。前科《マエ》を洗ってみる必要はあるだろうがな。……それに『女子中学生がまさか』なんて予断は、持たないほうがいい」

「まあ、いまどきはネットがありますからね」

「そうだ。ＳＮＳやら掲示板で、どんな田舎の少女でも日本中の男と知り合える。その男は累犯者かもしれんし、安い金で殺人を請け負う男かもしれん。十代特有の浅はかな残酷さは、ときにおれたちの想像を超える」

そう言いはなって、浦杉は車窓の外へ目を移した。


署に戻ると、特捜本部が活気づいていた。

堤たち地取り班が、有力な目撃者を確保したのだという。「十九日の朝、小湊美玖が目黒駅で降りるのを見た」という目撃者であった。

浦杉は今日の報告を済ませてから、小田嶋係長に尋ねた。

「そのマル目《もく》は、いまどこに？　取調室ですか」

「ああ。記憶が確かな上、理路整然としゃべってくれるんで助かるよ、国立大の学生だそうだ。いま堤に調書を取らせてるが、どうやらマル害はあの日、電車内で痴漢被害に遭っていたらしい」

「痴漢？」

「しかも複数の痴漢だったようだ。まあ、山手線は多いからな……。防犯カメラもまだ全車両搭載じゃあない。取り締まりを強化しても、いたちごっこがつづいているのが現状だ」

小田嶋は渋面になっていた。浦杉も眉をひそめてうなずく。

「あいつら、同じような性癖同士で密に情報交換していますからね。これもまた、ネット社会の弊害だ。どの時間帯のどの車両に防犯カメラが設置されたか、ほんの数時間で仲間全員に情報をまわしやがる」

「で、マル害の痴漢被害がどうしたんです」

口を挟んだのは高比良だった。小田嶋係長が彼を見て、

「あの子を、助けた女がいるらしいんだ」

と答えた。

「あの朝のマル害は三、四人の痴漢野郎に囲まれていた。それをドア近くに座っていた中年の女が『やめなさい』と制止したんだ。その声で、乗客たちの視線が一気に集まった。痴漢の一人が『言いがかりだ』と怒鳴りかえしたが、女はひるまず『駅員を呼ぼうか』『へたくそは女に触る資格はない』とからかった。その口調がおかしくて、車内には笑いさえ起こったらしい」

「へえ、勇気ある女性ですね」と高比良。

「だな。ちなみに関西弁だったそうだ。笑いが起こったのは、そのせいもあるだろう。関西訛りは芸人のイメージが強いし、きつい言葉でも耳に柔らかく響く。該当の女は泣いていたマル害を慰め、そして次の駅で一緒に降りていった」

「目黒駅ですね。時刻は午前八時十七分」

Ｓｕｉｃａの履歴を、浦杉は復唱した。

「マル害に逃げられた痴漢どもは、その後どうしたんです？」

「周囲の目を避けるように、全員が隣の車両へ移っていったそうだ。だがマル目は移動せず同じ車両にいたため、以降の動きはわからない。……引きつづき、駅を降りてからの目撃証人を捜していかにゃならんな」

係長は唸《うな》るように言ってから、

「さいわいマル目によれば、痴漢の一人は人相に特徴があったらしい。堤が調書を取るついでに、似顔絵も描いてくれてるよ。マル害と一緒に降りた女のぶんもな」

「ああ、そういやあいつ、似顔絵検定に受かったばかりでしたね」

浦杉は首肯した。似顔絵捜査員には、巡査だろうと事務員だろうと検定試験にさえ受かればなれる。依頼要請が多く、重宝する資格のひとつであった。

係長が浦杉の肩を叩いて、

「似顔絵が出来あがったら、おまえも聞き込みの際は持って歩け。さて、合田《ゴウ》さんが『九時から会議をひらくから集まれ』だとよ。あと三十分ちょいだ、一服するなり、小便しておくならいまのうちだぞ」

堤が二枚の似顔絵を描きあげたのは、夜の捜査会議を終えてさらに一時間半後であった。

「痴漢野郎のほうは、かなり似ているとマル目のお墨付きです。『接客のバイトを二年やってるから、人の顔を覚えるのは得意なんです。そっくりに描けてますよ』と自信満々でした」

自分の肩を揉《も》みながら、堤が言う。

痴漢男は鼻骨が左側に湾曲し、受け口で顎《あご》が長かった。「なに言いがかり付けてんだ」と怒鳴った男の後ろに、隠れるように立っていたという。顔の長さのわりに、身長は標準で百七十センチ前後だったそうだ。

「この男の似顔絵は、さっきも言ったように自信作です。ですがマル目は、残念ながら女のほうに自信がないようで……」

「よく覚えていないのか」と合田主任官。

「いえ。平凡すぎて似顔絵にしにくい顔なんだそうです」

堤はかぶりを振った。

女の似顔絵を、主任官にそっと差し出す。

「『もう一度会えば絶対にわかるが、どうにも説明しづらい。思い出そうとすればするほど、記憶が逃げていく感じ』と言っていました。この絵だって、何度も描き直したんですがね。納得いく出来には遠いようでした。マル目いわく『似てるはずだけど、全体の印象が違う気がする。でもこれ以上、どう直したら似るのか見当がつかない』だそうです」

「ふん。まあ確かに、どこにでもいそうな平凡なおばさんだ」

合田主任官は女の似顔絵を蛍光灯に透かし、目をすがめた。

「おれの親戚にだって、何人かこんな顔と服装の女がいる。大通りを五分も歩きゃあ、そっくりさんが十人は見つかりそうだぜ」

まったくだ、と浦杉も思った。

下ぶくれの丸顔。目は一重で細め。ヘアスタイルは野暮ったいショートカット。小太りで、服装は無地の長袖ニットにジーンズだったという。五十代女性の四割強が、こんな容貌で風体なのではないだろうか。

「特徴は関西弁ということくらいですかね。それから、電車の中で菓子を食っていたそうです。マシュマロとかいう、あの白くてふわふわしたやつを」

「菓子ねえ」

合田主任官は気のない声で言い、「おい、人数分のコピーを取っておいてくれ」と、予備班の署員に似顔絵を手渡した。

「さて——明日は引きつづき、地取り、敷鑑、証拠品、それぞれの班で今日得た情報をもとに動いてくれ。この女と痴漢野郎を追い、並行して怨恨の線も追うんだ。マル害の両親、親戚……。それからええと、例のセクハラ元コーチか」

テーブルに手を突き、主任官が捜査員たちを睨めまわす。

「まだ計画的犯行か、行きずりの犯行かもわからんからな。すべての線を追え。全部の可能性をしらみつぶしに追って叩け。犯人どもは外道だ。ついこの前まで義務教育だった少女に、こんな惨《むご》い真似ができる鬼畜の変態野郎だ。いいか、第二の犯行だけは絶対に防がにゃならん。やつらが調子に乗る前に、必ず挙げてみせるぞ」

5

ほとんどの捜査員は帰宅した。だが浦杉はその晩、署に泊まりこんだ。緊張を途切れさせせたくなかったのだ。

　当直室に向かうか迷って、結局は会議室のテーブルの上で寝ることに決めた。この卓上では何度も眠ってきている。お世辞にも快適ではないが、勝手知ったる寝台と言えた。

　持参の耳栓を耳孔《みみあな》に詰めこむ。まぶたを閉じる。

　さきほど見た、女の似顔絵がぼうと眼裏《まなうら》に浮かんだ。その顔が、ゆらりと揺れる。揺らめきながら薄れ、もっと幼い少女の顔に変わる。

　――加藤、亜結。

　隣の二〇三号室に住む少女だ。まだ七歳の小学二年生である。

　加藤母子があのアパートに引っ越してきたのは、去年の春だった。しかし親しく話すようになったのは、半年ほど前からだ。

　母親の一美は区内の総合医療センターで、看護師として働いている。日勤、深夜勤、準夜勤の三交代制だそうで、出退勤の時間が不規則な上、夜間の出入りが多い。

　そんな一美の娘である亜結は、当然ながら〝鍵っ子〟であった。

　亜結が浦杉の部屋へ来るようになったのも、半年前である。アパートの非常階段で一人遊びしている少女を見かけた彼が、

「おい、あぶないぞ。そんなところにいるくらいなら、うちに来るか？」

と声をかけたのがきっかけだ。

亜結はおとなしい——いや、静かな子だった。

暴れる、騒ぐどころか、大きな声を聞いたことすらない。食べ物の好き嫌いがなく、わがままも言わず、部屋にいてもほとんど存在を感じさせない。七歳にしては、奇妙なほど老成した少女だった。

母親の一美は十人並みの容貌だ。しかし亜結は美少女と言ってよかった。目鼻立ちが整っているだけでなく、抜けるように色が白い。

とくに印象的なのは、その双眸《そうぼう》だ。両の瞳が、透きとおった琥珀《こはく》いろなのだ。角度によっては黄金《きん》いろにも見える。白目は青みがかり、驚くほど長く濃い睫毛《まつげ》が琥珀の瞳を縁どっている。

その亜結の瞳が、声が、記憶の底から浦杉に問いかけてくる。

——おじさん。どうしてそれ、わたしに言うの。

と。

かつて、実際に亜結の口から洩れた問いだ。

そうだ、あのときはまだ、亜結と出会って日が浅かった。亜結の声音には、かすかに非難の色があった。

なぜ他人の亜結に「あぶない」「用心しろ」と口うるさいほど注意するのか。なぜ独り言のように思い出話をぽつぽつ打ち明けるのか。かと思えば、なぜ目を細めて「きみが大きくなったら」などと未来を語りたがるのか。

本来語りかけるべき、実の娘がいるではないか。どうしてわたしに——と。

——娘には、なかなか会えないからな。

浦杉自身の声が応える。われながら苦い口調だった。語尾が、力なく落ちた。

——どうして？　遠くにいるの？

——いや、会えないだけだ。

——会いたくないって言われたの？

——いや……。

口ごもる浦杉に、そっか、と亜結が言う。

——そっか。おじさんのほうなんだね、会いたくないのは。

感情のない声だった。それだけに、針のように鋭利だった。

——おじさん、怖いんでしょ？

ああそうだよ、怖い。心中で浦杉は同意する。

おれは怖いんだ。実の娘に会うのが、妻子に向き合うのが怖い。なぜって、鏡を覗くも同然だからだ。真夜中にふいに見てしまった鏡のように、見たくもない己をそこに見出《みいだ》してしまうかもしれないからだ。

だが彼は、そうとは口にしなかった。ただ「会えないんだ」とだけ言った。「きみの言うとおりだ。怖い。だから会えないんだ」と。

亜結が、そう、とまぶたを伏せる。

――そう。だったらわたしも、おじさんと一緒。

長い睫毛が、少女の頬に濃い影を落とす。

――わたしも、自分のお父さんに会いたくない。


「ウラさん！」

はっと浦杉は目を開けた。

まず視界に入ったのは、会議室の白い天井だった。二列の煤《すす》けた蛍光灯。そして真上から覗きこむ、心配そうに眉を下げた堤の顔。

朝だ。窓からななめに朝の陽光が射しこんでいる。まぶしさに浦杉は顔をしかめ、緩慢に身を起こした。

「ウラさん、こんなところに泊まったんですか。当直室、満員でした？」

「ああ、いや……」声が喉でかすれた。

「うなされてましたよ。水を持ってきましょうか」

「すまん」

堤がウォーターサーバに走る。約二分後、水を入れた紙コップと朝刊を持って戻ってきた。

いつもながら気の利く新米である。

朝刊の三面をひらいて、浦杉は唸った。小金井《こがねい》市で男児が失踪したという見出しが、大きな活字で躍っていた。

また子供か――。浦杉は口の中でつぶやいた。

いつもそうだ。狙われるのは、つねに弱者だ。年寄り、女、子供。弱いものから犠牲になっていく。世界中どこでも同じだ。国連ができようと、おれたち警察がどんなに駆けずりまわろうと、すこしも改善しない。いや悪くなるばかりと言っていい。いやになる。まったくいやになる――。

「ウラさん？　大丈夫ですか」

肩に手を置かれた。やけに堤の顔が近い。不安そうに目を瞬かせている。

浦杉は笑い、目を大げさに擦《こす》ってみせた。

「そんな顔するな、寝ぼけてるだけだ。……係長たちが来る前に、布団を片づけておかなきやあな」

6

坂は嫌いだ――と浦杉架乃はいつも思う。

マンションのまわりには坂が多い。ふくらはぎが疲れるのもいやだし、下り坂のつんのめる感じも嫌いだ。道の向こうから近づく人が、見えづらいのが一番いやだ。

とくにスーツの男がいやだった。くたびれた紺のスーツなんて最悪だ。つい父ではないか、と疑ってしまう。この二年間ろくに顔を合わせていない父、浦杉克嗣ではないかと。

架乃はだらだらした坂を下り、駅に向かって歩いていた。

ブロック塀の上を、赤い首輪を着けた猫が歩いていく。うらやましい。猫は自由気ままだ。学校へ行かなくていいし、なにより満員電車に乗る必要がない。

――父はいま頃、なにをしているだろう。

電車に乗っていないのは確かだった。

父のアパートは、荒川署からほど近い。架乃と母が住むマンションからは一駅離れた、1Kのさびれたアパートだ。場所だけは知っているが、いまだ訪ねたことはない。

父が恋しいのかそうでないのか、もはや架乃にはよくわからなかった。

ただ、お互い一緒にいるとつらい。それだけは確かだ。

父と母は、不思議な夫婦だった。娘の目から見ても、とても相性がいいとは思えない。いかにも刑事然とした強面《こわもて》の父と、謹厳でしんねりむっつりした母。その謹厳さは、母がカトリック教徒であることが大きいだろう。

──いや、カトリック教徒〝だった〟か。

あの事件以来、母は信仰を捨てた。教会に通うのをやめ、壁に掛けていた十字架をクロゼットの奥にしまいこんだ。掃除も料理もおろそかになり、室内は薄汚れた。

代々の教徒だった名残りはいまや、本棚の隅で埃《ほこり》をかぶる聖書と、架乃のネックレスくらいのものだ。

架乃はプラチナの細いチェーンに、同じくプラチナの指輪を通して肌身離さず首に掛けている。母の亡母、つまり祖母の形見であった。

指輪の内側には十字架と、聖書の警句がラテン語で刻印されている。いわく〝いかなる罪も冒瀆《ぼうとく》も赦《ゆる》されよう。なれど御霊《みたま》に逆らう冒瀆は赦されじ〟──。

架乃自身は洗礼を受けていない。父が「十五歳を過ぎてから、架乃本人に決めさせるべきだ」と主張したせいだ。そして彼女が十五になる前に母が信仰を捨てたため、受けずじまいに終わってしまった。

——もしカトリックに帰依《きえ》していたら、なにか変わっていたのだろうか。

母は信仰を捨てた。しかしすがる神があれば、わたしはもっと楽だっただろうか。

朝八時の住宅街は、いまだ眠そうにぼやけて見えた。猫はとっくに茂みの中へ姿を消した。

会社へ向かうのだろうスーツ姿の人びとが、細い小路《こうじ》から現れては、架乃と同じ方向へと歩きだす。

架乃は斜め前の女性を追い抜いた。スマートフォンを眺めながら、だらだら歩く女性だった。追い抜きざま、液晶画面の『荒川女子高生殺人』の文字が目に入る。

——荒川女子高生殺人死体遺棄事件。

父は捜査に関わっているだろうか。架乃は思った。きっとそうだろう。

ここ数日、ワイドショウは殺された女子高生の話題で持ちきりだった。なのに今朝のメインは、小金井市で失踪した男児のニュースに切り替わっていた。

——みんな、そうやって忘れていく。

どんな無残な事件だろうと、いずれは消費され尽くし、忘れられ、薄れていく。架乃自身が身をもって知っていることだった。みんな忘れていく。そうして取り残されるのは、被害者遺族だけなのだ。

角を曲がる。ようやく駅が見えてきた。

ほっとすると同時に、憂鬱になる。

電車通学でなによりいやなのは痴漢だ。一度も痴漢に遭ったことがない電車通学の女子生徒なんて、まわりに一人もいやしない。徒歩や自転車で通っている子さえ、「露出狂に遭遇した」だの「サドルに体液をかけられた」だの、それぞれに被害をこうむっていると聞く。

架乃は短く息を吐いた。

なにもかも消費されていく。殺人事件も、子供の失踪も、大人が勝手に決めた「女子高生ブランド」とかいう無用な価値も。

スクールバッグの中で、ＳＮＳの通知音が鳴った。

7

浦杉と高比良は、バスケ部元コーチの室戸武文を訪問した。

会社まで押しかけられた室戸は迷惑そうな様子を隠さなかったが、強く拒みはしなかった。

「……事件のことは知っています。テレビのニュースで観ました」

眉間に皺を刻んだまま、室戸は言った。

室戸の会社近くの公園に三人は移動していた。

平日だからか、行き過ぎる人はまばらだ。ベビーカーを押す若い母親が離れていくのを見はからい、浦杉は切り出した。

「あなたは小湊美玖さんが通っていた中学の、女子バスケ部のコーチをされていたそうですね。彼女を覚えておいでですか」

「ええ、まあ。なかなか真面目な選手でしたよ」

「もうコーチは辞められたとか。何年ほどつとめられたんです？」

「きっかり十年ですかね。忙しい部署に異動になったもので、それを機に辞めました。頃合いだったと思ってますよ」

「選手たちには惜しまれたでしょうね」

「いや、いまの子はドライですから。簡単なもんです」

「保護者のかたのご紹介で、コーチに就任されたとお聞きしましたが」

室戸の口がほぐれたところで、横から高比良が問う。

「そのかたのお名前をうかがってもよろしいですか？」

室戸はよどみなく名を答えた。高校時代の先輩に声をかけられ、「うちの娘が中学でバスケをはじめたんだ。よかったらおまえ見てやってくれ」と言われ、月三万円の報酬で引き受けたのだそうだ。

「スポーツ推薦で大学まで行けたのは、当時の部内でおれだけだったんです。その経歴を買ってもらえたんでしょう」

「なるほどね」

浦杉はうなずいてから、

「ところで、小湊美玖さんと揉め事があったと聞きましたが」と言った。

室戸が覿面《てきめん》にいやな顔をする。

「揉め事なんて、そんな大げさな。ちょっと誤解があっただけですよ」

「誤解というと？」

「なんというか、あー……生徒との、距離感を間違えましてね。いまどきの子は、われわれの頃よりスキンシップをいやがるんです。時代が違うというか、こう、なんでもかんでもハラスメントだと騒ぐんです。自意識過剰なんですよ」

「ほう。ではあなたから生徒にスキンシップをされた？」

「あ、いや、誤解しないでください。断じてそういうんじゃありません。だってほら、考えてもみてください。スポーツですよ？　口であれこれ言うだけじゃ身に付きません。手とり足とり、体に教えこませなきゃあね。だいたい突っ立って怒鳴ってるだけのコーチになんて、生徒は付いてきませんよ。それにあなた、常識で考えてください。中学生相手にそんな、いやらしい気持ちなんて抱くわけないでしょう。こっちは三十超えたいい大人ですよ。あいつら、ほんとうに自意識過剰なんですから、まったく……」

室戸は「自意識過剰」の単語を早口で繰りかえした。額に汗の玉が浮いていた。

浦杉はメモをめくって、

「あなたは小湊美玖さんに、部員たちが見ている前で『やめてください。気持ち悪いです』と指摘されたそうですね。そのときの心境はどうです。腹が立ちましたか？」

「いや、……あの、そりゃあ」

室戸は膝上で指を組んだ。

「そりゃあ、腹が立たなかったと言えば嘘になります。濡れ衣を着せられたんですからね。でもさっきも言ったとおり、相手は中学生ですよ。大人のおれが、本気で怒るわけないじゃないですか」

「そうですか？　その後、ハラスメントの対象に当たりがきつくなったとの証言がありますが」

「そんな」

浦杉の言葉に、室戸は大げさにのけぞった。

「そんな――違いますよ。そうじゃなくて……まあ、山城《やましろ》と距離をとったのは、認めます。でもそれは、誤解を広げたくなかったからですよ。個別指導はやめましたし、以後は声もかけてない。べつにそこに、なんらの他意があったわけじゃ――」

しどろもどろだった。

これで友人たちの証言どおり、「山城」という女子生徒の名が室戸本人から確認できた。浦杉はうなずき、ゆっくりと前傾姿勢になった。

「では次に、十九日から二十二日にかけて、誰とどこにいたか教えていただけますか」

「つ、……――」

アリバイの確認だと悟ったのだろう。室戸はいまや、頭皮から汗をしたたらせていた。見るからに粘っこい汗が、頰をつたって顎まで垂れている。

「……今月は、皆勤です。平日は休まず出勤しました」

震える声で室戸が答える。

あとでタイムカードと照合しよう、と浦杉は考えた。

独身の独り暮らしゆえ、夜間のアリバイを証明してくれる者は基本的にいないという。しかし二十一日の夜のみ、七時半から九時まで五反田《ごたんだ》の居酒屋に、九時二十分から零時まではキャバクラにいたそうだ。

室戸の財布には、キャバクラの店名入りのクレジットカード明細が残っていた。明細を確認したのち、浦杉たちは公園を離れた。

室戸からハラスメントを受けていた山城某《なにがし》は、小湊美玖よりさらに幼い印象の少女だった。

事件報道に大きなショックを受け、ここ数日は学校に行けていないという。

「はい。確かに『小湊先輩がよけいなことをしたせいで、迷惑した』とは……言いました。でもそれは、そんな、深い意味があったわけじゃなくて」

いったん絶句する。たっぷり十秒ほど黙って、言葉を押し出す。

「……コーチに睨《にら》まれるのが、怖かったんです。試合に出してもらえないかもしれないし、レギュラー落ちするかもって……。顧問の先生は素人だから、指導もなにもかも、室戸コーチに任せきりでした。だからみんな逆らえずにいたのに、小湊先輩が、あんな……」

「いやだった？」

「いやというか、おっかなかったです。波風立てないでほしかった、っていうか」

「訊いていいかな。きみは、室戸にどんなセクハラをされていたの？」

高比良が問うた。やさしげな容貌の高比良は、女性や未成年者への聴取に向いている。

少女はうつむいた。

「セクハラとまで言っていいか、わかんないんですけど……、個別指導のときだけ『喜ぶときはハグだ』って抱き合うよう命じられたり、頰とか首にキスされたり……。あと、匂いを嗅がれるのもいやでした。顔を近づけてきて『シャンプーのいい匂いがする』とか言うんです」

浦杉は、高比良と目を見交わした。

立派なセクハラだ。小湊美玖が「気持ち悪い」と抗議したのも無理はない。中学生相手に、かなり露骨なふるまいである。

「もちろんいまは、小湊先輩を恨んでなんかいません。コーチが辞めてストレスがなくなってから、ようやく気づきました。あのとき先輩に感謝するべきだった、自分は恩知らずだったって。いつか、先輩に謝らなきゃって思ってたんです。でもその前に、まさか、こんな……」

少女はつづく言葉を呑んだ。蒼白の頰が震え、息が止まりかけている。

慌てて浦杉は「深呼吸して」とうながした。

「息を吸って、大きく吐いて。吐くほうを強く意識するんだ。そうそう、いいぞ。ゆっくり呼吸しながら、落ちついていこう」

少女の頬にほのかな赤みが戻るのを待って、浦杉は質問を再開した。

「では、あらためて訊くよ。美玖さんに、『気持ち悪い』と言われたときの室戸コーチを覚えているかい。彼はどんな様子だった。怒っていたかな？」

「はい。……怒ってました」

「どのくらい怒っていた？　苛《いら》立《だ》った程度？　それとも激怒？　殴りかかるようなそぶりは見せたかな」

「殴るほどじゃ……。でも、すごく怒ってたのは確かです。見たことないような顔になってましたもん。目もとがぴくぴく痙攣して、眉が吊りあがって……」

「そうか。では次に、きみから見た室戸コーチはどんな性格だったか教えてほしい。怒ってもすぐに忘れるほうか、いつまでも怒りが燻《くすぶ》るほうか、その怒りをどう発散する人間か。もちろん選手の視点から見たコーチの姿でかまわないよ」

「……いつまでも、怒っているほうだと思います」

少女は低く答えた。

「コーチに嫌われて退部した子、けっこういますし……。いまだから言えますけど、コーチが辞めてから、部の雰囲気がすごくよくなったんです。当時はコーチに逆らえない、窮屈な空気を部員全員で作らされてたから、気づかなかった。——小湊先輩を迷惑だなんて思ってしまったのも、そのせいです。わたし、ほんとうに馬鹿でした。あの頃、小湊先輩だけが、正しくて強い人だったのに……」

8

ホームで電車を待ちながら、浦杉は言った。

「室戸武文を、どう思う」

「疑ってるんですか？」

高比良が彼を見やり、片目をすがめる。

「おれには、くだらない小物としか思えませんがね。ありゃあ女子供にしか強く出られないタイプだ。ろくでもない野郎ではあるが、できるのは安いいやがらせ止まりでしょう。とうてい殺しができるタマじゃありません」

「おれも、そう思う」

目の前で電車が停まった。ドアがひらく。

夕暮れ近くの車両は、中高生の下校時刻とかち合ったらしく混んでいた。鮨詰《すしづ》めというほどではないが、座席はすべて埋まり、吊り革の八割以上が塞がっている。

浦杉と高比良は、優先座席の斜め前に並んで立った。

老人および障害者や妊婦優先のはずのシートは、どう見ても健康なカップルと、若いサラリーマンに占領されていた。だが注意はできない。座席の譲り合いはあくまで善意にもとづくもので、法律で取り締まれるものではない。

二人はともに口をつぐんでいた。

事件について話したいことはまだあった。しかしまわりに人が多すぎる。駅に着くまでは、流れゆく景色でも眺めているほかなかった。

――もう、すっかり秋だな。

浦杉は内心でつぶやいた。

まだ街路樹が色づく時季には早いが、街から夏の気配は消えつつある。乗客も道行く人々も、みな薄手とはいえ長袖だ。有名百貨店の壁面を飾る広告モデルにいたっては、早くも毛糸のセーターを着込んでいる。

このぶんじゃあっという間にクリスマスか、と嘆息した刹那、

「浦杉さん」

高比良に、横から脇腹をつつかれた。

「見てください。二時の方向、ショートボブの女子高生です」

うながされ、浦杉は斜め前方に目を凝らした。

なるほどショートボブで、ブレザータイプの制服をまとった女子高生がいる。うつむいている。ときおりかすかに首を振る。

いや違う。身をよじっているのだ。抵抗している。横顔が嫌悪に引き攣《つ》っている。

少女を囲む男たちを、浦杉は観察した。

不自然だ。車両内は、あんなに密着しなければならないほど混んではいない。動きと視線がおかしい。一人、二人、三人、四人。

鼻骨の曲がった、顎の長い男は見あたらなかった。だが同じく常習犯で、同じく複数犯で連帯している。きな臭い。なにか知っていそうだ。

「ちょっと、すみません」

浦杉は動いた。乗客をかき分け、少女の背後をとっている男に「あなた」と声をかける。ポジショニングからして、おそらくこいつがリーダー格だろう。

「すみません。あなた、さきほどからずっと手を動かしておいでだ。なにか落とし物ですか？　手伝いましょうか」

男が肩越しに睨んでくる。威嚇のつもりか、舌打ちのおまけ付きだ。

浦杉は目を細めた。上着の内ポケットを探る。

「ご安心ください。わたし、こういう者ですから」

提示した警察手帳に、四人全員が馬鹿正直なほど顔いろを変えた。慌てて少女から離れる。

視線を、忙《せわ》しなくさまよわせはじめる。

あいにく次の駅に停まるまでには、一分以上の間があった。ドアが開いた瞬間逃げように
も、退路は高比良がすでに塞いでいた。

手帳を掲げたまま、浦杉は少女に声をかけた。

「大丈夫ですか？」

「……――」

「荒川署の者です。われわれに、なにか言いたいことはありませんか？」

「こ――」

少女が顔を上げた。両の目が涙で濡れていた。

「この人たち、痴漢、です」

「よし」

浦杉はうなずいた。腕時計を覗く。

「午後四時四十六分、現行犯逮捕だ。おまえら、ふだんなら生活安全課《セイアン》に引きわたして終わ

りだがな、今回に限ってはそうじゃない。特捜本部の参考人になれる貴重な体験だぞ。せいぜい楽しんでいけ」

連行した痴漢四人組は、予備班が取調べを請け負った。

「ふざけた糞《くそ》どもですよ。やつらはネットで集まったメンバーで、直接の知り合い同士ではないんだそうです」

調書を取った捜査員は、そう不愉快そうに吐き捨てた。合田主任官も眉根を寄せる。

「具体的に、ネットでどう集まったんだ」

「痴漢専用の掲示板があるんだと言ってました。会員制だとかで、検索サイトに引っかからない細工をしてあるようです。百パーセント紹介制で、登録しないと情報交換どころか閲覧もできないようになっていると」

「似顔絵は見せたか」

浦杉は割りこんだ。

「例の、顎が長い鼻骨の曲がった野郎の絵だ」

「見せました。うち一人から『一度組んだことがある』との証言が取れています。ただしくわしい素性はわからないそうで、掲示板上の『ヘルメス』というハンドル名以外はまだ不明です」

「じゃあその掲示板の、大本に当たれ」

合田主任官が焦れたように怒鳴った。

「ネットのことはよく知らんが、大本にデータを開示させれば、書き込んだやつの身元がおおよそわかるんだろう。失踪当日のマル害を襲ったのも、その掲示板経由かもしれん。鼻曲がり男がどこからどうやって書き込んだか、スマホかパソコンか、契約者は誰か、全部丸裸にしろ」

「それが……」

予備班の捜査員が言いよどんだ。主任官が振りかえる。

「なんだ」

「それがどうも、アメリカのサーバを使っているようでして」

捜査員は歯切れ悪く言い、

「国外のサーバ使用の場合、データ開示を拒否されることがあるんです。こちらはなにしろ日本の警察ですから、強制力がないというか……。捜査支援分析センター《SSBC》に要請して、連邦捜査局に働きかけてもらわなけりゃ動けません」

と肩を落とした。

9

その夜、浦杉はアパートへ帰ることにした。

帰宅途中にコンビニで買った焼肉弁当と烏龍茶《ウーロンちゃ》を、床へ投げだすように置く。

固定電話の留守電ランプが点滅していた。

再生するまでもなく、相手の見当は付いた。

実弟か、もしくは妻だ。二人とも浦杉の仕事を慮《おもんぱか》って携帯電話にはかけてこない。その代わり留守電に、いつも長い長いメッセージを吹きこんでいく。

再生を選択した。流れだしたのは、弟の博之《ひろゆき》の声だった。

「もしもし、兄貴？　おれだ。いま大変だろうにごめんな。事件のこと、ニュースで観てるよ。ええと、もし時間があいたらでいいんだ、あいたらでいいんだけど、相談に乗ってもらいたいことがある。じつはいま、うちで面倒みてる人がさ……」

博之は、浦杉が唯一交流をつづけている血縁だ。

四年前にリストラされ、三年前に離婚し、現在はさるＮＰＯ団体で派遣社員として働いている。いわゆる人権派の団体であり、犯罪加害者や受刑者の救済がメインという、現役捜査員の浦杉にはまるで相容《あいい》れぬ活動である。とはいえ実弟を無下にはできず、五回に一回は頼みを聞いているのが現状だった。

浦杉は現在、妻とうまくいっていない。娘とは音信不通となりつつある。父はすでに亡く、母は重度の認知症で、もはや実子の顔もわからない。

——弟とくらい、付きあいをつづけていきたいが……。

脱いだシャツを、丸めて洗濯機に投げ入れた。

ジャケットを脱ぎ捨てかけてやめ、かろうじてハンガーにかける。

妻子と住んでいた頃は、脱いだ上着をしょっちゅうキッチンの椅子へかけっぱなしにしたものだ。架乃がちいさい頃は妻が小言を言い、下の子が生まれてからは架乃が、

「お父さんたらまたやってる。やめてよ」

と言うようになった。

——やめてよお父さん。善弥《よしや》が真似するじゃない。

鼓膜の奥で、娘のこまっしゃくれた声がよみがえる。

浦杉はきつく目をつぶった。

留守電の再生は、いつの間にか終わっていた。浦杉はスウェットに着替え、手と顔を洗ったのちロウテーブルに着いた。焼肉弁当を広げ、箸を割る。

テレビを点けた。右手に箸を持ち、左手のリモコンでチャンネルを次つぎ替えていく。バラエティ、トーク番組、旅番組ときて、芸能人のゴシップを流している情報番組で止めた。不倫報道らしいが、男女とも知らないタレントだった。知らないからこそ安心して観られた。毒にも薬にもならないスキャンダルを横目に、弁当をかき込む。脂っぽい肉と白飯を、烏龍茶で機械的に流しこんでいく。

チャイムが鳴った。三秒置いて、さらにもう一度。

合図だ。箸を置いて浦杉は立ちあがった。

玄関へ向かい、錠を開けてやる。

「おじさん、こんばんは」

「ああ。こんばんは」

入ってきたのは加藤亜結だった。隣の二〇三号室に住む加藤母子の、娘のほうだ。

小学二年生の鍵っ子。琥珀いろの瞳と、同じく色素の薄い肩下までの髪。

一見したところは子役タレントばりの美少女だが、五分も話せば、芸能人にはもっとも不向きな子供だとわかる。静かなだけでなく、およそ自己主張の乏しい少女であった。

「お母さんはどうした？」

「準夜勤」

テーブルの前に座りながら、短く亜結が答える。

準夜勤とは看護師が夕方四時に出勤し、深夜零時に交代となる業務形態らしい。加藤母子と親しくなってから得た知識であった。

「お腹すいてないか」

「大丈夫。お母さんが、おにぎり用意していってくれたから」

「そうか」

しかし自分一人で食べつづけるのは気まずい。

浦杉は弁当の蓋にすこし中身を分け、座った亜結の前へ差し出した。ちいさく礼を言い、亜結が食べはじめる。

浦杉は不思議な気分になった。

実の娘に、こんなふうに食事を分けてやった記憶はない。架乃もほしがらなかったように思う。なのにいま、おれはただの隣人でしかない少女と差し向かいで、わずかな夕飯を当然のように分け合っている。

点けっぱなしのテレビが、小金井市の失踪事件を報じはじめた。

朝刊にも載っていた男児失踪事件だ。浦杉はチャンネルを替えようか迷い、やめた。不自然な動作だと亜結に思われたくなかった。妙に勘の鋭い少女であった。

女性アナウンサーが、事件の概要を繰りかえす。

「番組の冒頭でお伝えしたとおり、小金井市に住む九歳の男の子が行方不明となっています。現在もまだ行方はわかっておらず、警察は付近一帯の捜索を――」

「他人事《ひとごと》じゃない。きみも、気をつけるんだぞ」

低く浦杉は言った。

亜結が箸を動かしながら「うん」とうなずく。きれいな箸使いだった。

「きみもおっかない思い、したことあるかい。たとえば知らない大人に声をかけられたとか、腕を摑《つか》まれたとか」

「あるよ。みんなあると思う」

「みんなか」

浦杉はすこし驚いた。しかし亜結は、こともなげにつづけた。

「同じクラスのメイちゃんはね、ショッピングセンターのトイレで、知らないおじさんに無理やり戸を開けられそうになったんだって。それから学級委員のシダさんは、本屋でおじさん三人に囲まれて体を触られたって言ってた」

「そうなのか。怖いな」

顔をしかめそうになるのを、浦杉はこらえた。

いやな話だ。まったくこの社会はどうなってるんだ。ほんの子供相手に、いい大人がなにをやってる。恥ずかしくないのか。

声を抑え、浦杉は「いいか」と少女に言った。

「いいか。もしきみがそんな目に遭ったときは、すぐに大声を出すんだぞ。『キャー』でも『助けて』でもいい。誰でもいいからまわりの大人の注意を引け。できるだけ大きな声で、助けを求めるんだ」

「それ、お母さんも同じこと言うよ。……でも」

亜結が顔を上げる。大きな瞳が浦杉を射抜く。

「――でも助けてくれる大人なんて、この世の中に、ほんとうにいるの？」

＊　＊

彼女は身を縮めていた。

自分の汗の臭いがする。ぬるく粘っこい、不快な汗だ。

だがこの狭く暗い空間は、それ以上に不快だった。車の中だ。走りつづけている。いまはいったい、どのあたりを走っているのだろう。

身動きがとれなかった。両手は拘束されており、わずかに手首を動かすことしかできない。息苦しい。

また汗が臭った。しかし今度は彼女のものではなかった。他人の汗だ。

彼女を捕らえた男たちの汗であった。頭皮、腋《わき》、首すじ。毛穴という毛穴から、蒸れた酸っぱい悪臭が立ちのぼる。

不快なだけでなく、敵意をはらんだ臭気であった。

胃の底から、男たちへの嫌悪が湧き起こる。彼女は顔をそむけ、静かにまぶたを伏せた。

第二章

1

「例の鼻曲がりのマル対だが、痴漢常習者のようだな」

小田嶋係長は不愉快そうに言った。

「地取り班がすでに、複数の被害者から証言をとっている。被害者は制服の女子中高生。もしくは制服の男子小学生だそうだ」

「男子小学生？」

浦杉は思わず問いかえした。

「ああ。想像以上に見境のない野郎らしい。制服フェチなのかもしれんな」

と係長は首肯して、

「被害者はどの子も、一見おとなしそうなタイプばかりだ。大声で『やめてください』と抵抗した子は、逆に『冤罪《えんざい》をふっかける気か。出るところへ出るか』と怒鳴りかえされている。

そのまま野郎は騒ぎつづけて被害者を黙らせ、駅へ着くなり走って逃げるんだそうだ。場慣れしていやがるな」

「前科《マエ》はないんですか」

「生安《セイアン》に問い合わせてる最中だ。しかし痴漢は数が多い上、おまけに微罪だろう。逮捕しても、起訴まで持ちこめる件数がすくないからなあ……」

「ネット掲示板のほうはどうです」

「捜査支援分析センター《SSBC》から、連邦捜査局と司法省に交渉してもらってる。国外サーバが相手だと一筋縄ではいかんのだそうだ。ほれ、以前に違法ダウンロードがどうとかで、漫画をタダ読みできるサイトが問題になっただろう。あれもサーバが国外にあったせいで、なかなか取り締まれなかったらしいな」

係長はまずそうに茶を啜って、

「ともかく、おまえたちは引きつづき関係者を洗ってくれ。――マル害の母親のほうはどうだ。会えそうか？」

「いえ」

浦杉は首を振った。

「重度の鬱状態で、布団から起き上がることすら困難だそうです。無理もないでしょう。ただの殺しでもつらいのに、あの遺体の様子では……」

「だな」係長は唸った。

「とはいえ、まだ両親に対する怨恨の線も捨てきれん。様子を見ながら、いずれ会って話を聞いてくれ。室戸とかいうコーチからも目を離さんようにな。たいしたやつじゃなさそうだが、小心な人間ほど、追いつめられたら突拍子もないことをしでかす」

「突拍子もないこと……か。この犯人も誰かに追いつめられた経験があるんですかね」

独り言のように堤が言う。係長はかぶりを振って、

「それを調べるのが、おまえたちの仕事さ。さあ行け」

と戸口を手で示した。


しかしその週のうちに、事態は急展開した。

小金井市の男児失踪事件と、荒川女子高生殺人死体遺棄事件がリンクしている可能性が高いと発覚したのだ。

「あいつだ。鼻曲がりのマル対だ」

朝の捜査会議で、合田主任官は興奮のあまり青ざめていた。

「小金井市の平瀬《ひらせ》洸太郎《こうたろう》くん失踪事件においても、〝鼻骨が左側に湾曲し、受け口で顎の長

い男〟が現場で目撃されていると昨日《さくじつ》に判明した。身長百七十センチ前後。年齢は三十代後半から四十代。肥満体ではないが、突き出た下腹が目立つ体形」

「人相だけですか」高比良が手を挙げて発言した。

「人相の相似だけでは、弱いのでは――」

それをさえぎるように、

「マル対がらみで、小湊美玖の制服のリボンが見つかった」

と合田主任官が声を張りあげた。

瞬時に、会議室に緊張が走る。

「マル対は先月二十九日の日曜、『ファイティングソウル第三回キング決定戦』という人気格闘ゲーム大会の会場前で目撃された。やつは九歳から十歳に見える男児を見つけては〝コウくんか、コウくんか〟と訊いてまわっていたらしい。子供を連れてきた父親の一人が不審に思って注意したところ、その場で口論になったそうだ。父親は〝警備員を呼ぶぞ〟と言いながら、マル対の紙袋を摑んで引きとめた。しかし警備員が到着する前に、マル対は紙袋を離して逃走した」

主任官は捜査員たちを見まわして、

「紙袋の中身は、ゲーム関係のグッズが主だった。だが底から藤色のリボンタイが発見された。所轄交番の巡査が〝明蓮第一高校のリボンタイではないか〟と気づき、本庁に連絡を入れたんだ。リボンタイには少量の血痕が付着しており、照合の結果、小湊美玖のＤＮＡと一致した」

室内に、どよめきが起こった。

「なおリボンタイの端からは、真新しい多量の唾液が検出された。こちらは小湊美玖のものではない。おそらくマル対の唾液と推測される」

「主任官」浦杉は挙手して問うた。

「ということは――マル対は、マル害の血痕が付いたリボンタイをしゃぶっていたということですか」

「そのようだ」

どよめきがさらに大きくなった。

合田主任官がつづける。

「この唾液は、小湊美玖の髪に付着していた唾液と現在照合中だ。……つづけるぞ。さらに三十分後、大会会場の防犯カメラがマル対の姿をとらえている。マル対は、小学生らしき男児とともに通路を歩いていたそうだ。男児の歳の頃、服装などは平瀬洸太郎くんと一致。マル対と手を繋《つな》ぐなどして、親しそうな様子だった。なお二人で駐車場に向かって歩く姿を最後に、マル対の情報は途絶えている」

「では今後は、小金井署と合同捜査になるんでしょうか？」

「まだ正式決定はしていない。だが向こうの捜査本部とも、協力し合って捜査を進めることになるだろうな」

浦杉は高比良と顔を見合わせた。

会議室は驚愕《きょうがく》と戸惑いをはらんだ、低いざわめきに包まれていた。

2

捜査会議は『小金井市小三男児失踪事件』の概要整理に移った。

予備班が、コピーしておいたプリントを全員に配る。ダブルクリップで留められてはいたが、プリントはさして厚くなかった。

「えー、平瀬洸太郎くん九歳が失踪したのは、さきほども言ったとおり先月の二十九日だ。行方がわからなくなってから、知ってのとおりすでに六日が経過している」

説明にあたったのは小田嶋係長であった。

「二十九日は日曜日だ。しかし母親が休日出勤したため、洸太郎くんは同市内に住む祖父母宅に預けられた。車で送っていったのは父親だ。父親は午前九時半に洸太郎くんを預けたのち、その足で船橋の中山競馬場へ向かった。

洸太郎くんは正午に昼食をとり、午後一時に『公園に遊びに行ってくる』と祖父母宅を出た。その後、彼の足どりは不明だ。祖父母宅から徒歩六分の公園には行った形跡がなく、子供向け携帯電話は居間の卓上に置かれたままだった。

父親が祖父母宅に戻ったのが、午後五時。祖父母と父親とで公園に行って捜したが、洸太郎くんの姿は見あたらなかった。母親と連絡がとれたのは六時過ぎだ。母親は思いつく限りの級友の家に電話したが、『知らない』と全員に返答された。ここにいたってようやく通報が為《な》され、通信指令室が受電したのが午後七時十二分だ」

浦杉は片手でプリントをめくり、あいた片手を挙げた。

「子供向け携帯に、情報は残っていなかったんですか」

「いなかった。洸太郎くんが買い与えられた携帯電話はＬＩＮＥ等のアプリがダウンロードできない型で、メール機能はショートメールサービスのみだった。おまけに夜間は必ず親が預かり、中身をチェックするという徹底ぶりだったらしい。捜査員が確認してみたが、やはりあやしい履歴は見あたらなかった」

係長は息継ぎをして、

「小金井署は誘拐の可能性ありと見て、捜査一課特殊班を平瀬家に派遣。捜査員を待機させて犯人からの連絡に備えたが、身代金要求などの電話はなかった。また自動車警邏隊《ジライ》には半径五キロ以内を巡回させた。二百人の捜査員を動員し、付近の川や藪中《やぶなか》を総がかりで捜索した。だが成果はなく、特殊班の捜査員がようやく手がかりに気づいたのは失踪三日目のことだ」

そこで言葉を切り、一同を見まわす。

「パソコンだよ。祖父母宅の二階の押入れには、ＯＳがＷｉｎｄｏｗｓＸＰのパソコンが眠っていた。電源を入れてみたら、起動したそうだ。Ｗｉ－Ｆｉで接続できるよう設定が変えられており、インターネットが使用できた」

「洸太郎くんが使用していたんですか」と高比良。

「そうだ。閲覧履歴はまめに消去されていたようだが、キャッシュがどうとかで捜査員がその場で復元できたらしい」

「子供向け携帯は両親に監視されているから、祖父母宅のパソコンを使っていたんですね。彼が隠れてネットしていた目的はなんでしょう？」

「くだんの『ファイティングソウル』と、その『第三回キング決定戦』さ」

係長が言った。

「つまり洸太郎くんは該《ガイ》オンラインゲームをやり込んでおり、大会に行きたかった。しかし親に〝行っちゃ駄目〟と反対されていたんだ。資料によれば『ファイティングソウル』は、十代を中心に人気の高い格闘ゲームらしい。最近のゲームというのは、家に閉じこもってやるばかりじゃないようだな。定期的にイベントがあり、貸し切りにした会場の大きなスクリーンで対戦して、優勝者を決めるんだそうだ」

「では洸太郎くんは、ふだんは祖父母宅のパソコンを使って、そのオンラインゲームに熱中していたんですね」

「ああ、親に隠れてな。平瀬家は、ゲームを禁止していたわけではないそうだ。だが一日一時間というルールがあり、母親が暴力的なゲームを嫌ってもいた。とはいえ『ファイティングソウル』はクラスで大流行していて、やり込まなければ級友間の話題についていけない。両親の目が届きにくい場所で、洸太郎くんが型落ちのパソコンを独学で繫いでまでゲームしたがったのは、いかにも小学生らしい行動だ」

　そう認めてから、係長は声を落とした。

「ゲームだけで、済んでいればよかったんだがな……。履歴によると、洸太郎くんは『ファイティングソウル』の利用者たちとネットで交流するようになった。とくに熱心に話しかけていたのが、『B＆K』と名乗る、夫婦の共有アカウントだ。『B＆K』は〝洸太郎くんはセンスがある。是非リアルで一度対戦してみたい〟としきりに彼をおだて〝『ファイティングソウル第三回キング決定戦』を観るついでに、オフ会をしないか？〟と何度も誘っていた」

オフ会というのは、ネットで知り合った者同士が現実に会うことを指す。しかし成人の夫婦が男子小学生に会いたがるのは、いかにも妙な話である。

――洸太郎くんのほうは、大人扱いされて嬉しかったのだろう。

かつて浦杉も子供だっただけに、気持ちはわかる。浦杉が小学生の頃は、オンラインゲームなど存在すらしなかった。ファミコンで『スーパーマリオブラザーズ』が流行《はや》った時代である。だがその頃にも、ゲームに精通した大人はいた。親ほどの歳の相手にいい勝負ができると、一箇月は自慢できたものだ。

係長がつづける。

「えー、洸太郎くんが『B&K』と『ファイティングソウル第三回キング決定戦』の会場で会う約束を取りつけたのは、十六日の夕方だ。会話は以下。

〝キング決定戦に行きたいけど、絶対、うちの親は駄目って言うよ〟

〝それなら当日に、適当なことを言って抜け出してくればいい。新宿駅まで来れば直通の無料バスが出ているから、会場前で待ち合わせしよう。ただし携帯電話やモバイルは置いてくるんだぞ？　ＧＰＳでバレちゃうからな〟

この誘いどおりに洸太郎くんは、イベント当日、携帯電話を置いて祖父母宅を出たきり失踪している」

「その『B&K』のIPは、割れているんですよね？」

高比良が発言した。

「通信会社に問い合わせれば、契約者名もすぐにわかるのでは？」

「ああ。契約者名はじきにわかった。だが『B&K』を名乗る夫婦には、残念ながらたどり着けなかった」

係長はため息をついた。

「またもインターネットの壁さ。洸太郎くんとの交流および『ファイティングソウル』のプレイに使用したスマートフォンは、ネットで売買された物品だったんだ」

浦杉は息を呑んだ。

――つまり、すべては最初から計画されていたのか。

突発的な事故や誘拐ではない。該当のスマートフォンで『ファイティングソウル』に登録した瞬間から、『B&K』は獲物を探していた。はなから獲物を狩る目的で、網を張っていたのだ。

「くだんのスマートフォンは、洸太郎くんが失踪した日を最後に使用されていない。おそらく、すでに処分済みだろう」

「ではネットでそのスマホを売ったやつは？　尋問したんですか」

「旅行中だったそうで、昨日ようやく連絡がついたよ。都内の私立大学に通う男子大学生だった。……一時期、世間知らずの若者を狙って銀行口座を買いとるやつらがいただろう。あれと図式はほぼ同じだ。小遣い稼ぎのつもりで、安易な気持ちで売りとばしたらしい」

「でも、通信料金の支払いは？」

「コンビニもしくはドラッグストアでの現金払いだったそうだ。契約者の住所へ届く請求書を、大学生は毎月、通学途中に通る空き家の牛乳瓶受けに入れていた」

「空き家の、ですか」

「ああ。毎月決まった日に、朝十時までに入れておく約束だったそうだ。犯人は、直後回収に来ていたんだろう」

「しかしコンビニやドラッグストアで支払うなら、防犯カメラに映ったでしょう」

「映っていたさ。だがやつはカメラの位置を把握しており、つねに帽子着用でうつむいていた。わかったのは、背が低い男だってことだけだ。ちなみに毎回都外の、毎回異なる店舗からの支払いだった。……糞が、ふざけやがって」

係長は歯噛みしていた。机を平手で叩く。

「とはいえ、ようやくの光明だ。『荒川女子高生殺人死体遺棄事件』『小金井市小三男児失踪事件』に、共通の重要参考人が浮かんだんだ。鼻曲がりのマル対だ。いいか、こいつは僥倖《ぎようこう》だぞ。うまくいけばふたつの事件が一気に解決するかもしれん。失踪から六日経ってはいるが、平瀬洸太郎くんはきっと無事だ。無事だと信じて動け。靴底がすり減るまで、足を使って動きまわれ」

係長の声が、わずかに詰まった。

「一瞬たりとも、よもやと疑うな。必ず生きていると信じるんだ。主任官もおれも、これ以上子供の遺体を拝むのはまっぴらだ。おまえらだって同じ気持ちだろう。——おれから言えることは、以上だ」

3

昼食の時間になった。浦杉はいったん署を出、西日暮里《にしにっぽり》の牛丼屋へ向かった。あえて高比良も堤も誘わなかった。一人きりで、頭の中を整理したかった。

——小学生男児の、失踪事件。

もっとも扱いたくない型の事件だ。だが捜査主任の合田主任官も小田嶋係長も、浦杉に

「はずれろ」とは言ってくれない。「はずれていいぞ」ともだ。

牛丼の並盛に、紅生姜《べにしょうが》を山盛りにしてかき込んだ。ものの二分でたいらげてしまう。次いで心の隅で、しっかり食事を楽しんだこと、美味《うま》いと思ったことに罪悪感を覚えた。

——この六年、ずっとそうだ。

なぜあの子がいないのに、おれは変わらず生きていられるのだろう。なぜそれまでと同じように腹をすかし、飯を食い、テレビを観て、朝になれば出勤できるのだろう。

その疑問の果てに、彼は妻子を失くした。いや、世間的にはまだ失っていないのかもしれない。しかし、失くしたも同然であった。

浦杉は、荒川署に戻った。

特捜本部の会議室へ戻る気にはなれなかった。かといって煙草臭い休憩室や、当直室の空気を嗅ぎたくもない。しかたなく非常階段へと足を向ける。喧騒を離れてぶ厚い金属の扉を開けかけたとき、隙間から浦杉は聞き慣れた声を聞いた。

「……ウラさん、大丈夫なんですかね」

堤だった。隙間から、メビウスの紫煙が細く流れていくのが見える。

「大丈夫だろう。浦杉さんはベテランだ」

応えたのは高比良の声だ。

「ですけど、ベテランだろうと人間ですよ。どうしたって思い出しちまうでしょ。ウラさんの息子さんは七歳だった。今回の洸太郎くんは九歳。つらいと思います」

「……何年前だ。例の、あの事件は？」

「六年前です。そうか、生きていれば十三歳になるのか……。高比良さんは事件について、どの程度ご存じですか」

「ほんの概要だけだ。浦杉さんの息子さんが下校中に失踪したことと、翌年に白骨死体で見つかったこと――」

浦杉はそっと扉を閉めた。

きびすを返し、足音を殺して階段を下りる。

――高比良も、知っていたのか。

下校中に失踪。翌年に白骨死体で発見。そのとおりだ。

息子の善弥は、小学二年生だった。

カトリック教徒だった妻が「ヨシュア」のもじりとして付けた名だ。聖書に出てくる指導者ヨシュア。そして長子である娘の架乃には、十字架の一字を冠した。

あの頃、浦杉家で一番帰宅が早いのは善弥で、次に架乃だった。とはいえ架乃はクラブ活動にいそしんでおり、帰りはいつも六時を過ぎた。善弥が学童保育を希望しなかったので、浦杉は鍵を持たせ、毎日二時間あまりの留守番をさせた。

――いいか、誰か来ても絶対開けるんじゃないぞ。

――郵便も宅配便も受けとらなくていい。インターフォンにも出るんじゃない。

だが〝魔〟は留守番中ではなく、下校途中の息子を襲った。

失踪から一年三箇月後、善弥の遺体は約四十キロ離れた埼玉県の山中で見つかった。完全に白骨化していた。

善弥は下半身に衣服を着けていなかった。靴は発見されずじまいだったが、ランドセルは河口で発見された。カバーが開いており、ノートや文具は九割が流されていた。

手がかりはなにひとつなかった。目撃者はおらず、身代金要求の電話はなく、風雨にさらされた遺体から犯人のDNA型は検出できなかった。捜査本部こそ解散されていないものの、事件にはいまだなんの進展もない。

善弥の遺体が見つかるまでの一年をかけて、浦杉家はゆっくり壊れていった。そして発見されて以後は、一気に瓦解した。

だが浦杉はそれを直視せず、仕事に逃げた。妻子をかえりみなかった。

架乃は事件について、しつこくクラスメイトにからかわれたという。「学校へ行きたくない」と訴える架乃を見かね、妻は「あなたからも声をかけてやって」と浦杉に懇願した。

しかし浦杉は、「わかった」「手があいたらな」と生返事をするだけだった。

愚かだったと思う。弱かったのだ、とも思う。

善弥の遺体発見の報を聞いた妻は、その場にくずおれて泣きわめいた。三箇月泣き暮らした末、ある日彼女はぴたりと泣きやんだ。そして、長年の信仰を捨てた。涙が止まると不眠がやって来た。水さえ喉を通らず、わずか一箇月で妻は六キロ痩《や》せた。

家庭からは会話と笑顔が消えた。凍りつくような空気が、浦杉家を覆った。

その後、浦杉はまだローンの残るマンションを出た。

署からほど近い安アパートを借り、独りで暮らしはじめた。

善弥の写真も遺品も、なにひとつアパートには持ってきていない。見たくなかった。いや、見るのが怖かった。

失踪から六年、死体発見から五年が経つ。だが何年経とうと傷は癒えてくれない。いまも薄いかさぶたを剝がせば、傷からは生なましい血が滲む。脈打つように、疼《うず》いて痛む。

浦杉はため息をついた。

個人名義の携帯電話を確認する。メールが届いていた。

加藤亜結の母、一美からのメールであった。

4

特捜本部《チョウバ》に戻ってすぐ、浦杉は合田主任官に呼ばれた。

「向こうの本部長の許可が出たぞ。高比良を連れて、平瀬洸太郎くんの両親に会ってこい。洸太郎くんとうちのマル害に、もしくは親同士に繋がりがないか探るんだ」

「わかりました」

うなずいて出た浦杉たちは、まず小金井署へ向かった。

『小金井市小三男児失踪事件』の捜査本部は、署内の一階に設置されていた。担当の捜査員は、煙たそうな顔ひとつせず二人を迎えてくれた。

「協力し合えるのはありがたい話です。ずっと同じ捜査員で動いていると、視点が固定しますからね。捜査がうまくいっているときはいいが、今回のようなケースではどうも……。新しい角度からものを見る人がいないと、膠着《こうちゃく》状態がつづいてしまう」

「それはこちらも同じです。ご協力感謝します」

浦杉は頭を下げた。高比良もそれにならう。

「ちょうどこれから、スマホ契約者の事情聴取ですよ。見ていかれますか。洸太郎くんをおびき出した、ハンドルネーム『B&K』が使っていたスマホの契約者です」

「是非」

小金井署の取調室は、荒川署とさしたる違いはなかった。しいて言えば透視鏡がひとまわり大きいようだが、その程度だ。

取調官は、四十代に見える銀縁眼鏡の捜査員だった。

「ではあなた名義でスマートフォンを契約し、ネット上で売買した。これは認めるんですね？　何年何月のことでしたか。また、なぜスマートフォンを売ろうと？」

取調官の向かいに座る青年は、いかにもいまどきの若者といった風体である。

背が高くスリムだ。シンプルな服を小ぎれいに着こなし、一見中性的ですらある。だがいまはうつむいて、緊張に身を硬くしていた。

「去年の……冬でした。クリスマス前だったから、十二月なのは間違いないです。クリスマスのあとだと『TOY－X』がプレゼントの横流しで混雑するので、その前に済ませておきたくって……」

「『TOY－X』というのは、あなたが常習的に利用していたフリーマーケットアプリの名称ですね？」

取調官は事務的に確認した。

「あなたがスマートフォンを売買したのは、それで何度目でしたか？」

「はじめて、です」

青年の喉仏がごくりと動いた。

「信じてもらえないかもしれませんが……ほんとうです。大学の先輩に紹介されたんです。『金がなくて、バイトもこれ以上増やせないなら名義を売るしかない。おれたちの時代は通帳の名義を売ったもんだが、最近はスマホが人気だぞ』って……」

「つまり、あなたは金に困っていた？　あなた、学生でしょう。いったいなにに、そんなに金が要るんです」

「べつに遊んでたわけじゃありません」

青年はじめて顔を上げた。一瞬取調官を睨んで、すぐにまぶたを伏せる。

「……父の会社が、業績がよくないらしくて……仕送りが月三万に減らされたんです。大学寮に住めたら家賃が浮くんですが、みんな考えることは同じで、数十人単位で空き待ちしてます。おまけに三年からは研究に時間を取られるから、これ以上バイトを増やすなんてできません。おれは奨学金組で、留年なんて絶対できないし……」

「だから、名義を売った？」

「すみません」

青年は頭を下げた。

「ほんとうにすみません。あの、親には言わないでください。二度としませんから、どうか親にだけは――」

自分が売ったスマートフォンの用途を知らないだろう青年は、テーブルの角に額を擦りつけて懇願した。

柄にもなく、浦杉は青年が気の毒になった。

大学生の貧困は、現在進行形で社会問題になりつつある。〝大学に行くのが当たりまえ〟の社会になったというのに、景気は悪化するばかりだ。高額な授業料。都会の馬鹿高い家賃。生活費に光熱費に、いまや必需品となったスマートフォンの通信費。その陰で安い労働力を狙うブラックバイトがはびこり、必要な単位を取得できず中退する学生や、奨学金破産する卒業生が激増しているという。

――ここにも、弱者がいる。

浦杉は頰の内側を嚙んだ。つくづくいやな世の中だ。

むろん名義の売買は犯罪である。警察が取り締まらねばならない。だが摘発されるのは、いつだって末端の弱者ばかりだ。彼らが逮捕されて辛酸を嘗《な》めている間、肝心の悪人は安全圏で高笑いしている。

取調官がつづけて質問した。

「フリーマーケットアプリを利用したなら、相手が商品の送付先を指定してきますよね。その住所と氏名は手もとに残っていますか？」

「あ、はい、これです」

青年はメモ書きをポケットから出した。取調官へ手渡す。

「でも、営業所止めでした。八王子センター止めです。なので住所はわかりませんが、氏名は渡辺一郎《わたなべいちろう》さんです」

渡辺一郎。いかにもな偽名である。

「渡辺さんね。ではその渡辺さんとやりとりしている間、不審に思った点はありませんでしたか。なにか印象に残ったことなどは？」

「いえ、とくになかったです。金払いのいい人で、値下げ交渉はいっさいしてこなかったし、取り引きもスムーズで……。ネットオークションやフリマに慣れている、といった感じでした」

青年はそう答えて、「あ、でもひとつだけ」と付けくわえた。

「購入したあとは全然、なしのつぶてでした。評価を付けてくれなかったし、『届きました』の一言もありませんでしたよ。履歴を確認しましたが、誰にも一回も評価を付けていなかったから、そういう主義の人なんでしょう。でも取り引きまでのやりとりは愛想がよかったから、そのドライさが意外というか……。なんていうか、ちょっと違和感ありましたね」

5

小金井署を出て、浦杉たちは失踪した平瀬洸太郎の生家を訪問した。

平瀬家は念仏坂を越えた先の住宅街に建つ、二階建ての借家であった。

母親の趣味か、塀にフックで花の鉢がずらりと吊るしてある。浦杉には名のわからぬ小花が、朱や薄紫に咲いていた。

チャイムを押す寸前、高比良の視線に気づく。

「なんだ？」

「あ、——いえ、なんでもありません」

心配されているな。浦杉は内心で苦笑した。

息子の失踪とダブらせていないか、親の前で取り乱すことはないかと懸念しているのだろう。気づかぬふりで、浦杉はチャイムを長押しした。

平瀬洸太郎の両親は、げっそりと土気いろの顔を並べていた。

ともに三十代後半に見える。父親は若白髪で痩せ形だ。母親はやや太り気味だが、頬だけがこけて見えた。目の下の隈《くま》がどす黒い。

家内には、小金井署の捜査員が男女一名ずつ残っていた。すでに連絡を受けているようで、戸惑いもせず浦杉たちを迎える。お互い、無言で目礼した。

浦杉は警察手帳を見せて、

「平瀬さん、われわれは、じつは荒川署の者です。すこしお話をうかがいたいのですが、よろしいでしょうか」

「荒川署……？」

母親が目をしばたたく。

「じつは新たな手がかりが見つかりまして。つらいお気持ちはわかりますが――」

「わかりゃしないわ」

顔をそむけ、彼女は吐き捨てた。

「わからないから、そうやって入れ替わり立ち替わり、何度も何度も何度も同じことばかり訊くんでしょう。わかってるわ。すました顔してるけど、本心じゃわたしたちを疑ってるのよね。わたしたちが殺したか、もしくは他人の恨みを買うような真似をしたと思ってる。そのせいで洸太郎が、ひどい目に遭ったと決めつけてる」

「おい」

父親が諫める。だが母親は止まらなかった。声が、ヒステリックに高まっていく。

「知ってるわ。みんなわたしを責めてる。夫だってそうよ。心の底では、わたしが悪いと思ってる。そばにいてやれなくて、仕事ばかりで、母親失格だと思ってる」

「やめろって」

「わたしがイベントに行くなと言ったせいでこうなったって。あの子に厳しくしすぎたからだ、仕事を辞めて家にいるべきだったって、夫もみんなも――」

背後から、母親の肩に手が置かれた。小金井署の女性捜査員の手であった。

強張っていた母親の体から、すうっと力が抜ける。

女性同士で心理的繫《ラポール》がりを築けているようだ、と浦杉は察した。同時に、胸がかすかに波立つ。善弥が失踪したときもこうだったらと。妻をサポートする女性捜査員が、あのとき一人でもいてくれていたら――と。

――やめろ。事件に集中しろ。

母親が女性捜査員に肩を抱かれ、よろめきながらリヴィングを出て行く。その背中を見送って、浦杉は仕切りなおしの咳払《せきばら》いをした。

「えー、では……」

「すみません」

父親が頭を下げた。

「一番妻を責めているのは、あいつ自身なんです。厳しくしすぎたんじゃないか、意地になって洸太郎を過度に抑えつけてしまったんじゃないか、と自責の念が強すぎるんですよ。まったく眠れていないせいか、最近は責める声の幻聴まで……」

「洸太郎くんがオンラインゲームにハマっていたのは、親御さんもご存じでしたか」

高比良が問う。

父親は洟《はな》を啜ってうなずいた。

「『ファイティングソウル』ですね。はい、プレイしていたのは知ってます。でもうちは一日一時間という決まりでしたから、そう強くなれないだろうし、そのうち飽きると思っていました。妻は対戦中でも『はい時間切れ』と、容赦なく回線を切断していましたからね。

……いま思えば、ゲームくらい好きにやらせてやればよかった……」

「さきほど『意地になって』とおっしゃっていましたね。どういう意味ですか」

横から浦杉は問うた。

「『意地になって洸太郎を過度に抑えつけてしまったんじゃないか』と。それは、誰に対する意地なんでしょうか」

「――わたしの、両親です」

父親は疲れた声で答えた。

「つまり、あなたのご両親と奥さんはうまくいっていない？」

「ええ。とくに母ですね。母は、妻が仕事をつづけているのが不満なんです。子供のために家庭に入るべきだと主張して、一歩も引かない……」

「ご年配のかたはそう考えがちですね」

浦杉はいったん同意した。

「仕事に対する考えかたの相違から、嫁姑《よめしゅうとめ》の仲に亀裂が入ったんですか」

「……正確には育児方針の相違、ですかね。母は『愛情をそばで充分に注がれなかった子は歪《ゆが》む』と言い張り、妻は『べったり近くにいることだけが愛情じゃない。世の会社勤めの父親は、みんな子供を愛していないとでも？　働きながらでも、子供を愛するのは可能です。わたしはわが子を歪ませたりしません』と反駁《はんばく》しました」

「で、あなたはどちらの意見ですか？」

父親はしばしば言いよどみ、

「――どちらの言い分にも、一理あるかと」

と声を落とした。

つまり、母の肩も妻の肩も持たなかったということか。浦杉は心中でつぶやいた。

彼はつねに中立の立場で仲裁していた。いや、もしかしたら傍観していただけかもしれない。現代の家庭にはよくあることだ。

「でも奥さんは、あなたのご両親に洸太郎くんを預けてましたよね？」

「ええ。学童やシッターは、母が反対したものですから。『近くにわたしたちがいるのに、お金の無駄だ。稼いでるのを鼻にかけているから、そうやって平気でお金を粗末にできるんだ』と母に詰《なじ》られた妻が、売り言葉に買い言葉で『わかりました。じゃあお金は使いません。お義父《とう》さんとお義母《かあ》さんでどうにかしてください』と言いかえして……お恥ずかしい話です。まるきり子供の喧嘩だ」

父親は肩を落としていた。

要するに嫁姑のいさかいから、洸太郎は祖父母宅へ預けられるようになったらしい。

そうして母親は「働きながらでもわが子を歪ませたりしない」証のため、洸太郎を厳しくしつけた。父親はそれを黙認した。

――ゲームは一日一時間。暴力的なものは駄目よ。ゲームイベントに参加？　しかも格闘ゲーム？　なに言ってるの、駄目に決まってるでしょう。ちっちゃな子じゃあるまいし、わがまま言わないで。

——そうだぞ、母さんの言うとおりにしろ。え、イベントの送迎？　ははは、父さんは忙しいんだよ。それにその日は、中山でＧＩレースがあるから無理無理……。

平瀬洸太郎には両親の反応がわかっていたのだ。わかっていたからこそ、彼はあの日、親にも祖父母にも黙って家を抜け出した。

隠れてパソコンで長時間ゲームができたならば、祖父母は口ほどには洸太郎をかまっていなかったはずだ。親と祖父母には秘密裡《ひみつり》に、平瀬洸太郎はハンドルネーム『Ｂ＆Ｋ』とオンライン上で仲良くなった。

大人にやさしくしてもらえて嬉しかったのかもしれない。寂しさが作る心の隙間に、巧《うま》く『Ｂ＆Ｋ』はするりと這いこんだ。これは邪推だが、洸太郎は疑似両親のごとく思っていたのではあるまいか。

そうして『Ｂ＆Ｋ』にそそのかされた洸太郎は、イベント会場に向かい——その後の足取りは途絶えている。

平瀬洸太郎は板挟みの犠牲者だな。浦杉は思った。

我の強い母と祖母。頼りにならない日和見《ひよりみ》な父。ここでも一番弱い者が割を食い、犠牲になるというわけだ。

浦杉は質問を変えた。

「小湊という名を、洸太郎くんの口から聞いた覚えはありませんか」

「こみなと？　いいえ」

父親は不審げに問いかえした。

嘘ではなさそうだった。『荒川女子高生殺人死体遺棄事件』はニュースで観知っているだろうが、わが子の失踪と関連付けてはいないらしい。

「あなたか奥さんのお知り合いに、この姓はいらっしゃいませんか」

「いないと思いますが……」

「では美玖、もしくは柊斗という名を洸太郎くんから聞いたことは？」

「同級生にいるかもしれませんね。でも親しい子の中に、その名前はなかったような……。

ああ、シュウタくんという子ならいましたよ」

「そうですか」

浦杉はあっさり引いた。

だが美玖の弟である柊斗は、洸太郎と一歳違いだ。クラスで流行っているゲームやアニメも似ているかもしれない。柊斗が『ファイティングソウル』をプレイしているか、あとで要確認、と素早くメモに書きつける。

ペンを走らせる浦杉に、父親がおずおずと問うた。

「あのう……、さきほど〝新たな手がかり〟とおっしゃっていましたよね。それは、なんなんでしょう」

顔に焦燥と恐怖、そしてわずかな諦念が浮いていた。

「うちの子に関することなんでしょうか。でしたら――」

「それについては、まだ申し上げられないんです。すみません」

浦杉は精一杯真摯な表情を作り、深ぶかと頭を下げた。


特捜本部に戻り、浦杉は主任官と係長に今日の成果を報告した。話し終えて、逆に問う。

「ところで係長、痴漢掲示板のログのほうはどうですか」

「まだ交渉中だ。まずはアメリカ本国で通信記録を解析してもらい、それからデータをもらうかたちになるらしい」

「まどろっこしいですね」

「まったくだ。だがそこは捜査支援分析センター《SSBC》に任せるしかないからな……」

合田主任官は顎を撫でて、

「まあこっちは、その間に地道に犯人を追うさ。ちょうど小金井署から、防犯カメラの映像データが届いたところだ。『Ｂ＆Ｋ』夫妻の片割れがスマホ料金の支払いに現れた、コンビニおよびドラッグストアの防犯カメラだぞ。と言っても、とうてい本物の夫婦とは思えんがな。十中八九詐称で、中身は一人の男、嫁さんの書き込みは自作自演ってとこだろう。――おい、そこのパソコンを貸してくれ。こいつを再生する」

予備班に向かって、彼はUSBメモリを掲げてみせた。

ノートパソコンを操作したのは高比良だった。USBメモリを挿し、動画ソフトを立ち上げる。再生を選択する。

ドラッグストアの店内がモニタに映し出された。

斜め上から俯瞰《ふかん》で撮った映像だ。黒のキャップをかぶった男が入店し、まっすぐにレジへ向かう。うつむいているため顔は見えない。

店員がスキャナでバーコードを読み取る。男は万札二枚で支払った。黒の革財布だった。領収証を受け取り、迷わず店を出て行く。

次いで、コンビニの映像が映った。

店員の制服からして、某大手コンビニだろう。さっきと同じキャップの男が入店する。さっきより映りがよく、マスクをしているのがわかる。やはり男は、そそくさと支払いを済ませて退店する。

また映像が切り替わった。次もコンビニだ。次はドラッグストア。またドラッグストア。

三軒目のコンビニ映像が映ったとき、

「あ」浦杉は声を上げた。

「どうした」

「この女――、さっきの店にもいませんでしたか」

「女？」

「ほら、この棚の前にいる女です」

浦杉はモニタの端を指さした。合田主任官と、小田嶋係長が目を凝らす。

レジ前に立ったキャップの男の斜め後ろに女が立っていた。

若くはない。服装と体形からして、四十代後半から五十代だろう。クローシュ帽にジーンズ。顔は見えないが、ケーキやシュークリームが並ぶ冷蔵棚の前で商品をためつすがめつしている。

――例の、似顔絵の女ではないのか。

小湊美玖を痴漢から救い、ともに電車を降りたという女は、下ぶくれの丸顔で目はやや細め。ヘアスタイルは野暮ったいショートカット。服装は無地のニットにジーンズだったという。モニタに映っている女と、風体がほぼ一致する。

高比良が映像を早戻しした。

一軒目のコンビニが映し出される。

「ほら、ここです。この女」

浦杉は液晶を指で突いた。

クローシュ帽の中年女が、やはりデザート用冷蔵棚の前にいる。しゃがみこんでは立ちあがり、プリンやエクレアをいちいち手にとって吟味している。

「かもしれんが……こんな格好のおばさんはどこにでもいるからな」

係長が唸った。

「いや、同一人物ですよ」浦杉は言い張った。

「仕草でわかります。女が先に入店し、店内の様子を見てから外に合図して、男に支払いをさせているんでしょう。間違いない。こいつらは共犯です。それに――」

言葉を呑む。

「浦杉？」

「あ、いえ……」

怪訝《けげん》そうに問う係長に、浦杉は口ごもった。

「この女に一瞬、見覚えがあるような気がしたんです。ですが、気のせいでしょう。係長の言うとおり、平凡な中年女ですし……。すみません、確証もないのに。つい気がはやりました」

「いや」

いいんだ、と係長が言う。彼らしくない声音だった。

気遣われている、と浦杉はまた感じた。なにを斟酌《しんしゃく》されているかは考えるまでもなかった。

さりげなく浦杉は目をそらした。

係長や高比良が自分を見る瞳に、同情が浮いていないようにと祈った。

6

ほんとうなら、その日も署に泊まりこむつもりだった。

しかし浦杉はアパートへ帰った。加藤亜結の母、一美からのメールのせいだ。

ただならぬ内容であった。一美が勤務中に頭痛で意識を失い、診察の結果、脳動脈瘤《りゅう》が見つかって即入院を申し渡されたというのだ。

「投薬と通院だけで済まないものか、医師《せんせい》にお願いしてみたんです。でも最低でも、二週間は入院しなくちゃならないと言われて……」

いったん荷物を取りにアパートへ戻ったという加藤一美は、土下座するかのように床へ両手を突き、

「入院中、どうか亜結に目配りしてやっていただけませんか」

と頭を下げた。

「あつかましいお願いとはわかっています。でも、ほかに頼める人がいないんです。預かってくれるような親戚はまわりにいません。友人関係は離婚の際にすべて切って、縁もゆかりもない東京へ逃げてきました。民生委員さんのお話では、児童養護施設で一時預かりにしてもらうことは可能だそうです。でも亜結が、施設はいやだと言うんです。この子ったら、一人でやれると言い張って聞かなくて……」

「一人で大丈夫」

抑揚なく亜結が言った。

大人びた無表情とは裏腹に、兎《うさぎ》のぬいぐるみをきつく抱きしめている。灰白色に変色し、あちこち継ぎ当てだらけの白兎だ。亜結にとっての〝ライナスの毛布〟であった。

「施設には一度、入ったことがあるの。まだお母さんが離婚する前」

大きな瞳で、亜結が浦杉を見上げる。

「ちゃんとごはんを食べさせてもらえたし、お風呂にも入れたよ。でもあそこにいる子って、〝いつかうちに帰る子〟があんまり好きじゃないの。いじめられたりはしなかったけど……でも、好かれてないのはわかった」

兎を抱きしめる手に、力がこもる。

「前に入ったときはお父さんがあれで、いつ帰れるかわからなかったから、まだよかった。でも二週間くらいで帰れるなら――そう決まっているなら、行かないほうがいいと思う。わたしだけの問題じゃなくて、向こうの子が嬉しくないはずだから。いつでもうちに帰れる子が近くにいるのって、施設の子たちはいやだと思う。……わたしはもうすぐ八歳だし、一人で平気」

「そうか」

浦杉はうなずいた。亜結の言葉の意味はわかった。

児童養護施設にいるのは大半が親のない子、親に虐待された行き場のない子供だ。ほかの子供と同じように学校に通ってはいても、彼らは自分たちと外界とに一線を引きがちだ。悪意ゆえではない。それが、己の心を守るすべだからだ。

――だが彼らのテリトリーに、ほんの一時期とはいえ〝帰る家がある子〟が侵入してきたなら。

いじめが起きる、と決めつける気はない。しかし嫉妬が湧く可能性は高いだろう。亜結は自分が嫉妬されることを心配してはいなかった。〝嫉妬してしまう己を持てあまし、傷つく〟施設側の子を気遣っていた。

浦杉は一美に向きなおった。

「わかりました。加藤さんの入院中、亜結ちゃんにはわたしが目配りしておきます」

「ほんとうですか」

一美の目が輝いた。

「ではあの、重ね重ねあつかましいのですが――民生委員さんに、浦杉さんのお名前を教えておいてもいいでしょうか」

「かまいませんよ」

なるほど、民生委員の手前もあるわけか、と浦杉は納得した。頼れる身よりのないシングルマザーにとって、行政の機嫌をそこねることは恐怖でしかないだろう。

一美がふたたび土下座さながらに平伏する。

「すみません。ほんとうにすみません。ありがとうございます」

「いや、そんなにかしこまらないでください。どうぞ顔を上げて」

浦杉は手を振ってやめさせた。

「それで加藤さんは、今日このまま入院なされるんですか」

「はい。さいわい現行の勤務先ですし、いろいろ便宜をはかってもらえるようです。まわりも理解ある人ばかりで、ありがたいことです。内科の先生は『最低二週間』と言いましたが、もっと早く治すつもりですので――くれぐれも、よろしくお願いします」

「そんな。無理に治そうとせず、ゆっくり休んでください」

浦杉は心の底から言った。

「病気だって、きっとストレスのせいでしょう。入院している間くらい頑張りすぎないでください。念のため亜結ちゃんは、おれの部屋に寝泊まりさせますよ」

彼は横の亜結を見やった。

「合鍵は渡してあるよな？　それを使いなさい。いいかい、学校から帰ったら隣の二〇三号室じゃなく、必ずおじさんの二〇四号室に入るんだぞ。そして鍵はすぐにかけること。誰かが訪ねてきても、知らない人なら絶対開けちゃ駄目だ。あくまで念のためだが、なにが起こらないとも限らないからな」

「わかった」

亜結は短く答えてうなずいた。


ちいさなボストンバッグひとつに衣類やタオルを詰めて、加藤一美は出て行った。駅まで送ると浦杉が申し出たが、

「わたしより亜結に付いていてやってください」と言下に断られた。

静かで狭苦しい部屋に、亜結と二人で取り残される。

浦杉はふうっと息を吐き、あぐらをかいた腿《もも》を叩いた。

「――さて、そういや夕飯がまだだな。なにか作ってやれたらいいんだが、冷蔵庫は空っぽなんだ。出前でも取るか。なにがいい？」

「出前って、高いでしょ」

間髪を容《い》れず亜結が言う。浦杉は苦笑した。

「すこしくらい高くたっていいさ。記念すべき第一夜ってやつだ。ラーメン、ピザ、蕎麦《そば》、丼もの、鮨、なにがいい？」

「気を遣わないで」

兎を抱いた亜結が、眉根を寄せて言う。

「おじさんは、ふだんどおりにしていて。そういう、特別なふうに――わたしがいるせいでいつもと違ったふうにされると、困る。どうしていいかわからない」

亜結は肩をすぼめ、身を縮めていた。

「そうか、ごめん」

浦杉は素直に謝罪した。

「すまなかった。じつはきみがいるいないに関係なく、出前で済ませたいのはおじさんの本心なんだ。記念だのなんだの、大げさなことを言って悪かった。本心を言えば、おれはもうコンビニまで行くのがしんどいし、料理する気力も技術もないんだよ。だから家にいたまま、金を払ってでも誰かに食事を運んできてほしい。きみのぶんは、そのついでに頼むんだ。これで納得したかい？」

「……した」

亜結は、こくりと首を縦に振った。


近所の蕎麦屋から、浦杉はカツ丼を、亜結は天ぷら蕎麦を頼んだ。

亜結は唇を天ぷらの油で光らせながら、

「このお蕎麦は、硬くて美味《おい》しい」と真面目な顔で言った。〝コシが強い〟という表現をまだ知らないのだろう。浦杉はあえて訂正せず、

「ああ。おじさんも、蕎麦は硬いほうが好きだ」と同意した。

食べ終えてしまうと、亜結は長い長い時間をかけて歯みがきをした。その間、浦杉は一美から預かった合鍵で隣室に入り、子供用の布団を運び出してきた。ぬいぐるみと同じく、兎模様の掛け布団であった。

1Kの狭苦しいアパートゆえ、しかたなく浦杉の布団と並べて敷く。さすがに、できるだけ間はあけた。小学生とはいえ相手は実娘《じつじょう》ではない。他人なりの距離感は必要であった。

観たいテレビはとくにないそうなので、十時半に消灯した。

豆灯は点けておきたいか訊く。亜結は生真面目な声で「お願いします」と応じた。

ちいさなオレンジの灯りのもと、

「……明日からはしばらく、この二〇四号室がきみの家だ」

横は見ず、布団に仰向いたまま浦杉は言った。

「もしものことがあっても、ここに――おれ名義の部屋にいれば大丈夫だろう」

亜結は答えない。

だが〝もしものこと〟の意味は、二人ともわかっていた。亜結の実父だ。

飲んだくれのろくでなしだった。妻子を平気で殴る男でもあった。その暴力は亜結が生まれて以後、とみに苛烈になったという。

「おまえは女房だろう。おれだけ見てりゃいいんだ」

「赤ん坊にばっかりかまけて、ご主人様をないがしろにしてんじゃねえよ」

と怒鳴り、壁を殴って穴を開け、食器を割り、テーブルを引っくりかえし、怯《おび》える一美を殴る蹴るした。そして殴打しながら、

「おれを怒らせるおまえが悪い」

「おれの気に入らないことばかりするからだ。苛々させてばかりの、おまえがいけないんだ。

おれは殴りたくなんかないんだぞ。おまえたちがそうさせるんだ。おれは、おまえたちの被害者だ」

とわめき、大声で泣きじゃくったという。

ある夜、一美は幼い亜結を抱えてアパートから逃走した。

病院に保護された一美は人相が変わるほど殴られており、歯を二本と鎖骨を折られていた。右の鼓膜も破れていた。亜結は骨折こそしていなかったものの、手足と腹部にびっしりと痣があった。

警察と児童相談所が動き、実父は逮捕された。

だが長い間勾留《こうりゅう》しておくことはできなかった。一美と亜結は行政の手を借りて引っ越したものの、三年後、実父は執念深く二人を捜しつづけた。

三年後、実父は妻子の行方を突き止めた。その頃、亜結たちは縁もゆかりもない土地の市営住宅に住んでいた。

元夫に急襲された一美は、その場で殴り倒された。肋骨が折れて内臓に刺さる寸前まで蹴られ、殴られた。実父はさらに亜結を誘拐し、約一週間逃げまわった。

なお亜結たちの居所を洩らした元同僚は、

「だって、子供のためにも親子三人で暮らすのがいいと思ったから――。え、子供がさらわれた？　折れた骨が内臓に刺さりそうだった？　そんなこと、こっちに言われたって……。よかれと思ってやったことですし？」

と終始きょとんとしていたという。

さいわい一美は無事に退院できた。亜結の実父を相手どって裁判を起こし、正式に離婚することもできた。

しかし、その後も実父の執着はやまなかった。やむなく一美は彼を再度訴え、ストーカー規制法による接見禁止命令を勝ち取っている。

――それでも、実父がまた襲ってこない保証はないのだ。

浦杉はひっそり顔をしかめた。

彼自身は、子供を叩いた経験がない。むろん妻に手を上げたこともだ。

自分より力や体格で劣り、なおかつ無抵抗な相手を殴りたいと思ったことがない。なぜ殴れるのか、殴っていいと思えるのか理解ができなかった。

――そして、善弥を殺したやつもだ。

理解できない。

なぜ殺した。なぜ殺さなければならなかった。ほんの年端もいかない子供だ。なぜ襲い、なぜ殺すまで傷つけた。

善弥がおまえになにをしたというのだ。小湊美玖もそうだ。なぜ殺した。なぜそこまでする必要があった。わからない。おれには理解できない――。

「おじさん」

亜結の声がした。

「ああ」

低く応える。

「ここは、安全。……だよね？」

「もちろんだ」

答えながら、おれの言葉は自信ありげに響いているだろうか、と浦杉は訝《いぶか》った。

「この部屋は安全だ。おじさんと、きみしかいない。鍵がかかっていて、悪いやつは絶対に入ってこられない。だから安心して眠りなさい」

短い沈黙が落ちた。

やがて、ごくかすかな声で「おやすみなさい」と声が聞こえた。

瞬間、なぜか浦杉は胸を衝《つ》かれた。

こんなに純粋な、こんなにも混じりけない「おやすみなさい」を耳にしたのは十数年ぶりの気がした。娘や息子がほんの幼な子だった頃、あの時期を最後に、聞いていない響きのような――。

「おやすみ」

小声で言い、浦杉はまぶたを伏せた。

今夜はきっと悪い夢を見ないだろう、そんな不思議な確信があった。

7

「いいかい。メモでも残したとおり、おじさんはいま事件を抱えていて、帰りが遅くなる日が多い」

亜結と差し向かいで朝食をとりながら、浦杉は言った。

朝食と言っても、急遽コンビニで食パンと卵と牛乳、フルーツヨーグルトを買い、それらしくこしらえただけだ。

オーブントースターがないので、食パンは目玉焼きを作ったあとのフライパンで焼いた。インスタントコーヒーと牛乳でカフェオレにし、フルーツヨーグルトを添えればなんとか格好がついた。

「だからおじさんがいない間は、なるべく弟に顔を出してもらうことにした。名前は博之だ。

浦杉博之。顔は……親戚にはよく似てると言われるが、おじさんはそう思わない。でもまあ、まったくの他人よりは似てるだろうな」

亜結は真顔でうなずきながら、目玉焼きを載せたトーストを頬張っている。

「弟も働いてはいるが、おじさんより時間の融通はきく。あいつのスマホの番号も教えておくから、なにかあったらその番号に――」

チャイムが鳴った。

浦杉は立ちあがった。インターフォンなどない安アパートのため、いちいち玄関に出て応対せねばならない。

「はい？」

「兄貴か？　おれだよ」

弟の博之であった。

「……早速か」とつぶやきながら、浦杉は彼を中へ通した。

「こんにちはー。うわ、亜結ちゃんってきみか！」

大げさに博之がのけぞる。

「すごい美少女じゃないか、兄貴。あと数年したら、アイドルでデビューも夢じゃなさそうだぞ。なるほど、これなら親御さんは心配になるわなあ。――あ、大丈夫だよ亜結ちゃん。

おれはロリコンじゃないから。むしろ熟女好きだから。きみはおれのストライクゾーンを、そりゃもう大きくはずれ……」

「いい加減にしろ」

浦杉は弟の頭を叩いた。

兄弟が一見似ていない理由のひとつがこれだ。どちらかといえば寡黙な兄に対し、弟は陽気でよくしゃべる。軽薄と見なされ、上司に疎まれてリストラに遭ったのもむべなるかなだ。

「ところで博之、おまえ出勤前に寄ったのか?」

「いや、今日は早番だから六時出勤だったんだ。ちょうどこっちへ来る用があったんで、顔見せも兼ねて寄ったんだよ。さすがに初対面は兄貴と一緒のときでないと、亜結ちゃんに信用してもらえないだろ」

博之はドアの外を親指で示して、

「じゃあまた。エグっさんを待たせてるから、今日はこれで帰るよ」

と会釈した。『エグっさん』とは博之の相棒の名だ。NPO団体の方針で、更正に協力すべく博之たちは元受刑者の家を足しげく訪問している。中には朝の早い老人も多いため、早番と遅番にシフトを分けているらしい。

「亜結ちゃんも、じゃあな。おじさんのこと、これからよろしく」

博之がにっと笑いかける。

亜結はわずかに顎を引き、うなずいた。その首肯を確認して、博之が顔を上げる。

「ところで兄貴。いくら兄弟でもタダ働きはしねえぞ。ちゃんと見返りはもらうからな。約束どおり、例の〝相談〟に乗ってくれよ」

「わかってる」

渋面にならぬよう、浦杉は静かに答えた。

博之たちが面倒をみている元受刑者に、かつて浦杉が逮捕した男がいるらしいのだ。逮捕の際の記憶がトラウマ云々《うんぬん》で、以前から話だけは聞かされていた。

——正直、関わりたくないんだがな。

とはいえ、贅沢を言える立場ではなくなった。ギブアンドテイクだ。頼ったぶんは、なにかで埋め合わせねばなるまい。

博之が肩越しに手を振って出て行く。弟の相棒が、ドアの隙間からかるく会釈した。

8

捜査はしばし停滞した。しかしある朝、捜査会議にようやくの朗報が届いた。

連邦捜査局から『痴漢専用掲示板』サイトの解析データが届いたのである。小湊美玖を、集団痴漢する計画が立てられたとおぼしき掲示板だ。

そこは完全会員制の掲示板であった。浦杉が現行犯逮捕した男たちの証言どおりだ。検索エンジン避《よ》けの対策をし、アクセス制限することで法の網をかいくぐっているらしい。

会員登録し、パスワードを設定しないとログインできない仕組みで、なおかつパスワードは現会員の紹介があってはじめて発行されるのだという。

掲示板のやりとりをプリントアウトしたA4用紙の束が、全捜査員に配られた。プリントを浦杉はめくった。

「埼京線、×時×分発の三車両目が入れ食い。JC多し。#OK娘」

「丸ノ内線、×時×分発の二車両目に乗るJK、おとなしく無抵抗。通報ゼロ。155、ややぽちゃ、ポニテ。清稜女《せいりょう》。#OK娘、OK子　#情報交換」

などといった文字が並んでいる。

生活安全課から応援に入っている捜査員が、

「JCは女子中学生、JKは女子高校生の隠語です。155、ややぽちゃは身長と体形。OK娘とは、文字どおり触ってもOKな少女――やつらが勝手にそう見なしている、狙い目の対象者を指します。それぞれ『埼京線の×時×分発の三車両目には、女子中学生が多く乗るので狙い目である』『丸ノ内線の×時×分発の二車両目に乗る女子高校生はおとなしい子で、痴漢に抵抗せず駅員や鉄道警察に訴えたことがない。身長百五十五センチ前後、ややぽっちゃり体形、ポニーテールで清稜女子高校の制服』という意味になります」

　と説明した。

「JS、DSという略語も見られますが？」と堤。

「こちらは女子小学生、男子小学生の隠語です。女子大生ならJDですね。小学生の痴漢被害は、意外なほど多いです。容姿や体の成熟度にかかわらず、『おとなしそう、抵抗できなそう、弱そう』の三要素を痴漢は重視しますから。ことに人気なのは制服の小学生で、『小学生の頃が、もっとも多く痴漢に遭った』と証言した被害者もいます」

「胸糞悪い話だが……。ともかく、掲示板の運営者はこれで割れた」

　合田主任官がつづきを引きとる。

「企業ではなく個人運営だった。姓名は北爪《きたづめ》徹《とおる》。武蔵野市在住の四十二歳。強制猥褻《わいせつ》と盗撮で二回逮捕された前科《マエ》があるが、どちらも不起訴に終わった。離婚歴ありで、別れた妻との間に一児あり。ちなみに北爪は元妻の姓で、離婚後もそのまま名乗っている。二度目の逮捕で会社を解雇され、現在の主な収入源はアフィリエイトサイトの広告だそうだ」

「えー、アフィリエイトサイトというのは、運営するサイトおよびブログに企業広告を表示させることによって、広告収入を得るサイトです」

と生活安全課の捜査員が言い添えた。

「匿名掲示板の意見や、ＳＮＳの意見をまとめて記事にするケースが多いようです。北爪は複数のアフィリエイトサイトを運営し、月に二十五万円前後の収入を得ています。しかし並行して運営する痴漢専用掲示板と盗撮専用掲示板は広告なしで、当然ながら利益もありません。このふたつは、純然たる趣味での運営のようです」

「要するに、救いようのない変態野郎ってことだな」

合田主任官は毒づいた。

「女に抵抗されたらどう封じるか、痴漢と名指しされたらどう逃れるか、はたまた逮捕されたらどう改悛《かいしゅん》の情をアピールするか、そのノウハウまで情報共有してやがる。会員には検事や元警察官までいやがった。糞ったれどもが。世も末だ」

と大げさに嘆いてから、声音を変える。

「とはいえ、一応の収穫はあった。プリントの三ページ目を見ろ。九月十六日から十七日にかけての、掲示板でのやりとりだ」

浦杉はプリントを三ページ目までめくった。

掲示板の過去ログが印刷してある。四人の会員が、朝の山手線で集団痴漢を計画しているログであった。

四人の中に、浦杉は『ヘルメス』のハンドルネームを読みとった。例の、鼻曲がり男のハンドルだ。

ほか三人はそれぞれ『純』『徳丸』『１９』。

ログを読んでいくと、四人が十九日の朝に小湊美玖を囲んだのは、偶然ではない証拠が取れた。『ヘルメス』が目立った抵抗をしない美玖を〝狙い目のＪＫ〟として推薦し、ほか三人が乗ったかたちである。

『ヘルメス』は美玖を〝藤タイ〟の隠語で呼んでいた。藤色のリボンタイ、つまり明蓮一高の生徒であるとの意味だろう。さすがに実名は書かれていないが、〝肩までのボブ、顎にほくろ〟等々、挙げられた特徴が小湊美玖と一致している。

「そいつ、おれも前に触りましたよ」

とログで『純』は得意げだった。

「推定Cカップ。おとなしい楽な獲物でした。触り心地からして処女だったな」

「さすが『純』さん。制服ＪＫはほぼ制覇してますね」

「その点、『ヘルメス』さんはストライクゾーン広いからな。ロリだけじゃなく、ショタもガンガンいきますもんね」

「ショタど真ん中っすよ。制服もいいけど、やっぱランドセルだね。高そうな焦茶のランドセルとかたまんない。あれ、百パーセント大人を誘ってるっしょ」

ロリはロリータ、つまり女子児童の隠語で、ショタは男児の隠語だそうだ。そのあとも、延々と下卑た書き込みがつづく。

集団痴漢の場合、リーダーになるのはどうやら『19』らしい。てきぱきと彼が手順を決めている。『純』が獲物の右、『徳丸』が左、『ヘルメス』が前、『19』が背後とポジションを決め、

「四人で押しながら〝藤タイ〟を角に追いつめていく。あの駅からあの駅までの区間は降り口が右側だから、左のドア側へ向かうこと」

と手順を淡々と計画していた。

「抵抗した実績のない獲物だが、もし声を上げたらおれが対処する」

と『19』は書いている。制止した中年女に「なに言いがかり付けてんだ」と怒鳴ったのはこいつだな、と浦杉は察した。

そういえば以前に、生安課の捜査員から聞いたことがある。

「痴漢冤罪をふっかけられたやつは、まず棒立ちになる。おろおろして、即座に言葉が出てこないのが普通だ。しかし本物の痴漢は逆ギレする。脳内シミュレーションしてやがるから

な、反応が早いのさ。『おまえみたいなブス、誰が触るか』『自意識過剰かよ、ババア』と高圧的な態度に出て、被害者を黙らせにかかる。やつらにもマニュアルがあるんだ」と。

脳内シミュレーション云々は納得だ。それに、ふだん怒鳴り慣れていない人間が咄嗟《とっさ》に声を荒らげるのはむずかしい。だから万が一のとき〝怒鳴れる人間〟を、あらかじめ配置しておくのだろう。それにしても、大の大人が四人も集まって計画する内容とは思えない。嘆かわしいの一言だ。

だが計画が大詰めになったあたりで、雲行きが変わる。

五人目の男が、参加を希望して割りこんできたのだ。男のハンドルネームは『ＢＵＺ』。

彼はリーダー格の『１９』にまず挨拶してから、

「おれも仲間に入れてください。運転手やりますよ。駅の駐車場に、おれのワゴン駐《と》めておきます」

と立候補した。

「さらっちゃいましょうよ」

ひどくあっさりと、『ＢＵＺ』はそう提案していた。

四人の最初の反応はさまざまだった。『純』は戸惑い、『徳丸』は尻込みした。「べつに、そこまでしたいわけじゃ」と渋っていた。

しかし『ヘルメス』が真っ先に賛成した。『ＢＵＺ』と熱心にやりとりをはじめる。それを見て『１９』が主導権を取り戻そうとしたのか、

「いいだろう。やりましょう」と賛同する。

その後『１９』に「怖いんですか？　だらしない」「そんな弱腰じゃあもう組めないな」と煽《あお》られた『純』と『徳丸』も、渋りながら計画に加わった。

──『ヘルメス』はリーダーになるタマじゃない。とはいえ掲示板内では、それなりに発言権があるようだな。

と浦杉は判断した。会話の流れからして、『１９』が『ヘルメス』に舐《な》められたくないと思っているのがわかる。組んでいるはずなのに、かすかな反感すら読みとれる。

隣席の高比良が、手を挙げて発言した。

「主任官。これによるとマル害は──小湊美玖は、計画的に襲われ、誘拐されたんですね？平瀬洸太郎と同じように」

彼はつづけた。

「自分はこの『ＢＵＺ』が気になります。イニシャルＢだ。こいつはもしかして」

「ああ。ログを解析した結果、『ＢＵＺ』が掲示板にアクセスした回線は、洸太郎くんとの交流および『ファイティングソウル』のプレイに、『Ｂ＆Ｋ』が使用したものと同一だった」

合田主任官はうなずいた。

背後の捜査員が、ちいさく呻《うめ》くのを浦杉は聞いた。

合田主任官が眉間に深い皺を刻んで、

「つまり、フリーマーケットアプリを通して大学生から買いとったスマホだな。『ＢＵＺ』と『Ｂ＆Ｋ』は、同一人物ということになる」

と言った。

浦杉は思わず前のめりになった。手を挙げて発言する。

「主任官、平瀬洸太郎くんを連れた鼻曲がりのマル対こと『ヘルメス』は、駐車場へ向かう姿を目撃されたきり、消息が途絶えています。……駐車場では、『ＢＵＺ』の運転する車が待っていたのでは？」

「その可能性は高いな」

捜査員たちが顔を見合わせ、ざわつきはじめた。

合田主任官が机に両手を突き、前傾姿勢になる。

「『ＢＵＺ』および『Ｂ＆Ｋ』の素性はまだ知れん。しかし痴漢専用掲示板の解析データが手に入り、書き込みの全ＩＰが割れた。中にはプロキシサーバとやらを利用してＩＰを偽装したやつらもいたが、うちの解析課が丸裸にした。結果、『純』『徳丸』『１９』、そして『へルメス』の素性がわかった」

ホワイトボードに、主任官は五枚目のプリントを貼り出した。

「こいつが『ヘルメス』だ」

――津久井《つくい》渉《わたる》。渋谷区在住、三十五歳無職。

「ちなみに『ヘルメス』は、北爪が運営するもうひとつの違法サイトにも頻繁に出没している。こちらは盗撮専用掲示板だ。『ヘルメス』は古株のようで、とくに盗撮専用掲示板の副管理人『タケ』とずいぶん懇意にしていた」

合田主任官はにやりと唇を歪めた。すこしも愉快そうではない笑みだった。

「この『タケ』は、誰だと思う？　驚くぞ。……室戸武文だ」

一瞬、会議室が静まりかえる。

室戸武文。小湊美玖が所属していた女子バスケット部の元コーチだ。「マジか」「ちくしょう」と低い唸り声があちこちから湧く。

合田主任官は犬歯を剝きだした。

「そして盗撮専用掲示板において、小湊美玖を襲うよう『ヘルメス』こと津久井をそそのかしていたのも室戸だ。野郎、口ではああ言ったが、しっかりマル害を恨んでいやがった。ケッ。いい歳こいて、いやらしい性根をしてやがるぜ」

その悪罵を聞きながら、浦杉は高比良の台詞を思いかえしていた。

――女子供にしか強く出られないタイプだ。ろくでもない野郎ではあるが、できるのは安いいやがらせ止まりでしょう。

そのとおりだ。高比良と浦杉の見立ては正しかった。そして同時に間違ってもいた。

発端は確かに室戸武文の〝安いいやがらせ〟だった。しかし『ＢＵＺ』の参加によって方向が変わった。残虐きわまりない、誘拐殺人に発展してしまったのだ。

合田主任官がつづける。

「驚きはもうひとつあるぞ。室戸武文は、両掲示板の運営者である北爪徹の従弟《いとこ》だ。だから副管理人を任されていたんだな。ちなみに室戸が投稿した画像の多くは、やつがコーチしていた中学の女子生徒を盗撮したものだ。さらにそのうちの四割強が、室戸お気に入りの生徒、山城某の画像だった」

彼は机を叩いた。

「さて、まずは運営者の北爪からだ。堤、おまえらが行け。浦杉、高比良、おまえらは室戸を引っぱってこい。すでに面識ある間柄だからな、遠慮はするな。とはいえ大事な参考人だ。やさしーく任意同行をお願いするんだぞ」

北爪徹と室戸武文は、はじめのうちは強気だった。だが掲示板の過去ログが割れたと知ると、途端におとなしく任意同行に応じた。

ハンドルネーム『純』『徳丸』『19』も、順に署へやって来た。

しかし『ヘルメス』こと津久井渉のアパートは無人であった。賃貸契約こそ解除されていなかったが、集合ポストには約十日分の郵便物が溜まっていた。

隣人によれば、

「そういえば一週間以上姿を見ていませんね。いえ、挨拶もしたことないです」

「ずっと静かだし、帰ってきてないんじゃないですか？」

とのことであった。なお津久井と近所付きあいしていた住民は皆無で、管理会社や不動産会社は「なにも連絡を受けていません」と声を揃えた。

＊　　＊

彼女を乗せた車は、走りつづけていた。

揺れが不快だった。車酔いするたちではないはずだが、車内にこもる汗と熱気と体臭が、どうにも吐き気をもよおさせた。

手首をすこし動かしてみる。

拘束された手首には、ごくわずかな余裕があった。むろん、彼女の力ごときで解けはしない。緩みもたわみもしない。試すまでもなかった。

でも絶望しちゃ駄目、と彼女は己に言い聞かせた。これで終わりじゃない。きっと助けは来る。そのためには、けして諦めてはいけない。

彼女は眼球だけを動かし、男たちを観察した。

みな、こちらを見ていない。全員が全員、微妙に注意がそれている。彼女をまっすぐ監視している者は、いまはいない。

彼女は覚悟を決めた。

うつむいて顔を隠す。唇をわずかに開け、舌の先を歯列から突き出す。

掌に汗が滲んだ。鼓動が速まる。これから起こすことを想像するだけで、恐慌がせり上がる。でも、やらなくてはならない。この男たちから逃れるためなら、手段は選んでいられない――。

彼女はきつく目を閉じ、上下の歯で思いきり自分の舌先を嚙み切った。

第三章

1

津久井渉にとっての英雄《ヒーロー》は、二十数年前に神戸で起こった児童連続殺傷事件の犯人であった。

当時の津久井は十三歳。千葉の中学校に通う、内気で目立たない少年だった。

児童連続殺傷事件の犯人が十四歳だと知って、津久井は震えた。恐怖ではない。憧憬で震えたのである。

自分と一歳しか違わないのに、こんなことをやってのけるのか。やりおおせられるのかと、尊敬で息が詰まった。

マスコミも進歩的文化人とやらも、みな成人の犯行だと信じて疑わなかったのだ。一介の中学生が殺人を犯しただけでなく、何百人もの大人を騙《だま》しおおせた。なんて格好いいんだと思った。頭の芯が痺《しび》れた。

事件について報道した番組を、津久井は片っ端から録画した。記事を切りとってスクラップし、ルポ本を購入して貪り読んだ。

とくに津久井が犯人の少年Aに憧れたのは、その特異な性的嗜好《しこう》であった。

少年Aは精神科医に対し、

「自慰するときに、異性を思い浮かべることはない」

と答えたという。

「動物の解剖や虐待シーンなどを想像して勃起する。手淫はしない。陰茎に手で触れなくても、猫を解体したときの記憶を呼び覚ますだけで射精にいたる」のだと。

衝撃だった。十三歳の津久井は、まさに自分の性欲をもてあます年頃だった。Aくんはエロい妄想に溺れないんだ。なんてすごい、と思った。

彼はおれみたいに、くだらない性衝動に振りまわされたりしないんだ。むしろ征服し、克服したんだ。うらやましい。突き抜けてる。クールだ。おれもそんなふうに生きていけたらいいのに。

少年Aは津久井の目に、性衝動を超越した聖者のごとく映った。

当時の津久井は、「自分は性欲が強すぎるのではないか」と悩んでいた。こんなに性のことで頭がいっぱいで、毎日自慰するなんておかしいのではないか、異常なのではないかと苦悩していた。

男子中学生にはありがちな悩みである。普通ならば兄、従兄《いとこ》、先輩などが相談相手になる。親身に聞き入り、「おれのときもそうだった」「なにもおかしいことはない。正常に成長している証だ」と肩を叩いて笑い飛ばしてくれる。

はたまた親友がいれば、お互い立ち入ったところまで話し合える。「なんだ、おまえもそうなのか」「おれと同じだな」と顔を見合わせて安堵できる。

しかし津久井渉には、そんな相手は一人としていなかった。


津久井渉は三十五年前、津久井家の一人息子として千葉県市川市に生まれた。

両親は同じく千葉県出身で、見合い結婚である。父親は大学卒業後に大手製鉄会社に入社。以後、一度も転職しなかった真面目一徹の男性だ。

だが仕事に没頭し、家庭をかえりみない父親でもあった。津久井が五歳のとき父はインドネシア支社へ異動となり、単身赴任した。その後は中国支社への異動を経て、帰国したのは十三年後である。

一方の母親は、津久井にとって「不思議な人」であった。

けして嫌いではない。むしろ好きだった。アパレル会社に勤める母はいつもきれいに装っていて、いい香りがして、華やかでふわふわしていた。

母に話しかけられ、笑いかけられると嬉しかった。だが自分の家族であり〝母〟だという実感がなかった。

しょっちゅう訪れるお客さん――。それが母に対する、もっとも近い感覚だった。そして父は〝たまにしか顔を見せないお客さん〟だ。

津久井にとって家族と思えるのは、ただ一人、祖母だけだった。

祖母は父親の実母だ。見合い結婚した直後から、両親は祖母を含めた三人暮らしだったという。津久井が生まれていったんは四人家族になったものの、父が単身赴任してからは、ふたたび三人になった。つまり母、津久井、祖母の暮らしだ。

幼い津久井から見ても、母と祖母はうまが合わなかった。お互い悪人ではなく、悪意もない。だが決定的に価値観が異なっていた。

母が重視する育児法は〝個性と自由〟だった。一方、祖母が津久井に求めたのは〝家族愛と恭順〟であった。

二人は育児と教育に関し、長い時間をかけて話し合った。その結果、

「確かにお義母さんの言う〝家族愛と恭順〟のほうが、日本の義務教育には合っているかもしれない」

と母が折れた。

以後、津久井の養育に関しては、祖母が全権を握ることとなる。

少年期の津久井は、「自分の家はおかしいのでは」などと疑いもしなかった。祖母の躾《しつけ》は確かに古くさかった。だが十二分に愛情豊かだと思っていた。スキンシップが多く、求めればいつでも抱きしめてもらえた。

祖母の方針により、津久井は幼稚園にも保育園にも通わなかった。祖母はいつも「あそこは可哀想な子の行くところ」と吐き捨てるように言った。

「うちにはおばあちゃんがいるでしょ？　だから可哀想じゃない渉ちゃんは、行く必要がないの。友達？　そんなのは無理して作るもんでないのよ」

そう主張した祖母は、家庭内で彼に読み書きを教え、童謡や詩を覚えさせた。

母は養育権だけでなく、台所を使う権利も祖母に献上した。朝食をとる習慣がない母はコーヒーだけ飲んで出社し、昼夜を外食で済ませ、津久井と祖母が眠ってから帰宅した。

土日には、三人で食卓を囲むこともあった。

しかし外食に慣れた母の舌には、祖母がこしらえる切り干し大根の炒り煮や、菜の花のおひたし、鰈《かれい》の煮つけは淡白すぎたようだ。家でも華やかに化粧した母は、料理を箸でつつきまわし、美しく微笑み、ワインばかりをぐいぐい飲んだ。

盆と正月のみ帰ってくる父は、実母相手だからか、さらに遠慮会釈がなかった。

「辛気くさい飯ばっかりだなあ」

「また煮つけか、芸がない。田舎くさいよ」

と並べられた皿を無視し、平気でレトルトカレーや出前のラーメンを食べては、

「これこれ。日本に帰ったらこいつが食べたかった」

と相好を崩した。そのくせ津久井の顔を覗きこみ、父はこう言うのだ。

「おまえは子供だから、我慢して食べなさい」

「お祖母《ばあ》ちゃんの作る飯は健康にいい。昔ながらの和食を食べてさえいれば間違いないんだ。きっと立派な大人になれる」と。

その〝間違いない〟食事をあなたはなぜ避けるのだ、と津久井は尋ねなかった。

彼は聡《さと》い子供だった。「空気を読む」という言葉そのものは知らねど、意味はすでに肌で悟っていた。

外界を知らぬ少年は、まったく意見の異なる三人の大人に囲まれて、顔いろを読むことばかりが巧《うま》くなっていった。

やがて就学通知書が届き、津久井は小学校に入学した。

幼稚園へ通わず、六年間大人にばかり囲まれて暮らしてきた彼は、子供の集団の中に突然放りこまれて戸惑った。

同い歳の子供たちは騒がしく、やんちゃで意地悪だった。集団生活に馴染めずに、津久井は孤立した。

さいわい担任の教師がベテランでフォローが巧かったため、いじめに発展することはなかった。だが津久井は、ひたすらに孤独だった。

一日学校にいても、挨拶以外ではクラスメイトと一言も口をきかなかった。話し相手は、いくつになろうと祖母のみであった。

精通がはじまったのは、小学五年生のときだ。夢精だった。知識はあったものの、津久井はそれを恥じた。祖母に隠れ、こっそりと下着を洗った。

その夜見た夢を、いまも彼はあざやかに覚えている。

夢の中で、津久井は五歳の幼児に戻っていた。場所は近所の公園だ。一人で、砂場で遊んでいた。同年代の子供たちは、みな保育園か幼稚園にいる時刻である。公園にいる子の大半が二、三歳で、母親と一緒だった。

しかしその子は津久井と同じく、姿を見せたときから一人であった。三歳前後の男の子だ。まわりに父親も母親も見あたらない。知らない顔だった。

その男児は、しばらくブランコで遊んでいた。だが突然ブランコを降りると、砂場の津久井に駆け寄ってきた。

「おしっこ」

当然のように男児は言った。

津久井は無言で、公園の隅にある公衆トイレを指さした。だが男児はむずかるように唸り、いま一度「おしっこ」と言った。あきらかに苛立っていた。

連れて行ってくれ、とせがまれているのはニュアンスでわかった。しかし津久井は無視した。なぜなら彼は、自分よりちいさい子が苦手だった。うるさくて汚くて、意思が通じない。トイレの補助なんて、絶対に御免だと思った。

やがて諦めたのか、男児はトイレに向かって一人で歩いていった。

ベンチにたむろしている数組の母子連れは、男児に気づいてない。おしゃべりに夢中なのだ。視線を流すことすらない。

津久井は砂遊びに戻った。トンネル作りに没頭した。砂をいじりながら、彼は想像の世界に浸っていた。砂でできた彼の王国。なんでも彼の意のままになる世界。父も母も祖母もいない、彼と奴隷だけの国――。

その夢想を裂いたのは、つんざくような悲鳴であった。

津久井は顔を上げた。まず目を射たのは、赤だった。鮮血の赤だ。誰かが泣いている。激しく泣きじゃくっている。

悲鳴を上げたのは、ベンチでとぐろを巻いていた母親の一人だった。横の一人が目を見ひらき、弾かれたように立ちあがる。ものも言わず走りだす。その先には、啜り泣く男児がいた。

さっきの子だ、と津久井は悟った。トイレから出てきたのだ。下半身が裸だ。両腿の間から、血がしたたっている。

公園は、蜂の巣をつついたような騒ぎとなった。

津久井はその喧騒にまぎれ、走って家に逃げ帰った。恐ろしかった。意味はわからなかったが、怖いことが起こったのだとおぼろげに理解できた。

祖母は「おや、早かったんだね」と疑いもせず彼を迎えた。パトカーのサイレンが近づいてくるのが、窓越しに聞こえた。

テレビのニュースになるだろうか、と津久井はどきどきして夕方を待った。しかし夕方のニュースでも、夜のニュースでも男児の件は報道されなかった。

そのうちに津久井は、公園での出来事を忘れた。

夢だったんだ、と思うようになっていた。

その証拠に、ニュースにならなかったじゃないか。あんなに血が出ていたのに、テレビは報道しなかった。だからきっと夢なのだ、と。

――でも違った。夢じゃなかった。

夢精によって、はっきりと津久井はすべてを思い出していた。

あれは現実にあったことだ。あのときトイレには、変質者が隠れていたのだろう。男児はそいつに乱暴されたのだ。あんなに多量に出血するほど、ひどいやりかたで。

――あのとき、もしおれが付き添ってやっていたら。

男児にせがまれるままに、トイレまで付いて行っていたなら。もしかしたら男児は無事だったかもしれない。いやそれとも、襲われたのは自分だっただろうか。

そう考えた途端、ぞっとした。全身を恐怖が浸し、指さきが冷たくなった。震えながら、津久井は己の汚れた下着を見下ろした。

――あのときの光景を思い出しながら、自分は夢精した。

信じられなかった。だがそれが現実だった。

その日を境に、彼は毎日自慰するようになった。誰にも打ちあけられなかった。

祖母には言えない。むろん母にも、教師にもだ。罪悪感ばかりが募った。自分は異常なのではないか、と怖かった。しかしやめられなかった。授業中でも家でも、暇さえあれば妄想ばかりしていた。

まわりの生徒がみんな、自分よりまともに見えた。自分だけが異常だったらどうしようと、怯えに震えた。

性的原体験が、あの公園の光景だったせいだろうか。クラスの女の子と両思いになるような妄想では、津久井は昂《たか》ぶれなかった。彼を興奮させるのは決まって、「いやがる子に、無理やりひどいことをする」妄想であった。

対象は、最初のうちは男児ばかりだった。だが次第に興味は女の子へ移った。おとなしく抵抗できなそうなクラスメイトを選んで、頭の中でひどいことをした。射精するたび、自分は頭がおかしいのだと思った。

そうして、彼が中学生になったときだ――。あの神戸の事件が起こったのは。

「自慰するときに、異性を思い浮かべることはない」

「動物の解剖や虐待シーンなどを想像して勃起する。手淫はしない。陰茎に手で触れなくても、猫を解体したときの記憶を呼び覚ますだけで射精にいたる」

少年Aの言葉に津久井は心を揺さぶられた。彼は性を克服している。むしろ征服しているのだと感動した。

自分がこんなに悩まされ、振りまわされている「性への欲求」を、少年Aは持たない。暴力衝動だけで興奮できる。しかもその衝動を、殺人という究極のかたちで昇華させてみせた。自分とたった一歳しか違わないのにすごい。次元が、ステージが違う。

性衝動とサディズムは、津久井にとっても近しいものだった。その感覚を少年Aが肯定してくれた気がした。自分のために手本を見せてくれたのだとさえ思った。

とはいえ、現実に誰かを襲う勇気はなかった。

彼は悶々《もんもん》としながら中学生活を終え、高校に進学した。

その進学先で、彼はいじめに遭った。殴られ、蹴られ、嘲《あざけ》られて金を奪われた。はじめて自分の身に受ける、生《なま》の暴力だった。

一年生の一学期を最後に、彼は一日も高校へ行っていない。

祖母は認知症になりかけており、「今日は日曜だよ」と津久井が言えばたやすく信じた。母親が気づいたときにはすでに出席日数が足りず、留年が決定していた。

知らせを受けた父は、中国から急遽戻ってきた。

「いまからでもやりなおせ。高校へ通え」と説得にかかる父を、津久井はあいまいに見つめかえし、その言葉をすべて聞き流した。

津久井の休学を決めたのは、母だ。母は高名な心療内科医院を予約し、彼をカウンセリングへ通わせた。しかしめざましい回復はないまま、時間だけが無為に過ぎた。

二年半で、津久井は心療内科医院へ行くのをやめた。もはや母はなにも言わなかった。

時代は二十一世紀を迎えていた。Ｗｉｎｄｏｗｓ２０００の発売と普及により、社会は急速にインターネット社会へ変わりつつあった。

「家で高認の勉強をするから」

と津久井は言い張り、母にデスクトップ型のパソコンを買ってもらった。

だが当然、勉強などしなかった。彼がひたすらに熱中したのは、ポルノ動画の収集である。インターネットで簡単に手に入る暴力的なポルノに、どっぷりと津久井はのめりこんでいった。

父が日本支社に異動となったのは、津久井が十八歳の春だ。

すっかり認知症が進んでいた祖母を、父は迷わず施設へ入所させた。つづけて一人息子の津久井を、無理やり家から追い出した。

「おまえももう十八だ。独り立ちできる歳だ。生活の面倒は最低限見てやるから、社会復帰へのリハビリのためにも、一人で生活しなさい」

津久井を追い出したあと、両親は二人きりで住みはじめた。だが三箇月と持たず、別居した。離婚したのはさらに一年後である。

母は県外へ引っ越していった。父は翌年に再婚した。祖母が消え、津久井が追い出されたあとの家に後妻を引っぱりこんだかたちだ。後妻は、津久井と六つしか違わない中国籍の女性であった。

気まずい再婚の埋め合わせだろうか、父はその後も津久井の生活費を出しつづけている。三十五歳になった彼が、いまも無職ながら生きていけるのは父のおかげだ。家賃も光熱費も、父の口座から引き落としだった。そのほか、月に十万の仕送りがあった。

「面倒だけは起こさないでくれ」

そう父は津久井に釘を刺した。

「アパートを追い出されないよう、異臭と騒音には気をつけろ。あとはなんでも好きにしていい。その代わり、おれに迷惑だけはかけるなよ」と。

後妻との間に二児をもうけた父は、もはや津久井に対しなんの感情もないようだった。連絡はごくまれにかかってくる電話のみ。口調は事務的で、つねに乾いていた。

だからこの歳まで、津久井は一度も働いた経験がない。

働かねば、と思ったことはある。このままでは駄目だ、自立しなければと、夜中に布団の中で煩悶したのも一度や二度ではない。

だがバイトしても、八割は面接で落とされた。運よく面接をすり抜けたバイトも、たいてい数日で行く気をなくした。初日からすっぽかしたことさえある。

働くのに向いていないんだ、そう思った。いや、生きることに向いていないんだろう。そう自嘲しながら生きてきた。

はじめて痴漢専用掲示板に出会ったのは、二十二歳の初春である。

当時の掲示板はまだ完全会員制ではなかった。テキストサイト全盛期を越え、ネットユーザーはより手軽なブログサービスへと移行しつつあった。警察がハイテク犯罪対策総合センターを立ちあげたのは二〇〇〇年の二月。津久井たちから見れば、時代遅れで後手後手の対策だった。高度情報技術犯罪取締班は、まだ発足していなかった。

痴漢なんてみみっちい犯罪だ――。津久井も最初はそう思っていた。

しかし「×月×日、三人から四人でやりましょう。メンバー募集」と呼びかける男を掲示板で見て、興味を持った。

「参加します」

そう書き込むやいなや、話はとんとん拍子に進んだ。

津久井はその当日、半信半疑ながら指定の電車に乗り、指定の車両で待った。まずいことになったらすぐに逃げようと思っていた。だが案に相違して、犯行はいたってスムーズにおこなわれ、問題なく終わった。

自分でも驚くほど、津久井は興奮した。相手は中学生だった。制服をまとっていたものの、容貌肢体は小学生と見まがうほど幼かった。啜り泣き、苦痛に顔を歪める少女を、彼らは遠慮会釈なく奥までまさぐった。

電車を降りたあとも、津久井は余韻に恍惚《こうこつ》としていた。少女が痛みに身をよじるたび白い頬にのぼった朱が、網膜に焼きついて離れなかった。

翌週から津久井は、通学時刻の電車にほぼ毎日乗るようになった。

津久井が狙うのは制服の女子中学生、女子高生。そして男子小学生であった。

あの日公園で見た鮮血の色は、いまもってすこしも薄れず彼の興奮をかき立てた。男児の顔は覚えていない。しかしほんのわずかでも、あの男児を思わせるなにかがあれば充分だった。

津久井が二十五歳の夏、痴漢および盗撮専用掲示板はサーバを海外に移した。同時に完全会員制となった。ただしそれまでの常連には、優先的にパスワードが与えられた。

電車内で盗撮した画像をせっせと投稿する津久井は、じきに副管理人『タケ』と懇意になった。

「スポーツ系ＪＣとの間に、ぼく合法的なパイプ持ってますから」

が『タケ』の口癖だった。

津久井は『タケ』が好むスポーティな女子中学生を盗撮しては、彼の機嫌をとった。態度からして『タケ』が掲示板の運営者とコネがあるのは明白だった。媚《こ》びておいて損のない相手であった。

掲示板の常連には、さまざまな人種がいた。

津久井と同類のニートもいれば、仰天するようなお偉いさんもいた。堅い職業のかたわら、痴漢を楽しんでいる男は意外なほど多かった。孫がいるだろう年齢の常連とて、すくなくなかった。

掲示板は、その後も何度かサーバを変えた。スマートフォンの普及がとどめだった。彼らは完全に地下へともぐった。メンバーは、ほぼ固定化した。

その頃には、津久井は働く気を失くしていた。どうせ家賃と光熱費と通信費は父持ちだ。贅沢こそできないが、とくに不自由のない生活だった。

三十一歳までは、たまに父から様子うかがいの電話が来た。しかし現在はそれもない。母とは完全に音信不通である。祖母にいたっては、まだ施設で生きているのかすらわからない。

津久井は毎朝七時半に起き、八時から十時までを電車に乗って過ごした。帰宅して食事をとり、仮眠して、その後は終日インターネットに張りついた。

彼はゲームにもSNSにも興味がなかった。本を読む習慣はない。漫画は祖母が嫌いだったから、いまだに読みかたすらわからない。映画は場面が飛ぶとストーリイがわからなくなったし、アニメはやかましくて嫌いだった。

気づけば掲示板を介した交流だけが、津久井の人生のすべてになっていた。

盗撮専用掲示板の副管理人『タケ』は、やけに執拗《しつよう》だった。不自然なほど、しつこくその女子高生を薦めてきた。

個人的になにかあったのかな、と津久井はぴんと来た。しかし襲うことに、とくに否やはなかった。

明蓮一高の制服は好きだ。大好物と言っていい。獲物の女子高生からもヤバい匂いはしなかった。それに副管理人の意を汲《く》んで機嫌をとっておけば、今後もなにかと便宜をはかってもらえる。

メンバーはすぐに集まった。『純』『徳丸』『１９』。いずれも集団痴漢の熟練者だ。

ただ『１９』が津久井に対し、なにやら含むものがあるとは勘づいていた。おそらく彼が『タケ』と親しくしているのが気に入らないのだ。えこ贔屓《ひいき》があるに違いないと、邪推している様子だった。

だから津久井は、主導権をあっさり『１９』に譲った。反感と面倒ごとを避けるためだ。

適当におだててさえいれば、『19』は害のない相手だと把握済みであった。そこまでは、なにごともなく進んだ。

風向きが変わったのは、

「おれも仲間に入れてください」

とハンドルネーム『BUZ』が割りこんで以降である。

「運転手やりますよ。駅の駐車場に、おれのワゴンを駐めておきます」

「さらっちゃいましょうよ」

こともなげな物言いだった。

当初、『純』と『徳丸』は腰が引けていた。だが津久井は乗ることにした。半分は『BUZ』に対する「そんなにイキっちゃっていいのかよ?」という煽りだった。しかしもう半分は、純粋な興奮だった。

十三歳の頃、津久井は神戸の児童連続殺傷事件に昂ぶった。強烈に犯人に憧れた。しかし〝彼〟のようにはなれぬまま、三十五歳まで無為に生きてしまった。

〝彼〟への憧れはすでに冷めていた。出所後の〝彼〟はよけいな手記を書き、くだらないブログで津久井を幻滅させたのだ。もっとも肝心な神秘性を〝彼〟は失った。がっかりだった。もはや〝彼〟には、なにひとつ期待できなかった。

――だから、今度はおれの番だ。

おれ自身がやるしかない。

むろん、津久井一人ならば不可能だ。だが仲間がいればなんとかなる。なによりこの『BUZ』という男は、異様なほど自信に溢れていた。荒事に慣れきった気配がした。

対抗心が湧いたのか、『19』も、

「いいだろう。やりましょう」と賛同してきた。

その後『純』と『徳丸』も、『19』に「怖いんですか？　だらしない」「そんな弱腰じゃあもう組めないな」とさんざんからかわれ、渋りながらも参加を決めた。

決行は九月十九日。

路線は山手線の八時台。獲物は明蓮一高の女子高生。

チョロい相手だろうと、津久井はたかをくくっていた。

まさかあんな展開になるとは――その時点では、思ってもみなかったのだ。

2

『荒川女子高生殺人死体遺棄事件』ならびに『小金井市小三男児失踪事件』の被疑者として、

署に連行された男は五人だった。全員が肩を落とし、顔いろを失っていた。

ハンドルネーム『純』は、三十六歳の銀行員であった。『徳丸』は四十四歳の区役所職員。

そして集団痴漢のリーダー格『19』は、まだ二十七歳の派遣社員だった。自動車部品製造会社において、CADで図面を作成しているのだという。驚いたことに元甲子園球児であり、19は当時の背番号だそうだ。笑えない話であった。

なお『純』と『徳丸』は妻子ありで、『徳丸』にいたっては娘が二人いた。うち一人は、現役の女子高校生だという。

「いやになりますね」

高比良は、顔を歪めて吐き捨てた。

「お堅い職業で、家庭も職場も順風満帆。さらに愛する妻子がいる生活──。それでいて、なぜこんな馬鹿をやらかすんでしょうか。自分の娘が同じように痴漢されたら、いやだと思わないのかな」

「それがね。この手のやつらってのは〝もし自分の娘が〟という考えには絶対いたらないいんですよ」

生活安全課の捜査員が口を挟んだ。

「取調べで『あんたの娘が同じように知らない男に囲まれて、泣くまでいじくられたらどんな気分だ』と訊くと、たいていのやつが真っ青になって『相手を殺してやりたいと思います』だの、『そいつをぶん殴ってやる』と答えるんです。なにをいけしゃあしゃあと、と思うでしょう？　ところが、やつらは本心から言ってるらしいんだな。自分が痴漢した女の子にも親がいて、人格がある生身の人間だという感覚が、すっぽり抜け落ちているんです」

「ストレス解消のための、道具に見えているんだろうよ」

浦杉はため息まじりに言った。

数年前に浦杉は、強制猥褻を繰りかえすうちに犯行がエスカレートし、殺人にいたった男を逮捕したことがある。その男はこう言っていた。

「仕事がうまくいかなくて、ストレスを発散する必要があったんです。風俗にも行ってみましたが、プレイやごっこ遊びじゃ駄目でした。やっぱり生身の女が本気でいやがっていないとね、芯から興奮できないんです。おれはほかの腰抜け野郎とは違う、デキる男なんだってことを自分自身に証明する必要があった。……刑事さん、わかってください。こいつは性欲じゃありません。男のプライドの問題なんです」

ハンドルネーム『19』こと二十七歳の派遣社員も、取調室で同じようなニュアンスの供述をした。

「誤解しないでほしいんですが、スケベな気持ちとはちょっと違うんです。ゲーム感覚というか……。回数を重ねるうちに感覚が麻痺《まひ》していったんです。それだけです」と。

元球児だけあって、肩幅の広い大柄な男だ。この男に触られた上、罵倒された女性たちはさぞ恐怖を感じただろうと浦杉は眉をひそめた。

「ゲーム感覚とはどういうことですか？　具体的にお願いします」

取調官は、予備班のベテラン捜査員である。

浦杉は聴取を彼に任せ、取調室の壁に背を付けて立っていた。

身を縮めるようにして、『19』が答える。

「だから、その……ゲームでポイントを稼ぐような感覚だったんです。一人触れば一ポイント、といったようなあれですよ。『今週は仕事がしんどかったから、十五ポイントは稼がないとな』とか、そんなふうに思っていました。女の子を泣かせればポイント倍、とか……。その数字を、掲示板で仲間と競い合ったりして……」

「要するにあなたにとって、被害者は〝点数〟でしかなかったと？　相手を泣かせるほどひどい行為も、それは点数に繋がるだけだった？」

「さっきも言いましたが――麻痺していたんです」

彼は主張した。

「掲示板に行くと、似たような仲間がたくさんいました。彼らと情報交換したり、今日の成果を自慢し合ったりするのが、純粋に楽しかった。もともとおれは、男同士で遊ぶのが好きなんです。でも大人になると、男だけで馬鹿やったり騒いだりする機会ってなくなるじゃないですか。せいぜいが飲みに行って羽目をはずすくらいで……。あの掲示板には、その懐かしい空気がありました。男だけで盛りあがって、わいわい騒いでるような一体感というか、連帯感というか……」

「ほかのレジャーでも、その感覚は味わえたと思いますがね」

取調官は冷静だった。

「たとえば釣りにバイクに登山。男性だけの趣味サークルは、世に多いですよ。とくにあなたなら、それこそ草野球という道があったでしょう」

「はあ。いま思えば、そうなんですが……。いや、ちょっと違うな。やっぱり、犯罪だっていうことに興奮したんだと思います」

そう認めて、彼はうつむいた。

「興奮で、脳からドーパミンが出るみたいなあれですよ。スポーツとも釣りとも、セックスとも違います。その証拠に痴漢しているときは、たいてい勃起しませんでした。股間じゃなく、脳で興奮してるんです。だから風俗なんかじゃ満足できない。悪いことをしてるって背徳感と、作りものじゃない本物の相手がいないと――」

「その背徳感を求めて、あなたは小湊美玖さんを集団で襲ったんですか？」

取調官が切りこんだ。

ぎくりと『19』が身を強張らせる。取調官は言った。

「ここに、あなたたちが掲示板で交わした書き込みのログがあります。あなたたちは九月十六日から十七日にかけて、山手線での集団痴漢を計画していますね？」

「いや、あれは……」

彼は呻いた。

「あれは、いや、『ヘルメス』さんから持ちかけられたんです。彼が、あの子がおとなしいから狙い目だと推薦して、それで」

「それで、あなたたちは話に乗った。四人で小湊美玖さんを囲むことを計画し、十九日に決行しようと決めた。言いだしっぺは確かに『ヘルメス』だが、ログを読む限り、計画を主導していたのはあなたでは？」

「ち、違います」

血相を変え、『19』は顔を上げた。

「違います。おれじゃない。『BUZ』さんが――あ、あの人が割りこんできたせいだ。あそこから、だんだん話がおかしくなって……。おれたちはそんな、そこまでするつもりじゃなかったんです」

「では、どういうつもりでした」

「それは……」

ハンドルネーム『19』は絶句した。

取調官は意にも介さず、平静に書類をめくった。

「十九日のあなたの行動を、逐一話していただきましょう。朝起きたところからのすべてを、ことこまかにお願いします」

しばしの間、『19』は何度も口を開閉させ、無言であえいでいた。額に脂汗が浮いている。唇が白くなっている。

やがて、その肩ががくりと落ちた。

魂が抜けたような声で、彼は話しはじめた。

「――あ、あの日は、平日でした。木曜日だった。起きてすぐ、会社に『風邪をひいた。熱が高いので休む』と連絡を入れました。翌日は、出社するつもりでした。その時点では、すぐ済むと思っていましたし」

「済むとは、犯行がですか？」

その取調官の問いには答えず、『19』は言葉を継いだ。

「……『純』さんと『徳丸』さんとは新宿駅で待ち合わせしました。すでに顔見知りで、合流はスムーズでした。『徳丸』さんは有休を取ってきた、と笑ってました」

「『ヘルメス』とはどこで合流を？」

「あの人は、代々木《よよぎ》から乗ってきたはずです。彼とも何度か組んだ経験があったから、問題はなかった。藤タイの子――あの子は、あらかじめおれたちで囲んでたんで、『ヘルメス』さんが来てポジションをとったら開始、というか……」

「犯行に及んだわけですね」

取調官は「犯行」の単語を強調してから、声をすこし低めた。

「ところで、小湊美玖さんを助ける演技をした女性は誰です？」

彼の視線が泳ぐ。一拍置いて、

「ああ、……『BUZ』さんの奥さんです」

と押し出すように言う。

「いや、ほんとうに奥さんなのかはわかりません。でも、そう紹介されました。『こいつは女房だ。おれの手足同然だから、逆らったりチクったりしない。安心して役目を任せていいぞ』と」

「つまり、最初から全員が共謀だったんですね」

「はい……」

彼はうなだれた。浦杉の見たところ、完全に〝落ちて〟いた。

これでくだんの女も一味だとの証言が取れた。犯行の計画性についても、言質《げんち》が取れたことになる。

「『BUZ』夫妻とは、それまで面識は？」

「なかったです。四人ともが初対面でした」

うつろな目で『19』は答えた。

彼ら参考人の証言では、ハンドルネーム『BUZ』とその妻は、五十代なかばの男女だったという。男は額が後退しており、猪首で短躯《たんく》。女は色白で小太り。

正式な夫婦かはいまだ不明のままだ。ただ女は男を「お父さん」と呼び、男は女を「おまえ」「おい」等と呼んでいたらしい。双方の名前を聞いた覚えは「一度もない」と、『純』『徳丸』『19』の全員が口を揃えた。

「ただの輪姦で終わると思ってました」

「気が付いたらエスカレートしていたんです」

「酒が入って、わけがわからなくなって」

「まわりのみんなに負けられないと思った」

「ビビったり、引いたりしたら男がすたると思った」

口を揃えて、『純』『徳丸』『19』は取調官にそう訴えた。

自分だけのせいじゃない。場の空気に流されたんだ。煽動《せんどう》されたんだ。最初から殺意があったわけじゃない。ちょっと楽しむだけのつもりだったんだ——と。

つづいて取調官は、室戸武文を尋問した。

「北爪は、とっくに吐いたぞ」

とのかるい引っかけで、室戸はあっさり陥落した。

彼の証言によれば、痴漢および盗撮専用掲示板に『BUZ』が入会したのは、わずか半年前であった。

「古株の会員からの、紹介だったんです。掲示板の黎明期《れいめい》からいらっしゃる『龍』さんから……」

ハンドルネーム『龍』は滅多に書き込みをしないが、アクセスはほぼ毎日の常連だったという。ただしログを調べると、『BUZ』を室戸に紹介した翌週からは、一度もログインしていなかった。

捜査支援分析センター《SSBC》が『龍』のIPを追ったところ、プロバイダの契約者は練馬区在住の七十代男性であった。身よりはなく、アパートに独り暮らし。ここ数年は認知症の兆候が出ており、近所から苦情が出ることもしばしばだそうだ。

「月に一、二回ほど、娘さんらしき女性が出入りしてましたよ。でもそういえば、最近姿を見ないな」

　と隣の住人は語った。

　しかし『龍』に婚歴はなく、子供も当然いない。捜査員がどんな女だったか尋ねると、住人はよどみなく答えた。

「年齢は五十歳くらいかな。普通のおばさんって感じの人です。背が低くて小太りで、いつも笑ったような顔してました。七福神の恵比寿さまみたいな顔ですよ。ああいうのを福相って言うんですかね」

3

　その頃、津久井渉はアパートの一室にいた。

　ハンドルネーム『ＢＵＺ』夫妻が住む、大田区のアパートである。メゾネットタイプで、一階にリヴィングと水まわり、二階に洋室が二間ある。表札は出されていない。カーテンは、昼夜を問わずぴたりと閉めきられている。

明蓮第一高校の女子生徒〝藤タイ〟を襲ってからというもの、津久井は自分のアパートに帰っていなかった。ただ『BUZ』を頼り、彼に言われるがまま、この一室に閉じこもって暮らしていた。

『純』『徳丸』『19』が、掲示板にアクセスしなくなって六日が経つ。

――もしや逮捕されたのだろうか。

津久井はぼんやりと思った。

だが、実感がなかった。陽の射さないこの部屋に終日いると、時間や曜日の感覚さえ薄れていく。食べて、寝て、テレビを観るのみのルーティンだ。食事は三度三度、『BUZ』の女房がコンビニや弁当屋から買ってきた。

リヴィングの隅には、大きなゴミ袋が出しっぱなしである。空の弁当容器やペットボトルを投げこむための袋だった。分別などせず、プラスチック容器だろうが発泡スチロール容器だろうが遠慮なく放りこむ。口までいっぱいになれば、『BUZ』の女房がどこへともなく運んでいく。

津久井はいま、彼女とリヴィングに二人きりだった。

家具などろくにない、がらんとした部屋だ。テーブルも椅子もないため、食事するときに弁当とペットボトルは床へ直置きである。かろうじてあるのは、テレビと電気ポット、そして布団のみだった。

津久井はリヴィングに布団を敷いて寝ていた。

二階の洋室は『ＢＵＺ』夫妻が一間ずつ使っているようだが、よく知らない。二階に上がることは許可されていないからだ。

万年床にあぐらをかき、津久井は点けっぱなしのテレビを漫然と眺めた。

斜め前方では、『ＢＵＺ』の女房がジグソーパズルで遊んでいる。真っ白い、なんの模様もないジグソーパズルであった。

――この女、なんなんだろう。

女の丸まった背を見つめ、津久井は思案した。

最初のうち津久井は、「この犯行は、夫婦のスワッピング嗜好に近いのか？」と思っていた。中年の坂にさしかかり、外部からの刺激がないと性交不能な夫婦は珍しくない。集団性交の刺激より、強姦や略取などの嗜虐的な刺激を求める夫婦だって、そりゃあ世の中にはいるだろう、と。

――しかし、この女は違うようだ。

いまにいたるまで、『ＢＵＺ』の女房を名乗るこの女は、性的な興奮を見せた例《ため》しがない。

女子高生が暴行されている間は、もそもそと菓子を食べるばかりだった。目の色ひとつ変えなかった。

また津久井がこのアパートに寝泊まりしてからというもの、二階で『ＢＵＺ』夫妻が性行為に及ぶ気配は一度も感じていない。

この女と『ＢＵＺ』は本物の夫婦ではないらしいと、薄うす津久井も察しつつあった。彼らには、つねに一定の距離があった。どんなに嫌い合っている夫婦でも、流れる空気には特有の親密さがあるものだ。『ＢＵＺ』夫妻には、その近しさがなかった。

かといって、暴力で女を支配しているわけでもないようだ。第一、女は『ＢＵＺ』の言いなりというふうではなかった。『ＢＵＺ』本人は「こいつはおれの手足同然だ」とうそぶいている。しかし女はいやいや従っているとは見えなかった。ごく当たりまえに、当然の権利のように犯行に参加していた。

――この女、いったいなにが目的なんだろう。

津久井は内心で首をひねる。

そのとき、ふ、と女が振りかえった。

「なんやの？　なに見てんのん」

「あ、――いや」

津久井は一瞬言葉に詰まり、

「そ、そんな真っ白なジグソーパズル、よくできるもんだと思ってさ」

とかろうじて言った。

女がふんと鼻で笑う。

七割がた完成したパズルのすぐ横には、ドーナツの大袋が口を開けていた。こってりと粉砂糖をまぶしたドーナツを、女がつまみあげる。一口かじって袋に置く。ナプキンで指を拭い、ふたたびパズルに取りかかる。

津久井は「なあ」と重ねて問うた。

「なあ、模様のないパズルなんて、なにが面白いんだ？」

「面白いやないの。あんたらがこの面白さ、なんでわからないのかわからん」

女は関西弁でのったりとしゃべった。

これも不思議だ――、と津久井は思う。この女は関西弁と標準語を、同じほど流暢《りゅうちょう》に操る。どちらがほんとうの言葉なのだろう。おそらく生粋《きっすい》の関西人ではないと彼は睨んでいた。だがそれにしては、訛りが板に付きすぎていた。

「じゃあ、セックスの良さもわからん？」

津久井は軽口を投げた。なぜかその瞬間、無性に女を慌てさせたかった。唐突な衝動であった。女の、素のリアクションを見てみたかった。

しかし女は、やはり眉ひとつ動かさなかった。

「かもな」

と平板な声で言い、

「かもだけど、あんたらとは別の方法で楽しんどるよ」

わずかに唇を曲げ、にやりと笑う。

菓子ばかり食べているくせに、虫歯の影すらない真っ白な歯が覗いた。おまけに一本一本が大きく、異様に歯並びがいい。そのせいか、歯を剝いて笑うと人相が一変して見えた。

——おかしな女だ。

あらためて津久井は思った。

この女は、金を出して買った食品しか口にしない。菓子、コンビニ弁当、カップラーメンなどだ。キッチンに立っての料理など、望むべくもなかった。コンロで湯を沸かす姿すら見た覚えがない。

色白でふっくらとした体。いつも微笑んでいるような細い目。容姿だけは、いかにも「日本のお母さん」といったふうだ。しかしその実、男たちに尽くす様子は皆無だった。

津久井の眼前で、女がふたたびドーナツをつまむ。嚙みつく。真っ白いきれいな歯で嚙みちぎっては咀嚼《そしやく》する。油で汚れた指を、ナプキンで無造作に拭う。

津久井は尋ねた。

「そんなに一日じゅう甘いもんばかり食って、胸焼けしないのか？」

「せえへんよ」

女が首を振る。ドーナツを掲げ、唇を吊りあげてにんまり笑ってみせる。

「糖分さえあれば、ほかになんもいらん」

「酒も煙草もやらないもんな、あんた」

津久井は言った。

「職業は、元占い師だって？『ＢＵＺ』さんから聞いたよ。もしかして宗教的な理由で酒煙草セックスを遠ざけてるのか？　甘い菓子は、その代用品か」

「今日はやけにおしゃべりやね、あんた」

ふふ、と女が笑う。

「せやけど、はずれ。――占いと宗教なんてな、いっこも関係あれへんよ。似てるようで違う。いや、水と油と言ってもええわ。それにあたしが煙草を吸わんのは、甘みを感じる味蕾《みらい》がニコチンで鈍るのがいややから。酒を飲まんのは、酔うのが嫌いやから」

歌うような口調だった。

「酔うと手足が言うこと聞かんようなるやろ。あれがいややねん。あたしの体は、あたしだけのもんや。あたしのもんが言うこと聞かんようなるなんて、考えただけでぞっとする」

おや、と津久井は思った。

はじめて女の素の言葉が聞けた気がしたのだ。すくなくとも、本音に近い吐露と響いた。

「……あんた、なんで『BUZ』さんと一緒にいるんだ？」

好機と見て、慎重に探りを入れてみる。

女が微笑んだ。

「お父さんと？　なんでって、そら夫婦やもん」

「嘘だね。あんたたちは夫婦じゃない。戸籍の上でも、実質的にもだ。さっきも言ったように、あんたらはセックスする間柄じゃないだろう」

「べつに夫婦やから言うて、セックスせなあかん法律はないやろ」

女は肩をすくめた。

「籍を入れてなくても、体の関係がなくても、同じ年頃の男と女がつるんどったら世間は〝夫婦〟と見なすねん。ほいで、そのほうがなにかと好都合やんか。五十代の男が一人でアパートに住むのと、五十代の男女が二人で住むのとでは、世間の見る目がちゃうねんで。お相手がおる言うだけで、やつらはこっちを『社会に適応しとる』『まともな人間や、お仲間や』て認定しよる。ほしたら、くっついといたほうがお互い得やん。うちはお父さんに社会的信用を与えてやる。お父さんはうちに居場所と愉《たの》しみをくれる。ギブアンドテイク、いうやつや。お互いの損得が釣り合《お》うて、納得ずくで一緒にいるんなら、そら普通の夫婦となんも変われへんやんけ」

頰に、女は薄笑いを浮かべていた。皮肉な笑みだった。なんとはなし、津久井はその表情に気圧《けお》された。

「あんたの愉しみって、なんだ？　菓子を食うことか」

「さあねえ」

「あんた、さっき『ほかになんもいらん』って言ったじゃないか」

「そういや言ったかもな。けど、ほんまチョロい男やなあんた。女の言うこと、そないに頭から信じるもんちゃうで。話半分、いや話三割に聞いとくのがたしなみちゅうもんや。ふふ……」

女は低く含み笑ってから、

「――惨めなやつを見ると、すっとする」と言った。

「は？」

「あたしより惨めなやつ。そういうやつを見ると、胸がすうっとする」

女の口調が変わっていた。

訛りが消え、完璧な標準語の抑揚だった。気づけば、頬から笑みも消えていた。細い亀裂のようなまぶたの下から、女が津久井をじっと凝視してくる。

品さだめする目つきだ。体温のない、冷えた眼差《まなざ》しであった。

津久井は慌てて顔をそむけた。

急激に、後悔が押し寄せていた。覚悟もなく踏みこみすぎたかもしれない、という後悔であった。

――馬鹿なことをした。

この女がどこの誰だろうと、どうでもいいではないか。『ＢＵＺ』の素性を含め、津久井には関係のないことだ。なぜ探ろうなどと思ってしまったのだろう。退屈すぎたがゆえの、気の迷いか。

そうだ、どうだっていい。彼らはおれに居場所と愉しみをくれる。女が言ったとおりだ。ギブアンドテイクだ。それだけで充分じゃあないか――。

そう己に言い聞かせた途端、愉しんだ過去の記憶が、高波のようにせり上がってきた。脳が逃避をはじめる。津久井の胸を、脳を、犯行の記憶が満たす。充足感と多幸感が彼を支配し、心をさらっていってしまう。

藤色のリボンタイをしていた少女。そして、格闘ゲームの大会会場で待ち合わせした少年。

——どちらも、すごくよかった。

両者ともハンドルネーム『ＢＵＺ』が与えてくれた機会であり、快感であった。もっと早くこうしていれば、とさえ思った。

どうしてあの愉悦を知らず生きてこられたのか、いまとなっては理解できぬほどだ。ようやく津久井は少年Ａの気持ちが理解できた。彼に追いつき、同化したとさえ感じていた。

視界の隅で、女が彼から顔をそむけるのがわかった。ふたたびパズルに目を落とす。片手を袋に伸ばし、ドーナツをつまむ。完全に津久井に興味を失くしていた。だがそれは、津久井のほうも同じであった。

万年床にあぐらをかいた姿勢で、津久井は自分の両掌に視線を落とした。瞑想《めいそう》するような姿勢だ。その目は、もはやなにも映してはいなかった。

彼の心は、小湊美玖と平瀬洸太郎の記憶へ——彼らを拉致し、心ゆくまで愉しんだひとときの反芻《はんすう》へと飛んでいた。

その日『ＢＵＺ』は、深夜になってもアパートに帰ってこなかった。

二日が経った。だがやはり『ＢＵＺ』は帰宅しなかった。

テレビを眺め、女が買ってくる弁当を食い、寝て排泄《はいせつ》して妄想するだけの日々に、津久井はやがて飽いた。

「ちょっと出かけてくる」

そう言い置き、ふらりと彼はアパートを出た。

向かった先は、駅だった。ちょうど通勤通学ラッシュの時間帯だ。スマートフォンをかざして改札機を抜け、山手線のホームへと向かう。

——今日は、男子小学生の気分だな。

「痴漢とは犯罪というより精神医学の分野であり、依存症なのだ」というコラムを、以前読んだことがある。当たってる、とそのとき津久井は深く納得したものだ。

そのとおり、これは依存だ。その証拠に禁断症状が出る。しばらく痴漢行為から遠ざかっていると苛々し、済ませたあとは爽快感で満たされる。相手の泣き顔と苦痛に歪む顔を思い出して、その日一日を幸福に過ごせる。薬物依存症となんら変わりがない。

——でも、それのなにが悪い。

煙草や酒で心を保っているやつがいる。風俗通いや、ギャンブルに依存してるやつだっている。みんな同じだ。みんな、心の支えがほしいんだ。

人間はみんな弱い。弱くてなにが悪いんだ。強くないのは罪か。強いやつしか生きていちやいけないのか。弱者にだって生きる権利はあると、お偉い学者だってそうテレビで語るじゃないか。

おれは確かに弱い。屑《くず》だ。社会のお荷物だ。だとしても、それがなんだ。生まれ落ちたからには人権がある。生きる権利がある。屑だって、社会を構成する一員なんだ。些細な愉しみくらい、くれたっていいじゃないか。

津久井はホームをゆっくりと歩いた。

制服姿の男子小学生を、目で探す。

彼のお気に入りは、縁なし帽とお揃いの紺の制服だった。ランドセル。半ズボン。白のソックス。柔らかそうな手足。清潔な衿《えり》から伸びる、無防備なうなじ。

――見つけた。

いた。一人だ。まさに狙い目の子だった。

数人で固まって通学している子ではいけない。子供は複数になると、途端に強気になる。触られると大声を上げる。中には防犯ブザーを鳴らす子さえいる。

津久井は目当ての子の背後に、ぴたりと付いた。

ランドセルに防犯ブザーが下がっていないと視認する。手をポケットに入れていないから、子供用スマホを隠し持っている可能性も低い。

ターゲットは、津久井にまるで注意を払っていなかった。電車が入ってくる方向に、首を伸ばしている。いましも電車がホームにすべりこむところだ。いまかいまかと待ちかまえている。

電車が到着した。ドアが開く。

大量の乗客が降り、それ以上に大量の乗客が乗りこむ。津久井はターゲットから離れなかった。真後ろのポジションを取り、密着した。

ドアが閉まる。

まず津久井は、ターゲットに顔を寄せた。耳の後ろに鼻を付ける。子供特有の甘酸っぱい体臭が香った。たまらなかった。胸いっぱいに吸いこみ、心ゆくまで嗅いだ。

彼が逮捕されたのは、その四分後である。

張り込んでいた捜査員に腕をねじ上げられたのだ。津久井はターゲットの物色と確保、そして賞味に夢中だった。まさか自分の背後も誰かに取られているとは、予想だにしていなかった。

そして連行された津久井は、荒川署の取調室において、長い長い供述をはじめることになる。

皮切りは、彼の長年の英雄《ヒーロー》の話からであった。

「あのですね、刑事さん。おれにとっての英雄《ヒーロー》は、二十数年前に神戸で起こった児童連続殺傷事件の――……」

4

浦杉がアパートに帰ったのは、午後八時半過ぎだ。

扉を開けた途端、沓脱《くつぬぎ》に並ぶ薄汚れたスニーカーが目に入った。サイズは二十七センチ。弟の博之のスニーカーである。

リヴィングに一歩入った。焦げたチーズの香りが、むわっと顔に吹きつけた。

「よう兄貴、おかえり」

「おかえりなさい」

博之と亜結が声を揃えて振りかえる。二人はトランプの束を手にしていた。テーブルに置かれた宅配ピザは、箱の底に油染みだけを残してたいらげてあった。

「なあ、兄貴もトランプやろうぜ。さっきまではエグっさんがいたからいいが、二人で大貧民は無理がある」

「ずっと相手してくれたのか。すまなかったな」

言いながら、浦杉はリヴィングを見まわした。

そうとうに散らかっている。だが腹は立たなかった。博之が本気で亜結と遊んでやった証だ。

もともと博之は、浦杉より格段に子供の相手が巧い。小学生と同じ目線、同じ熱量で遊び相手になってやれる男であった。

「ピザ代はいくらだ？」

財布を出す浦杉に、「いいって」と博之は手を振った。

「おれが食いたくて頼んだんだからさ。この子もずっと機嫌よく遊んでくれたし。それより、例の〝相談〟の件、頼むよ」

と片目をつぶってみせる。浦杉は苦笑した。

「この事件が片づいたらな」

言いながらネクタイを緩める。はずして万年床の上に放りかけたが、

「ああっ、やめろよ。ちゃんとハンガーにかけろって」

博之が大げさに声を張りあげた。

そそくさと立ちあがり、背後から浦杉のジャケットを脱がしにかかる。

「まったく兄貴はずぼらなんだから。そんなんだから、スーツもネクタイもよれる一方なんだぜ。二十一世紀は、刑事だって見た目を気にする時代だぞ。ほら脱いだ脱いだ、おれがハンガーにかけといてやる。ほんとしょうがねえな兄貴は。いい歳して、世話の焼けることといったら……」

まくしたてる博之から視線をはずし、浦杉は亜結を見やった。肩をすくめ、目玉をぐるりとまわしてみせる。

「あははっ」と亜結が声を上げて笑った。

はじめて聞くような、澄んだ明るい笑い声だった。

博之が帰ってしまったあと、浦杉は亜結とともにコンビニへと向かった。徒歩一分のコンビニだ。浦杉の夕飯に加えて、明日の朝に食べるパン、オレンジジュース、そして亜結のためのアイスクリームをひとつ買う。

店を出ると、厚い雲が切れて月が姿を現していた。

妙に大きく、どんよりと赤みがかった月だ。不吉の予兆とも映った。地震の前触れでなければいいが、と浦杉は片目をすがめた。

亜結は数メートル前を歩いている。いや歩くというより、歩道の白いタイルだけを選んで跳ね進んでいる。

微笑ましい光景だった。息子の善弥も、幼い頃はよくやっていたものだ。「お父さん、これ家に着くまで黒いとこ踏んじゃ駄目なんだよ」「踏まずに家まで行けたら、明日はいいことがあるんだよ」と——。

斜め前方に建つ、ドラッグストアの自動ドアが開いた。

亜結が立ち止まる。さっと左へ避ける。

ドアをくぐって出てきたのは、親子連れだった。温厚そうな父親が片手に荷物を提げ、もう一方の手でしっかりと娘の手を握っている。亜結と同じ年頃の娘だった。そのあとに付いて歩く母親は、かなりお腹が大きい。

三人とも、満面に笑みをたたえていた。娘は跳ねるように歩きながら父親を見上げて話しかけ、ときおり母親を振りかえる。その瞳に、街灯が反射してきらめく。

浦杉は大股で歩き、亜結に追いついた。

亜結は立ち止まり、うつむいてタイルを見下ろしていた。

スニーカーの爪さきが、黒いタイルを踏んでいる。左へ避けたとき、踏んでしまったに違いない。亜結の横顔は、陶器のように硬かった。現実に急に引き戻された、とでも言いたげな、白けた無表情であった。

浦杉は少女に手を伸ばした。しかし亜結は顔をそむけ、無視した。行き場を失った手を、しかたなく浦杉はジーンズのポケットに突っこんだ。

空を見上げる。

風が速いのか、赤い月は厚ぼったい雲にとうに隠されていた。

「……お母さん、早く、退院できるといいな」

そう声をかけた。ほかに、言える言葉がなかった。

うん、と亜結がうなずく。大人びた声だった。浦杉のぎこちない気遣いに、お義理で付きあってやるといったふうだ。

「でも、待つしかないよ。病気だもん」

「まあな……。確かにこっちは待つしかない。でも、寂しいだろう」

「大丈夫」

亜結はかぶりを振ってから、

「おじさんこそ、寂しいんじゃない？」と言った。

「変なことを訊くんだな」浦杉は苦笑した。

「どうしてそう思うんだ？」

「え、だって――」

亜結は眉を八の字に下げた。そして、彼女のほうから手を差しのべてきた。

「だって寂しいだろって言うとき、いつもおじさん、自分が寂しそうな顔してる」


その夜、浦杉と亜結は布団を隙間なく並べて眠った。

亜結は珍しく夜中に目覚めなかった。寝返りを繰りかえすことも、トイレに起きることもなかった。

それは浦杉も同様だった。亜結が寝入るのを見届けた午後十一時から、翌朝の七時まで一度も目覚めなかった。約六年ぶりに体感できた、深い眠りであった。

5

浦杉架乃はバスに乗っていた。

塾の帰りに必ず乗る、駅までの巡回バスだ。塾が終わるのは九時半。バスが停留所に着くのは九時四十分から五十分の間。そこから約十五分バスに揺られ、駅で降りて日比谷《ひびや》線で自宅に帰る。

架乃は片手で吊り革に摑まり、もう片手でスマートフォンをいじっていた。

最近、前にも増してスマホが手放せなくなっている。暇さえあれば、いや、なくてもひとりでに手が伸びる。

指が液晶の画面を忙しなくタップし、フリックする。目が疲れても、首が痛くなっても、肘の関節が悲鳴を上げてもやめられない。

――これって、もう依存の域なのかも。

教師もテレビのコメンテータも、『スマホ依存は社会問題』だと言う。『とくに十代の依存は深刻だ。もっと現実社会に触れさせなくてはならない。自我の正常な発達に、バーチャルへの耽溺《たんでき》は害しかない。家に閉じこもるよりも、リアルの人間と会い、話し、関係を構築するべきなのだ』と。

――でも、〝リアルの人間と関係を構築〟したくないときだってある。

リア友はもちろんいる。クラスにも、ほかの学校にもいる。中学時代の友人。かつての部活仲間。ライヴで知り合い、LINEを交換した他県の友達。

みんな仲良しだ。けっして険悪なんかじゃない。喧嘩したことはないし、嫌いなわけがない。

それでも、相談できないことはある。リアルで見知っているからこそ、打ち明けられない事情はいくらでもある。

弟のこと。両親のこと。父と長い間一緒に住んでいないこと。弟の事件のこと。

――ぶちまけたら、みんな〝引く〟に決まってる。

友達はみんないい子だ。やさしくて明るくて楽しくて、ふわふわした育ちのいい子ばかりだ。話題は男の子のことと、流行のファッション。プチプライスのコスメ。青い目の美形俳優が出演する海外ドラマ。暗い話題といえば、せいぜい教師や勉強に関する愚痴か、恋愛の悩みくらいだ。

だから、言えない。現実の友人には、暗くてシリアスな話題は洩らせない。

代わりに深刻な愚痴や不安の吐露を、架乃はSNSにぶつけていた。

いま架乃はツイッターにアカウントをふたつ、インスタグラムにひとつ持っている。フェイスブックは基本的に本名推奨らしいので、ログインしたことはない。架乃が欲したのは、あくまで匿名で心情を吐きだせる場所だった。

手の中で、着信音がちいさく鳴る。

新たなダイレクトメッセージが届いたらしい。慌てて架乃は画面をタップした。

気が急《せ》く。はやる思いを抑えきれず、指が狙いをはずす。そんな己に苛立ち、無意識に舌打ちする。

早くメッセージが見たい。自分が送った言葉に『ＫｉｋＩ』さんがどんな返事をくれたのか、確認したくてたまらない。

アカウントネーム『ＫｉｋＩ』と、架乃がやりとりするようになったのは、約二箇月前からだ。

インスタグラムを介して知り合った相手だった。『ＫｉｋＩ』がアップする写真はいつも構図のセンスがよく、射しこむ光の角度まで計算されていた。

画像の二割は庭園の花で、二割は読んだ本の表紙。そして六割強はカフェのケーキやミルフィーユ、マカロンなどの色彩豊かなスイーツである。

彼女のレビューで、架乃はイアン・マキューアンやテレツィア・モーラなどの作家を知った。画家カミーユ・ピサロの名を冠した薔薇《ばら》があると知った。『ＫｉｋＩ』のフォロワーは、女性を中心にすでに千人を超えていた。

本名は知らない。どこに住んでいるかもわからない。だがインスタの画像は代官山や吉祥寺《きちじょう》《じ》、渋谷などのカフェが多かった。おそらく二十代後半の女性で、都心に住む会社員だろうと架乃は見当を付けていた。

――『カノン』さん、お返事ありがとう。

『カノン』は架乃のアカウントネームだ。

メッセージはこうつづいていた。

――お父さんと会ってみるの、いい案と思います。わたしも実の父とはうまくいっていませんでした。その父とは、もう二度と会えません。自分が納得いくまで話しておけばよかったと、この歳になっても後悔します。『カノン』さんには、同じ思いをしてほしくないの。

特別なことは、なにも書かれていない。しかし架乃は、貪るように『ＫｉｋＩ』のメッセージを読んだ。自分だけに向けられ、自分一人に語りかけてくるこの語調が、たまらなく嬉しかった。

――前にわたし、占い師をしていたことがあるって言ったわよね。ぶっちゃけちゃうけど、べつに占星術や四柱推命を信奉しているわけではないの。わたしが信じているのは、自分自身の勘。苦労してきたぶん、人を見る目だけはあるつもりよ。その勘がいま、言っているの。これから『カノン』さんは人生の新たな旅路に……。

「お客さん、降りないんですか？」

男の声が耳を打った。

途端に架乃はわれに返り、声の主を見やった。バスの運転手だ。気づけばバスは駅に着き、降車口のドアがひらかれていた。

「いつもここで降りますよね？　どうします？」

「あ――はい。降ります。すいません。ありがとうございます」

あたふたとスマートフォンをバッグにしまい、運転手に頭を下げて降車した。羞恥で頬が火照《ほて》る。小走りに、架乃は駅の構内へすべりこんだ。

電車は混んでいた。

鮨詰めとまでは言わないが、乗車率二百パーセントといったところか。座席はもちろん吊り革も埋まり、乗客同士の肩や背中が触れ合ってはいるものの、身動きもままならないほどの密着具合ではない。

架乃は、出入り口近くのポールに摑まって立っていた。

背後に立つサラリーマンの整髪料が鼻を突く。嗅ぎ慣れたシトラスやソープ系ではなく、中高年用の男性化粧品にありがちなアルコールっぽい匂いだ。

——昔、父が使っていた整髪料と同じだ。

さきほど読んだ『ＫｉｋＩ』のダイレクトメッセージを、架乃は思いかえした。父に会うのはいい案だ、と言ってくれた。納得いくまで話し合ってみろ、と。

父を、嫌いなわけではなかった。

それどころか、子供の頃ははっきりと好かれたいと思っていた。自分を見てほしかった。いい子であろうとし、善弥が生まれてからはいい姉たらんとしてきた。

父も母も「男の子」の誕生を待ち望んでいたと、架乃は知っていた。寂しくないと言えば嘘になる。だがしかたないと思っていた。

どの家庭だって、父親と娘には一定以上の距離があるものだ。息子の代わりにはなれない。それに父は、仕事で忙しい。自分の力じゃどうにもできないことだ。だからしかたがない――と。

いまのわたしは父をどう思っているのだろう。そう、ぼんやり考える。

以前ほど「こっちを見てほしい。評価してほしい。認めてもらいたい」という熱望がないのは確かだ。数年前までは、失望と幻滅があったように思う。だがいまは、すべてがどこか遠い。

――母とも隔たりを感じるけれど、でも父と母とではすこし違う。

母への失望は、もっと生なましい。物理的にも精神的にも距離が近いからだろう。

抜け殻同然の母は信仰を捨て、親としての役割を放棄し、いまだ自分だけの悲しみに閉じこもっている。

あなたは善弥だけの母親じゃないでしょう。たまに彼女をそう怒鳴りつけ、揺さぶってやりたくなる。

わたしだってあなたの子供なのよ。血を分けた娘なのよ。どうして「たった一人のわが子を失った」ような顔をしているの。わたしはあなたのなんなの、と。

——そんな母から、父は逃げた。

逃げたくなる気持ちは、わからないではない。わたしだって、いまの母は嫌いだ。怖いと思うことすらある。父が離れたくなって当然だ。

でもわたしを置いていったことは、許せない。

父は幼いわたしを母のそばに残し、一人で逃げた。いまでも彼をけして嫌いではない。けれど許せない。

——弟の善弥は、確かにいい子だった。

架乃は、優等生を演じている自覚がつねにどこかにあった。だが四つ下の弟は芯から明るく、無邪気でまっすぐだった。その名のとおり〝善〟だった。母とともに毎週教会へ通い、真摯に説教を聞いていた。神だ悪魔だと、ときに大真面目に語るのも可愛らしかった。

だから親が、わたしより善弥を愛したのはしかたがない。その死を惜しみ、いまも立ちなおれずにいる気持ちは、誰よりも理解でき——。

そこまで考えたとき、架乃は身を強張らせた。

スカート越しに、尻に当たる掌を感じたからだ。

気のせいではない。あきらかに、意図を持って手が蠢《うごめ》いている。薄い布を隔てただけの、少女の肉の弾力を愉しんでいる。指さきが尻の割れ目を探りあて、深く侵入してこようと図りつつある。

架乃は、動けなかった。

痴漢されるのははじめてではない。むしろ毎日の通学電車では、触られない日のほうが珍しいくらいだ。クラスメイトとともに愚痴り、対策を練り、撃退のため安全ピンやボールペンを隠し持って電車に乗っている。

だがそのとき、架乃は凍りついていた。振りかえって痴漢を睨むことはおろか、身をよじることさえできなかった。

整髪料のせいだった。

父と同じ整髪料。同じ香り。父と同年代の中年男だ。

乗りこむ際にちらりと見たが、スーツ姿の勤勉そうな男だった。きっと会社ではよき社員で、家ではよき父親なのだろう。その男がいま、自分の娘ほどの少女にぴたりと密着し、忙しなく指を使っている。

抵抗しない架乃をいいカモと見たのか、男の手の動きがさらに大胆に、残酷になる。疼痛に架乃は顔をしかめた。涙がこみ上げた。無意識に、拳を握る。

——殺してやりたい。

殺したい。この痴漢も、何も対策しない駅員も、警官も、いまこの車両にいる乗客も、父も母も、みんな死ねばいい。全員ぶち殺したい。

それは唐突な、そして煮えたぎるような殺意だった。架乃は奥歯を噛みしめた。

『まもなく、三ノ輪《みわ》です。電車とホームの間が、広くあいているところがあります。足もとにご注意ください。お出口は左側です……』

無機質なアナウンスが鳴った。

電車が停まる。扉がひらく。

架乃が母親と住むマンションは、南千住に建っている。あと一駅だ。あとほんのすこし我慢するか、降りる客の動きにまぎれて移動し、痴漢から離れてしまえばいいだけだ。

だが架乃は、三ノ輪駅で降りた。発作的な動きだった。自分でも、自分の行動に驚いたほどだった。

背後で扉が閉まる。架乃は振りかえった。

離れていく車窓越しに、痴漢の顔が見えた。平凡な中年男だった。すこしも父に似ていない。そして、完全な無表情だった。架乃に一瞥《いちべつ》もくれず、まっすぐ前方だけを見て口を引き結び、吊り革を握っていた。

電車を呆然と見送ってから、架乃はのろのろとホームを歩きだした。

次の電車を待つべきだとわかっていた。しかし今日は、もう乗りたくなかった。

歩いて帰ろう、と自分に言い聞かす。一駅くらい歩いたってどうということはない。痴漢に比べたら、足が疲れるほうが何百倍もましだ。

——でも、よりによって三ノ輪か。

父の勤める荒川署から、三ノ輪駅はほど近い。だからというわけではないが、普段は降りない駅だった。用はないし、この近辺に住む友人もいない。

駅を出て、歩きだす。片手をバッグに入れてスマートフォンを探る。次の瞬間、架乃は足を止めた。

横断歩道の向こうに、見知った顔を見つけたからだ。

父の克嗣だった。

滅多に見ない普段着だ。ヘンリーネックのシャツに、よれたジーンズ。コンビニの自動ドアをくぐって出てくる。なにを買ったのか、片手に白いレジ袋を提げている。

だがもっと驚くべきことがあった。

父は、一人ではなかった。ちいさな女の子を連れている。どう見ても小学校低学年の、遠目にもきれいな子だった。

少女がスキップしている。いや違う。歩道の同色のタイルだけを選んで踏んでいるのだ。

子供がよくやる遊びだ。善弥だってやっていた。

父が少女に手を伸ばすのが見えた。

架乃は目を見ひらいた。手を繫ごう、と誘う仕草だ。

しかし少女は、父の手を黙殺した。宙に浮いた手を、父が諦めたようにジーンズのポケットへ入れる。架乃は、思わずほっとした。

——お父さん。

その子は誰？　どこの子？　どうして一緒に歩いているの。どうして、まるで親子みたいに同じ方向へ帰っていくの。ねえ、なぜ。

棒立ちのまま、架乃は二人を視線で追った。

目が離せなかった。

今度は少女が父に手を差しのべる。父はためらわず、その手を握りかえした。二人が歩いていく。仲のよい親子そのものの姿で、手を繫いで雑踏の中へ消えてゆく。

架乃は、きびすを返した。

鼓動が速まっていた。わたしはあんなふうに父と歩いたことがあっただろうか、と自問する。あんなふうに手を握り合って、肩を並べて家路をたどるなんて。はたして一度だってあっただろうか。

――男の子がほしかったから、わたしより善弥を可愛がったんじゃなかったの。

――女の子でもよかったの？　それどころか、よその子でもよかったの？

――ううん。もしかしたらその子は、ほかの女の人との間にできた子？

架乃は歩いた。脇目もふらず早足で歩きつづけた。

さきほど感じた殺意が、ふたたび胃の底からこみ上げてくる。父に対する殺意だ。どす黒く、渦を巻くような激情だった。

手をバッグに突っこむ。スマートフォンを取りだす。自分でも無様だと思うほど、その手は大きく震えていた。

一秒でも早く、『ＫｉｋＩ』と通信したくてたまらなかった。

＊　＊

車内は混乱していた。怒号と冷や汗が飛びかっていた。

舌を嚙み切るという彼女の行動は、彼らの意表を衝いたらしい。男たちは演技でなく、動転しきっていた。用心はしていただろうに、いまこの瞬間に嚙むとは予想していなかったのか。

彼女の口から血が溢れる。ぬるつく温かい血だった。鉄臭い味が口内に広がり、喉の奥から嘔吐の衝動が突き上げた。

したたる血が車のシートを汚す。押さえようとする男たちの手や、ズボンや、靴下までも汚す。われながら驚くほどの、真っ赤な鮮血だった。

「タオルないか、タオル。なんでもいいから、嚙ませるもの――」

誰かが叫んでいる。

「死なない。死にゃしないって。舌を嚙んだって、そうそう人間は――」

顎を強く摑まれるのを、彼女は感じた。

痛みで目が開けられない。誰に摑まれたのかわからない。歯列を割って指が入ってきた。舌を摑まれ、激痛に絶叫した。

舌と血塊が喉に詰まっての窒息を防ぐため、指で引き出しているのだと察したのは数十秒後のことだ。

首をもたげ、彼女はあえいだ。

第四章

1

彼ら夫婦がその家に越してきてから、まだ十日と経っていなかった。

いわゆる古民家を改造した新居だ。都会に倦《う》んだ彼らは「ていねいな暮らし」「晴耕雨読の生活」を夢見て、縁もゆかりもない土地に引っ越し、この畑と家具付きの古民家を買ったのだった。

改造は以前の住宅から通って、夫婦二人だけでおこなった。土壁に壁紙を貼り、畳を新しくし、破れた襖《ふすま》を撤去した。天井のたわみを直し、障子を貼りかえた。床は根太から替えた。

和洋折衷のスタイルにしたかったので、味のある茶簞笥《ちゃだんす》や柱時計、狭くて急な階段、細工のしてある欄間などは残し、代わりに水まわりを徹底的に新しくした。

トイレはむろんウォシュレット付きに交換し、床は洗面所とお揃いのタイルに一新した。

風呂は追い焚き機能ありのフルオートタイプ。床と壁のタイルはもちろん、浴槽は古道具屋で買った猫脚のバスタブを運びこんだ。

家具やベッドは、古道具屋とイケアで揃えた。寝室とリヴィングに取り付けたエアコンや、キッチン以外に置く家電には、木目調のカッティングシートを貼って悪目立ちを抑えた。モザイクタイルと、イケアのカフェふう家具で要所要所を統一すると、目を見張るほど洒落《しゃれ》てシックな印象になった。

しかし夫がもっとも気に入っているのは、庭の井戸だった。

雨除《あまよ》けの屋根を支える柱を立て、昔ながらの釣瓶《つるべ》で汲みあげる型だ。現代で井戸を使うとなればポンプ式がポピュラーだが、ここはあえてレトロな釣瓶式のままにしておきたかった。

毎朝目覚めるたび、夫は真っ先に井戸へ向かった。

釣瓶で汲みあげた井戸水を、まず一口含む。冷えきった井戸水で、全身が浄化される気がした。残りの水は、庭の植木と畑に撒《ま》いてしまう。

ほんとうは井戸水で煮炊きしたかったが、

「変な臭いがするからいや」

と妻が拒否したのだ。

「なんだか生臭いのよ。あなた気にならない？　あの水でごはんを炊くと、一番はっきりするわ。お米全体にいやな香りが付いちゃうの」

「ふうん。磯《いそ》の香りかな」

夫は顎を撫でた。井戸水に海水が混じることがある、と以前なにかで読んだ。しかし気にするほどのことではない。海水は天然のミネラルだ。生物はみな海から生まれたのだから、体に必要な成分だ。

招かざる客は、彼らの朝食時に現れた。

チャイムを聞いた妻が玄関さきへ駆けつけると、紺の制服を着込み、同色の帽子を深くかぶった一団が立っていた。彼らは全員、腕章を着けていた。『鑑識』の文字が入った腕章であった。

紺の一団を割って、スーツ姿の男が進み出てくる。

男はチョコレートブラウンの手帳をかざした。桜の代紋が付いた手帳だ。男は姓名と所属を名乗ってから、「令状がある」といった意味の言葉を吐いた。

妻が立ちすくむ。様子がおかしいと察した夫が部屋を飛び出して走り、スーツの男に食ってかかる。

「おい、なんの真似だ。人の家に勝手に入りこむな」

と顔を真っ赤にして怒鳴りつける。

だが妻を背にかばって怒鳴りながらも、彼は内心で混乱していた。

令状？　家宅捜索？　いったいなんのことだろう。これはドラマの撮影だろうか？　それともなにかのサプライズ？

スーツの男はやんわりと夫をいなしながら「ご協力お願いします」「令状が」と機械的に繰りかえした。慇懃《いんぎん》だが、一歩たりとも引く様子はなさそうだった。

押し問答の末、夫は引き下がった。

「どうしたの」

妻の問いに、彼は顔をしかめて首を振った。

「令状があるから、拒めないらしい。……しょうがない。さっさと終わらせて、さっさと帰ってもらおう」

紺の一団は、井戸に向かった。

この頃には夫婦とも、なんとなく事情が呑みこめはじめていた。この人たちは警察なのだ。制服の一団は鑑識課員で、スーツの男は刑事なんだ。

――でもなぜ刑事が、わざわざこの家に？

答えは約一時間後に出た。

家は『ＫＥＥＰ　ＯＵＴ』と印字されたイエローテープで仕切られ、野次馬がまわりを浮《う》塵子《んか》のごとく覆っている。村民のほとんどが集まり、敷地内を覗きこんでいた。娯楽も事件もすくない地域だ。全員の顔が、好奇心で輝いていた。

家を追い出された夫婦も、やはりテープの外にいた。

妻は呆然と座りこみ、夫は忙しなく立ったり座ったりを繰りかえした。「見ないほうがいいです」「落ちついて」と歳若い刑事が彼を押しとどめる。夫はそのたび、

「でも、ぼくたちの家だぞ」

「あの家の所有者はぼくたちだ。知る権利がある」と主張した。

そのとき、井戸を囲む鑑識課員の間から低いどよめきが起こった。なにか見つけたらしい、と夫は察した。縄梯子《なわばしご》で底に下りていた課員が「引き上げてくれ」と声高に叫ぶ。

そうして、夫はイエローテープ越しに見た。

引き上げられた課員は、濡れたブルーシートにくるまれたなにかを抱えていた。重石《おもし》とともに、井戸の底に沈んでいたとおぼしきなにかだった。

シートはそれを完全に覆いきれていなかった。隙間から、細い棒状のものが突き出ている。

二本ある。

脚だ、と夫は気づいた。

だが人間の脚で、本物だと実感するまでには数分を要した。大きさからして子供の足だ。

腐敗している。ガスで膨れあがっている。ところどころに覗く黄ばんだ白は、骨の色だろう

か。

数人の鑑識課員がブルーシートにかがみこみ、掌を合わせている。小声で「……洸太郎くんか?……」「ああ、背格好は合って……」「……遺留品……」と交わす言葉が、切れ切れに聞こえる。

——家の井戸に、子供の死体が沈んでいた。

夫の体が、ぐらりと揺れた。

立っていられなかった。嘔吐が突き上げ、その場に体を折る。毎朝飲んでいた水。変な臭いがすると言った妻。どこか磯に似た、あの独特な生臭さ——。

口から胃液がほとばしった。

最悪だった。吐いても吐いても足りなかった。胃液だけでなく、臓器ごと体から排出してしまいたかった。だがもっと最悪なことがあった。

沈んでいた死体は、一体きりではなかったのだ。

2

警察をくだんの井戸へと導いたのは、むろん『ヘルメス』こと津久井渉の自供だった。

引き上げられた遺体のうち一体は、行方不明の男子小学生、平瀬洸太郎であることが早々に判明した。

遺体は衣服を着けていなかった。しかし両足に靴下を、左足にのみ靴を履いていた。平瀬洸太郎が失踪したとき履いていた、A社の人気商品である。サイズと色も一致した。

歯のほとんどが鈍器状の凶器で叩き折られており、歯型からの特定は不能だった。だが左腕が右腕よりわずかに長く、骨も発達していた。左利きの証拠だ。そして平瀬洸太郎は、生まれつきの左利きであった。

腐敗が進んでおり、死亡時刻の推定は困難だった。とはいえ腐敗でもごまかせないほど、性器および肛門の損傷はひどかった。あきらかに、複数人による性的暴行の痕跡である。

長い間水に浸かっていたため、体液の採取およびDNA型の鑑定は不可能だった。毛髪、爪の間に残存した皮膚なども採取できなかった。だがかろうじて頸部に索溝痕が認められ、咽頭、喉頭、頸動脈に閉塞が見られたことから、絞殺と断定された。

「死体の始末をしたのは『BUZ』さんだ」

と津久井渉は証言した。

「おれはただ、車の中で待ってただけだよ。『BUZ』さんが、空き家の庭に捨ててきたってことしか知らない。いや、庭っていうか井戸かな。屋根と柱付きの井戸があってさ、そこにポイって」

生ゴミでも形容するように、津久井は「ポイ」と無造作に発音した。

もう一体は、完全に白骨化していた。しかし骨盤の大きさ、頭蓋骨の縫合線の癒合、長骨軟骨部の骨化進行度から鑑みて、十三歳から十七歳の女性と推定された。

洸太郎くんと同じく上下の前歯を叩き折られていたものの、奥歯の治療痕が約四年前に失踪した女子中学生と一致した。姓名は、奥寺《おくでら》あおい。

皮膚も組織も残っていないため、死因を特定するのは検視官いわく「きわめて困難」。ただし鎖骨、尺骨、顎、頬骨、前頭骨、そして肋骨四本が折られており、激しい暴力を受けたことは間違いなかった。

奥寺あおいは、八王子市の市立中学校に通う十四歳の少女だった。

四年前の六月、「英語塾へ行く」と言って家を出たきり帰宅しなかったという。親が警察に連絡したのは、その日の夜九時過ぎだ。その日あおいが塾に行った形跡はなく、向かう途中で拉致されたものと思われた。

目撃者はなかった。交友関係にも、携帯電話の通信履歴にもあやしいところはなかった。

小湊美玖と似た型の失踪だ。平瀬洸太郎と同様、性的暴行が目的の略取と推測されていた。

「女子中学生？　知りませんよ」

津久井渉は頑強に否定した。

「ほんとだって。いまさら嘘なんかついても意味ねえっしょ。第一、おれだったら同じ場所に二体も棄《す》てやしない。もうちょっと棄て場所に工夫しますよ」

とうそぶいた。

――だが、主犯が同一なのは疑いない。

津久井はハンドルネーム『BUZ』について、

「本名も職業も知りません。ワゴン車はカーリースだったらしいし、アパートもただの隠れ家だと思う。全然、手の内を明かさない人だった」

と供述した。

「でも、ヤバい人ですよ。やることに全然ためらいがないっていうかさ、鬼畜ですもん。そこまでやる？　みたいなこと平気でやっちゃう人。どんな生きかたしてきたら、あんな人間になるんですかねえ」

「なにを他人事みたいに言ってるんだ。おまえだって人のことは言えんぞ」

呆《あき》れ顔をした取調官に、津久井は肩をすくめて見せた。

「おれなんて、たいしたことないっすよ。『BUZ』さんがあぁしろこうしろって指図するのを、はいはいって聞いてただけ。それなりに愉しませてもらったけど、共犯どころか従犯にすら出世できてません。あーあ、やっぱり〝少年A〟くんみたいにはなれないまま終わるんだなあ、おれ」

　ひらきなおったのか、津久井はぺらぺらとよくしゃべった。

　犯行を誇るかのように身ぶり手ぶりを交え、頰を紅潮させて「平瀬洸太郎がどんな声を出したか」「どんなふうに暴れ、抵抗したか」「自分たちがその抵抗をどうやって抑えこみ、絶望させ、諦めの境地にいたらせてやったか」を、微に入り細を穿《うが》って語った。そして長々と、輪姦の模様を描写した。

「『19』のやつは、意外とヘタレでしたね。血が苦手なんだ、って青い顔してた。ネットじゃあんなにイキがってたくせしてさ。あはは」

「逆に『純』さんはノリノリでしたよ。ほんと、どこにでも突っこもうとすんだから、あの人。ちょっと頭おかしいすね。『徳丸』さんは最初のうちは遠慮してたけど、いざはじまったら興奮してましたよ。じつはロリ好きより、ショタ好きのほうがヤバいやつ多いんですよ。一見紳士ふうだけど、一皮剝いたらそりゃあもう……」

「――浦杉さん、大丈夫ですか？」

　高比良の声に、浦杉は緩慢に振りかえった。

二人は朝の捜査会議に出席すべく、合同捜査本部の長テーブルに着いていた。

『小金井市小三男児失踪事件』と『荒川女子高生殺人死体遺棄事件』が同一犯の犯行であると断定されて以後、特捜本部は荒川署から本庁内の会議室に移されていた。小金井署からは十四名の捜査員が動員され、五十人をゆうに超える大所帯となった。

「ああ。……大丈夫だ」

かろうじて浦杉は応えた。

高比良が信じないことはわかっていた。自分自身「大丈夫」とはかけらも思っていなかった。しかし、そう答えるほかなかった。

動揺は津久井渉の供述のせいだ。

彼の詳細な自供は、浦杉の心理的外傷《トラウマ》を深ぶかと抉った。息子の善弥の事件を、まざまざと連想させたのだ。

失踪の翌年、約四十キロ離れた山中で見つかった善弥。完全に白骨化していたが、下半身に衣服を着けておらず、性的暴行を受けたことは明白だった。津久井が自慢げに語った暴行の様子は、浦杉の脳にダイレクトに響いた。

――善弥も、あんなふうに暴行されたのか。

――あんなふうに抵抗し、しかし逃げることはかなわず、よってたかって複数の大人から暴力を受け、絶望にまみれながら死んでいったのか。

津久井は平瀬洸太郎の哀願を、取調官の前で口真似して見せた。変声期前の少年のソプラノを真似、半べそ顔のつもりか顔を歪ませて、

「『ごめんなさぁい、ごめんなさぁぁい』って泣くんですよ。それが可愛くってね。『お母さんに頼んで、お金払ってもらいます。お金、払えますから。うちにお金ありますから。だからもう、それ、しないでくださぁい』って……」

身をよじり、津久井はにやにや笑いながら少年の断末魔を描写した。反吐《へど》の出るような男だった。

「おまえ、人間を殺したんだぞ。わかってるのか？」

たまりかねた取調官が叱責した。

「人一人殺したんだぞ。おまえたちはな、二度と戻ってこない命を奪ったんだ。それがそんなに面白いか。後悔のかけらもないのか？」

「いやあ」

鼻白んだように津久井は身を引いて、

「なんか、実感ないんですよね」

と言った。

「いまいち身に迫ってこない、って言ったほうがいいかな。そういえば犯行の間、相手が人間って感じはしてなかったですね。いまもしてないなあ。……ああほら、あれですよ。風俗嬢と一緒。ソープ行って遊んでるときって、いちいち相手を人間だなんて思ってないでしょ？　金払えば買えるおもちゃじゃないすか、あれとおんなじ。あのショタくんはおれたちのために用意された、ちょっとスリリングで、反応が敏感なおもちゃって感じで――」

浦杉は喉もとを押さえた。

それ以上津久井の証言を思い出すことを、脳が拒んだ。吐き気がこみ上げる。さっき飲んだコーヒーが、胃液とともに逆流してくる。彼は歯を食いしばり、意思の力で嘔吐をこらえた。

「ちょっと、便所」

短く高比良に告げ、早足で会議室を出る。

男子便所に誰もいないのを確かめてから、浦杉は洋式便器にかがんで吐いた。脳内で、映像と声がぐるぐる回転していた。

嘲笑《あざわら》う津久井の声。捜査に使用した、平瀬洸太郎の笑顔の写真。その顔がゆっくりとぶれ、霞《かす》んで、生前の善弥の顔に変わる。骨になって帰ってきた善弥。訃報を聞いた妻の、つんざくような絶叫。血の気を失った顔で、床にくずおれた架乃。そして昨夜、電話で聞いたばかりの妻の声。

「――昨日、善弥の誕生日だったのよ」

電話口で、妻は硬い声で告げた。

「すまん」

浦杉の第一声はそれだった。反射的に「忘れてた」と付けくわえてしまい、慌てて声を呑む。

いや違う。正確には「忘れていたかった」のだ。どれほど意識から遠ざけておきたくとも、善弥の記憶はふとしたときによみがえって心を蝕《むしば》む。耐えられなかった。だから、善弥に関するすべてを押しこめていた。

「すまん」いま一度、謝った。

だが電話の向こうの妻は黙りこくっていた。

息づまるような沈黙が流れる。恐ろしく長く感じた。理由を付けて、切ってしまいたい衝動がせり上がる。だがさすがにそれはできなかった。残酷すぎた。

長い長い沈黙ののち、

「……あなたは、いいわね」

絞り出すように妻が呻いた。

「父親は、いいわ。仕事に逃げられる。逃げても、誰にも責められない。『仕事なんだ、残った家族を養うためなんだ』と言いさえすれば、世間は納得する。社会に、お目こぼししてもらえる」

声に憎悪が滲んでいた。混じりけない本物の憎悪だった。

「でも、母親は逃げられない。母親はね、母親であるというだけで責められるのよ。……善弥がいなくなったとき、思い知ったわ。みんな、わたしだけを罵った。『どうしてちゃんと見ていなかったの』『なぜ子供を一人にしたの』『目を離すなんて、母親失格』『監督不行き届き。自業自得』と。中には『息子を外に追い出して、その間に不倫してたんじゃないか』と言った人までいたわ。あなたに同情し、いたわりの言葉をかけた人も、わたしには冷ややかだった。それもこれも全部、あなたが父親で、わたしが母親だから。くだらない〝母性神話〟というやつよ」

浦杉は、なにも言えなかった。

家庭を放棄した自覚はあった。逃げたことは、なによりも自分が一番よく知っていた。事件から逃げ、善弥の失踪と死から逃げ、家族から逃げた。まだ幼かった架乃の心のケアさえせず、自分の殻に閉じこもった。

弱かったからだ。息子の死を直視するには、彼は弱すぎた。彼自身の心が耐えられなかった。

――そして、いまも弱いままでいる。

電話の向こうで、妻が啜り泣きはじめた。押し殺した、悲痛な声だった。いまだ善弥のために泣けずにいる浦杉を、責めさいなむ啼泣であった。

浦杉は動けなかった。言葉ひとつ洩らせなかった。

妻のほうから通話を切ってくれるまで、彼は子機を耳に当て、でくの坊のようにその場に突っ立っていた。

3

浦杉は、その日九時過ぎに特捜本部を出た。昨夜は署に泊まったから帰らねば――と己に言い聞かせ、後ろ髪を引かれるような思いで本庁を出た。

事件となれば、四、五日連続で泊まるのは当たりまえだ。しかしいまは、加藤亜結がいた。一応博之には頼んでおいたが、弟だって仕事がある。アパートに付きっきりというわけにはいかない。

――母親の予後も、よくないようだしな。

くわしいことはわからない。聞かされてもよく理解できなかった。わかったのは、一美の入院が二週間で済まないらしいということだけだ。

浦杉はまっすぐ帰宅するのをやめ、ドーナッショップへと寄った。

一歩入って、色とりどりの商品が並ぶガラスケースに気おくれする。注文の見当さえ付かなかった。しかたなく若い女性店員に、

「すみません。ちいさい女の子が好きそうなやつを、適当に五、六個見つくろってくれますか」

と頼んだ。店員が「じゃあ、このいちごのはどうです?」「チョコが人気ですよ」と勧めてくる。言われるがままに購入した。

次に、テイクアウトできる中華料理店に足を向けた。結局アパートへ着いたときには、九時半をまわっていた。

「どうしたんだ兄貴」

ドーナツと中華の袋、そして青島《チンタオ》ビールのパックを両手に提げた浦杉を見て、博之は大げさにのけぞって見せた。

「あの朴念仁の兄貴が、こんな気の利いた真似をするなんて。ほんとうに本物の兄貴か? エイリアンに脳を乗っとられた別人じゃないのか」

「そんなふざけたことを言うやつは、食わなくていい」

浦杉が中華の袋を引っこめると、

「うわ、ごめんごめん」と博之は這いつくばるようにして謝った。

いちいちオーバーアクトなやつだ、と苦笑する。その横で、亜結もくすくすと笑っていた。

「夕飯はもう食ったかと思ったんだが、一応な……」

「いや、ちょうど小腹がすいてきた頃だよ、絶好のタイミングだ。六時頃に、亜結ちゃんとコンビニおにぎりを食っただけだからな。この子、欲がないんだよ。なにを食べたいか訊いても、いつも『パン』か『おにぎり』としか言わないんだ」

ははは、とあいまいに笑いかえし、浦杉は中華料理の袋をひらいた。「遠慮してるんだ」と亜結の前で口に出してしまうのは、失礼な気がした。

「博之、ビール飲むだろ？」

「飲む飲む。ああ、壜《びん》のままでいいよ、栓抜きだけ貸してくれ。やっぱ青島ビールといえば、壜だよなあ。……あ、亜結ちゃんは麦茶でいいかい？　兄貴、ちゃんと子供も食べれるように、辛くないやつにしてくれただろうな？」

「大丈夫だ、チリソースは避けた。そっちの箱が海鮮焼きそばで、そっちが鶏のカシューナッツ炒め、手前のそれが……なんだっけな」

「海老のフリッターか。うんうん、兄貴にしちゃ上出来だ。よし乾杯しよう。待ってろ亜結ちゃん、おじさんがいま麦茶を用意してやるぞ」

宴は楽しかった。

壜ビールの六本パックのうち、浦杉は四本を飲み干した。こんなに飲むのはひさしぶりだった。

博之は「美味い。この焼きそばは美味いな。烏賊《いか》がぷりぷりしてる。カシューナッツ炒めも香ばしいよ。なんて店だ？」とさかんにしゃべくりながら、料理の六割をたいらげた。

博之が帰ったあと、

「……事件が解決したら、どこかへ行こうか」

敷いた布団へ仰向けに倒れこみ、目を閉じて浦杉は言った。

亜結に向けた言葉であった。パジャマに着替えた亜結が、彼を覗きこんで問う。

「どこかって？」

「どこでもいいさ。きみの好きなところだ。……ディズニーランドなんてどうだ？　いや、いまどきはディズニーリゾートと言うのか。遊園地でなくて、水族館でも海でもいい。どこでも連れていってやろう」

薄目を開けると、天井から下がる蛍光灯が目を射た。まぶしさに顔をしかめながら、首を曲げる。亜結が怪訝そうな顔をしていた。

「罪ほろぼしだ」

唸るように、浦杉は言った。

「……守って、やれなかったからな。だからだ」

「誰を？　わたしを？」

眉根を寄せて亜結が尋ねる。

誰だろうな、と浦杉はまぶたを下ろして考えた。むざむざと鬼畜どもに殺させてしまった小湊美玖？　平瀬洸太郎？　奥寺あおい？　いやそれとも、六年前の善弥だろうか。

「いや」

浦杉はかぶりを振った。

「いや、誰でもない。誰でもないけど、きみはその代わりなんだ。……頼むから、おじさんの罪ほろぼしに付きあってくれ」

われながら意味不明だな、と浦杉は自嘲に唇を曲げた。

言うことに筋が通っていない。滅茶苦茶だ。やはり酔っているんだな――と思いながら、薄目をひらく。

視界が揺れて霞んだ。薄白い膜がかかったようだ。その膜の向こうで、亜結がほのかに微笑んでいた。

4

合同特捜本部はさらに拡大した。

奥寺あおい失踪事件の捜査はまだ特命捜査対策室に引き継がれておらず、八王子署も加えての大所帯となったからである。投入された捜査員の数は、これで八十人を超えた。

「絶対に、ただの家出じゃないと思ってました」

八王子署の捜査員は、管理官の前でそう歯噛みした。

「この四年間、奥寺家に何度となく通い、あおいさんについてのエピソードを聞いてきた。家族思いの、真面目で純粋な子だったんです。突然家族を捨てて、家出するような子じゃあない……。生きて親御さんのもとへ帰せなかったのは無念だが、遺体だけでも、せめて見つかってよかった……」

そうだ、よかった、と浦杉は思った。世間とは予想以上に口さがなく残酷だ。浦杉は、身に染みて知っている。

たった七歳の善弥が失踪したときですら、

「誘拐？　どうせ甘い言葉をかけられ、ほいほい付いていったんだろう」

「子供が一人であちこち歩きまわるからだ。自己責任だ」

と陰で噂され、嘲られた。

十四歳の少女が行方をくらましたなら、さらに激しい醜聞が取り沙汰されたはずだ。きっとふしだらな子だったんだ。馬鹿だから悪い男に騙されたんだ。自分から付いていったに違いない。愚かな少女の身から出た錆だ、と。

――殺されたとわかって、ようやく世間《しりめ》から同情の対象となる。

目頭を押さえる八王子署の捜査員を後目に、浦杉は目立たぬよう、そっと会議室をすべり出た。


主犯とおぼしき男『ＢＵＺ』の行方は、いまだ摑めなかった。

潜伏先のアパートへ警察が向かうと、『ＢＵＺ』はおろか従犯の女もおらず、すでにもぬけの殻であった。

アパートを管理する不動産屋によれば、「指定のクレジットカードから家賃を払うのであれば、保証人はいらない」方式の物件だったという。クレジットカード会社の審査を信用してこそのシステムだろう。

クレジットカードの名義は、埼玉県に住む八十代の男性であった。身寄りがない独居老人で、しかも認知症が進行しつつある。痴漢および盗撮専用掲示板において、『BUZ』の紹介人となった『龍』と同一パターンだ。

「この従犯の女、やり手だな。ボケ老人をたらしこむのがお得意だったようだ」

合田主任官は唸った。

くだんの老人は、親から相続した一軒家に独り暮らしであった。従犯の女らしき人物が何度か出入りするのを、近隣住民が目撃している。これも『龍』と同様だ。

同じく犯行に使われたワゴン車は、八十代男性の庭に乗り捨てられているのを捜査員が発見した。同男性のクレジットカードを用いてのリースである。またリース会社に提示された運転免許証は、中国製の偽造免許証だった。

一方、ハンドルネーム『ヘルメス』こと津久井渉は、奥寺あおい殺しの関与を完全否定した。取調官に顔写真を見せられて、

「ああ、四、五年前に失踪した子ですね。交番前のポスターで見たことある。イケるじゃん、もったいねえな、と思ったからよく覚えてますよ」

と即座に反応したものの、

「でも八王子の市立中学生でしょ？　ないない。電車通学じゃない子は、おれの守備範囲外です。わざわざ遠征してまで触りに行くほどアクティブじゃないしさ。今回のことだって、『ＢＵＺ』さんに持ちかけられなかったら絶対やってませんもん。おれって本来、受け身タイプの人間なんすよ」

　と肩をすくめた。

　同じく『純』『徳丸』『１９』も関与を否定。しかしここで『純』から、有用な情報がひとつもたらされた。

「八王子のＪＣ失踪は『サニーサイドショップ』ってサイトが関わってる、とネット上で読んだことがあります」と。

　捜査員が検索してみると、『サニーサイドショップ』は一見ごく普通の通販サイトであった。

　しかしログインボタンはあれど、「はじめてのお客さま、もしくはパスワードをお持ちでない方はこちら」という誘導ボタンがない。表向きは通販サイトを装い、ログインで裏サイトに繋げているのだ。

　捜査支援分析センター《SSBC》が解析すると、やはり裏サイトがあった。津久井が『ＢＵＺ』と出会ったのと同種の掲示板だ。ありていに言えば、性犯罪の温床である。

かつては電話という一大発明が、経済を発展させると同時に犯罪を拡大させてきた。現代ではインターネットが同じ道をたどりつつある。善き絆《きずな》を広げるだけでなく、悪しき繋がりをも作りあげ、犯罪の新たな手口を開拓している。

国内では『名古屋闇サイト殺人事件』や『静岡看護師遺棄事件』などが典型的な例だろう。

『名古屋闇サイト殺人事件』は、インターネットを介して集まった三人の男が共謀して、行きずりの女性会社員を拉致し殺害した事件である。遺体は岐阜県の山中に遺棄された。なお被害者が狙われた理由は、

「夜道を一人で歩いていたし、貯金をしてそうだったから」

また犯人の一人が法廷で「自分の命は大事で、犯行についてはまったく反省していない」と発言したことも物議を醸した。

また『静岡看護師遺棄事件』は、求人情報サイトに載った「二〜三人のチームで動きます。サクッと稼ぎましょう！」という書き込みからはじまった。

「サクッと稼ぐ」とは要するに人身売買で、「十件やったら一件あたり百万円。報酬は参加人数に応じて分配する」予定だったという。『名古屋闇サイト殺人事件』と同様、共謀した三人の男はそれぞれ初対面だった。「アルバイト感覚だった」と従犯は証言している。

被害者の看護師女性はスポーツジムの駐車場で拉致され、約半月後に静岡県の山中で遺体となって発見された。

その後、従犯がみずから出頭したことにより主犯の存在があきらかとなったが、逮捕前に主犯は自殺。この主犯の死に加え、従犯二人の供述に食い違いが多かったため、検察は殺人での起訴を断念した。逮捕監禁、営利目的略取、死体遺棄のみが問われるという、歯切れの悪い結果に終わった。

そのほかにもインターネットを利用したストーカー、リベンジポルノ、脅迫、著作権侵害事件などはあとを絶たない。警察側とてＮシステムや防犯カメラを駆使しての科学捜査を進めてはいるが、いたちごっこと化しつつあるのが現状である。

くだんの『サニーサイドショップ』は現在、外国サーバを使っていた。

しかしさいわいなことに、奥寺あおいが失踪した四年前はまだ国内サーバであった。ただちにサーバ元およびプロバイダへの過去ログ請求が為された。

ログを閲覧した結果、奥寺あおいの拉致と殺害に関わった男は、『ＢＵＺ』を含め四人いたことが判明した。計画の段階では五人いたのだが、一人は怖気《おじけ》づいたのか、集合場所に来なかったのである。

来なかった会員を、四人は口をきわめて「ヘタレ」「せっかくの機会を棒に振った馬鹿」

「腰抜け」と罵っていた。犯罪による高揚と、選民意識で仲間の絆を作りあげる典型的ホモソーシャルがそこにあった。

拉致にいたる掲示板の会話は、平瀬洸太郎事件とほぼ同じだ。常連何人かで集団痴漢の計画を立てているところへ、新入りの『BUZ』が割りこむ。そして拉致へと一同をそそのかしていくのだ。

『BUZ』を除く実行犯三人は、早急に逮捕された。犯行後のやりとりもログに残っていたため、突きつけると彼らはあっさり観念した。三人全員が子持ちの既婚者で、三十代が一人、四十代が二人。うち一人は国家公務員であった。

彼らは取調室で鼻水をたらして泣き、「家族には内緒にしてください」「職場にだけは、どうか連絡しないで」と掌を合わせて哀願した。

しかし犯行の供述となると次第にふてぶてしさを増し、ときにはちらりと笑顔すら見せた。その傾向は、四十代の国家公務員がもっとも顕著だった。

彼は自分が暴力的なポルノの愛好家であることを認め、

「そもそも女に、人権と選挙権を与えたことが間違いなんですよ。いや与えてやってもいいが、男と同等の権利にしたことは大いなる歴史の誤りでしたね。せいぜいで男の六割程度に抑えておくべきでした。根拠？　そりゃもちろん女が肉体的にも精神的にも弱い上、快楽に勝てないからです」

と得々と語った。

彼の持論によれば「女が『いやいや』と抵抗するのは、自分をお高く見せて値を釣りあげるため」で、「どんなに抵抗しても、犯されれば喜んでしまう下等生物」だそうだ。

「犯されて喜ぶ、となぜ断言できるんだね？」

取調官が訊くと、彼は自信たっぷりに、

「どんなに暴力的なＡＶでも、最後には女は声を上げ、快楽堕《お》ちしています」

と答えた。

さしもの取調官も失笑し、

「あんたねえ、ＡＶに出演してるのはＡＶ〝女優〟だぞ？」と言った。

むろん「女優や俳優という呼称は演技者を指すのだ。あれは全部演技だ」という意味の指摘だったが、四十代の国家公務員はにやりとして、

「ふん。やつらは馬鹿ですからね。女優女優とおだててやりさえすれば、どんなハードな作品にだって出演するんですよ。チョロいもんです」

と言いはなった。

嚙み合わぬ返答だが、本人は「自分は業界を知り尽くしており、酸いも甘いも嚙み分けている」と思いこんでいるようだった。ちなみにこの国家公務員には、十代の娘が二人いた。

三人の実行犯は奥寺あおいについて、「面識はない」「行きずりだった」「人気《ひとけ》がない道を一人で歩いていて、好都合だった」と口を揃えた。

彼らが自供した犯行の詳細は凄惨そのものだったが、

「なんていうか、勢いあまったってやつですね。もののはずみです」

「つい調子づいて、やりすぎてしまいました」

と三人とも、「殺意はなかった」「故意ではない」ことを最後まで強調しつづけた。

だがこれらの不快きわまりない証言には、それなりの益があった。

彼らが供述した『ＢＵＺ』の人相が、平瀬洸太郎殺しにおける『ＢＵＺ』と完全一致したのだ。

五十代なかばで、身長は百六十センチ前後。猪首で額が禿げあがっている。左目より右目がわずかにちいさい。言葉は標準語ではなく東京訛りがあり、「ひ」と「し」の発音があいまい、語尾の母音弱化などが目立っていたという。

主任官は堤に似顔絵を作成させ、自動車警邏隊や都内の各交番などに配布を命じた。

5

ハンドルネーム『ＢＵＺ』が逮捕されたのは、五日後の夕方だ。

逮捕にいたるきっかけは、捜査員の一人から出た「なぜ『ＢＵＺ』は、あの井戸に二人も棄てたんでしょう」という疑問であった。

「そりゃ、四年間バレなかった実績があるからだろう？」

「それにしたって不用意すぎます。それにあの井戸がある家は、平瀬洸太郎くんが遺棄された時点で改築途中だった。外から見てもわかる大規模な改築です。なのになぜ、わざわざあの井戸に棄てたんでしょう？」

例の〝古民家を改造した新居〟を、あの若夫婦が改築しはじめたのは五箇月前。ようやく住めるようになって引っ越してきたのが、遺体発見の八日前である。

「シリアルキラーの多くが、犯行に不可思議なこだわりを持っていることは有名です。判明している『ＢＵＺ』の被害者はまだ二人ですから、当てはめるのは大げさかもしれませんが……。ともかくエドマンド・ケンパーは被害者の首を切断して自室に隠し持つ習性がありましたし、テッド・バンディは遺体の髪をシャンプーしたり、メイクする儀式的行動を見せました。もしかしたらあの井戸は、『ＢＵＺ』にとって特別な場所なのかもしれません」

その仮説を受けて、特捜本部は古民家の以前の所有者を調べた。

とうに故人であった。生きていれば、ゆうに九十歳を超える女性だ。夫から二十二年前に相続し、本人は八年前に亡くなっている。

彼女の孫のうち五人が〝五十代男性〟に該当し、さらにそのうち一人が〝身長百六十センチ前後。猪首〟に該当した。

しかし浦杉が高比良を連れて会いに行くと、残念ながらその孫は似顔絵にまったく似ていなかった。犯行時のアリバイも強固だった。落胆しながらも、浦杉は彼に『ＢＵＺ』の似顔絵を見せた。

「この男に心あたりはありませんか」

「うーん、どっかで見たことあるような、ないような……」

彼は唸ってから、「ちょっと待って」と奥へ走り、実母を連れてきた。

「おふくろは商店をやってたんで、人の顔を覚えるのが得意なんですよ。おふくろ、この人知ってるかい」

似顔絵を見せられた老母は眼鏡をずり上げて、

「ああ、馬場《ばば》さんじゃないか」と言った。

「馬場さん？」

高比良が問いかえす。老母は自信ありげにうなずいた。

「もう四十年も前になるかねえ。神社の道向こうに住んでた馬場さんに間違いないよ。懐かしいね。いま、なにをしてるんだろうねえ」

「その馬場さんは、四十年前にこんな容貌だったんですか」と高比良。

「そうさ。しかしよく描けてるねこの絵。そっくりだよ」

「馬場さんが何人家族だったか、失礼ですが覚えておられませんか」

「あんたね、人をボケ老人扱いすんじゃないよ。四十年前のことくらい、楽に覚えてられるさ。この人はねえ、奥さんと子供二人で借家に住んでなすったよ。奥さんがうちの店にしょっちゅう買い物に来たもんだ。……というか、その子らのことなら、おまえのほうが覚えてるんじゃないのかい」

と、かたわらの息子をどやしつける。

息子が「ああ、はい」と頭を掻いて、

「言われてみりゃあ、馬場ちゃんの親父さんがこんな顔だったかもしれません。馬場ちゃん──この親父さんの長男が、おれと同級生だったんですよ。当時は、ええと、小学校の五、六年生だったかな。馬場ちゃんが引っ越していくまでは、毎日のように遊んでました」

「ではあなたの祖母の家で、彼と遊んだこともあった？」

浦杉が尋ねる。

反応は顕著だった。息子と老母は当惑顔ながらも、はっきりと目を見交わした。

「どうしたんです？」

「いや、どうというか……。はい、何度かありましたね」

「あの家の井戸から、死体が見つかったことはご存じですよね？　その同級生と関連することで、思い出せる事柄はありませんか？」

「あー、うん……。まあ、関係あるかどうかはわかりませんが」

言いよどんでから、息子は言った。

「馬場ちゃんの弟が、あの井戸に落ちて死んだんです。まだ五歳だったな。幼稚園児でした。そのあとすぐ、馬場ちゃん家《ち》は引っ越していっちゃって——。え、まさか、こないだ見つかった死体と、関係あるわけじゃないですよね？」

捜査の結果、「馬場ちゃん」の姓名は馬場治《おさみ》、満五十三歳であると判明した。

彼の弟は確かに五歳の夏、あの井戸で死体となって発見されていた。誤って落下しての事故死と処理されたが、目撃者はなかった。

当時、兄の治は十一歳だった。なお一家は事故死の二箇月後、そそくさと他県に引っ越している。学期なかばの、唐突な転居であった。

素性が発覚してから五日後、馬場治は親戚に金を借りにきたところを、待機していた捜査員に逮捕された。手錠を嚙まされた際の第一声は、

「おれじゃない。おれは弟を殺してない」

であった。

馬場は三日間黙秘を通した。しかし四日目から、ぽつぽつと雨だれ式にしゃべりはじめた。いわく、いたいけな子供が好きなこと。弟を殺していないこと。純粋そうな少年少女を見ると、いとおしいと同時に滅茶苦茶にしてやりたくなること。弟を殺していないこと。平瀬洸太郎くんは「死んだ弟に似ていて、好みのタイプ」だったこと。奥寺あおいを遺棄したのと同じ井戸に棄てたのは、「お姉ちゃんと一緒なら、寂しくないだろうと思った」からであること。改築途中なのはわかっていたが、夜中に棄てればわからないだろうと甘く考えていたこと。過去の成功体験で、気が緩んでいたこと。弟を殺していないこと――。

「女房はどこだ」

何度も取調官は尋ねたが、そのたび馬場は「知らない」と首を振った。

「女房どころか、あいつは愛人でもなんでもねえよ。体の関係すらない。五年ほど前に、ネ

ットで知り合った女だ。夫婦を装っているとお互い得なことが多いんで、利用し合っていただけだ」

「そもそもはあいつが援助交際《エンコー》の手引きをしていて、おれはただの客だった」

「いま思えば、あいつとつるむようになってから、おれはおかしくなった。変な女なんだ。あいつといると、なんでもできる気がしてくる。可愛い男の子や女子中学生相手に、なにをやらかしても逃げきれるような――おれにはそんな権利があるような、妙な気分になってくるんだ」

「どっちの事件も、実行犯としてはおれが主犯かもしれないが、計画したのはあいつだ。おれは、あいつが主犯だと思ってる」

女は馬場に「生まれは仙台で、育ちは神戸。歳はあんたのひとつ上やね。一回目の結婚がきっかけで、東京に越してきたの」と自称していた。

名ははっきり名乗りたがらなかったが、

「どうしても呼ばなあかんときは、桂子《けいこ》と呼んで」と彼に頼んでいたという。

ホテルに泊まる際などは「赤城《あかぎ》けい子」もしくは「赤木桂子」「赤城啓子」の名をサインすることが多かった。

しかし五十四年前に仙台市で生まれた「赤城もしくは赤木」姓でケイコという名の女を調

べたところ、八割強に連絡が付いた。残る二割は死亡していた。現在行方がわからない者は、一人もいなかった。

6

その日の特捜本部は、解放感に満ちていた。

なにしろ三つの事件が同時に解決し、主犯および実行犯を全員逮捕できたのだ。その場で祝杯を上げるだけでなく、歌って踊りだしかねぬ勢いであった。

いつも仏頂面の合田主任官さえ、

「警察庁《サッチョウ》の総務課長がわざわざ来て、『やったな。大金星だ』と肩を叩いていきやがった。警察生活は長いが、あのオッサンの笑顔をはじめて見たぜ」

と面映《おもは》ゆそうだった。

警察庁長官官房の総務課長といえば庶務のほぼすべて、とくにマスコミ対策を任せられているキャリア中のキャリアである。そのキャリアが思わず頬を緩めてしまうほど、マスコミに鼻高々と発表できる快挙ということだ。

特捜本部に集められた捜査員たちはお互いをねぎらい、健闘を称《たた》え合った。そして肩を組まんばかりにして、順に夜の街へと繰りだしていった。

人気《ひとけ》が絶え、閑散とした会議室に浦杉は一人残っていた。

長テーブルに座り、過去の捜査報告書をめくる。つい先刻、弟の博之には電話を入れておいた。

「帰れそうにない。すまんが、今夜も加藤亜結を頼む」と連絡したのだ。弟はいつもどおり、こころよく引き受けてくれた。

ふいに扉のひらく音がした。

「ウラさん、まだ帰ってなかったんですか」

ドアノブに手をかけ、半身を覗かせているのは部下の堤だった。

「そりゃお互いさまだろう。おまえこそどうした。飲みに行かなかったのか？」

「いや、おれはすぐ店に向かいま……」

言いかけた堤をさえぎるように、

「あの女、やはり引っかかる」

と浦杉は言った。

堤の頬が、一瞬にして引き締まるのが見てとれた。童顔がぎゅっとしかめ面になる。

「馬場の女房を装っていた、例の女のことですか」

「ああ。防犯カメラの映像で観たときから気になっていた。どうも、以前にほかの事件で出会った気がしてしかたないんだ」

ふたたび捜査報告書へ目を落とす浦杉に、

「ウラさん」と堤が困惑顔で言った。

「確かにあの女を引っぱれなかったのは、おれだって残念です。しかし実行犯は全員逮捕済みで、証拠も自供もたっぷり揃ってる。警察庁《サッチョウ》の総務課長が言うとおり、大金星ですよ。全員、確実に起訴まで持ちこめます。充分でしょう」

「まあな」

浦杉は生返事をした。焦れたように、堤が言いつのる。

「第一『あの女が主犯だ、あいつの主導だった』と言い張っているのは、馬場治だけです。見えすいた言いのがれですよ。津久井らの証言によれば、あの女は拉致に協力はしても、使いっ走り程度の役割しかつとめていない。被害者への暴行にもいっさい加わっていません。ボケ老人を騙したりと、ろくな女じゃないのは確かですが、もとは援助交際の手引き程度で、せいぜい女衒《ぜげん》――」

「女衒」

浦杉は目を見ひらいた。平手でテーブルを叩き、

「それだ」と堤を人差し指でさす。

鼻さきに指を突きつけられ、堤が目を白黒させた。

浦杉は視線を宙に向け、

「そうだ。おれが生安《セイアン》にいた頃――。二十年近く……いや、十八年前か。あの女だ。畜生、なんで思い出せなかったんだ」

と顔を歪めて呻いた。


いまから十八年前、浦杉克嗣は生活安全課の風紀第二係に所属していた。

ことは、一本の通報からはじまった。ラブホテルの一室で、女が男に激しい暴行を受け、意識不明に陥っているという通報だった。

強盗および傷害ならば、本来は刑事課の管轄である。生活安全課の風紀第二係にお鉢がまわってきたのは、

「どうやら被害者の女は、売春していたらしい」

との報告があったからだ。

被害者は三十一歳の主婦で、暴行した男は亭主ではなかった。当初こそ不倫の別れ話のも

つれと思われたが、現場から逃走した男を捕まえて事情を聞いてみると、「〝受付〟に電話で申しこんでおいたメニューに及ぼうとしたら、拒否されたので腹が立って殴った」

「こっちは客だぞ。規定どおりのサービスを提供せずに金を取るなんて詐欺じゃないか。おれは悪くない。詐欺に遭った被害者だ。客として、正当な権利を主張しただけだ」

と悪びれることなく供述した。

男の自供は、組織的売春の臭いを芬々《ふんぷん》と放っていた。だからこその、風紀第二係の出番であった。

被害者の主婦は凄まじい殴打を浴びていた。頰骨が砕け、顎にひびが入り、折れた歯が歯茎に突き刺さっていた。眼底を支える骨が折れ、眼球が下に落ちかかっていた。

意識が回復するのを待って、浦杉は事情聴取をおこなった。

被害者は都内の某マンションに住む、平凡な主婦だった。夫は三歳上で、子供はいない。不妊治療のため二年前に仕事を辞めて、現在は専業主婦だという。

「わたしに会社を辞めさせておいて、不妊治療に協力する姿勢をまったく見せない夫に、どんどん愛情がなくなっていったんです……」

と彼女は語った。

「不妊治療って、女ばかりが痛くて苦しい思いをするんです。なのに耐えても耐えても、毎月生理が来てしまう。ああ、また駄目だったんだ、と思うたび、心がすり減って……。気をまぎらそうにも、仕事は辞めたから家事しかすることがない。夫には『マンションの奥さん連中と、おしゃべりでもしてろよ』ってうるさそうに言われただけでした。そんな折に——誘われたんです。ええ、ゴミ捨て場の清掃当番をしていたわたしに、二軒隣の奥さんが、声をかけてくれて」

それは一見瀟洒《しょうしゃ》なマンションに巣くう、大規模な主婦売春の誘いであった。

むろん最初から「売春だ」と言って持ちかけるのではない。はじめのうちは、

「社交サークルなのよ」

「よそのマンションにお住まいの方とも交流するの。男性もお見えになるけど……ふふ、たまには夫以外の男性とお話しするのもいいものよ。気分が若返るもの」

そう、やんわりと冗談めかした口調で言われた。

確かに最初の数回は、ただのお茶会だった。

二軒隣の主婦が言ったように、夫以外の男性とお茶を飲み、なごやかに話すのはストレス解消になった。なによりも一人の女として、ていねいに扱ってもらえるのが嬉しかった。

——そういえば、夫に女として見られなくなってどれくらい経つだろう。

そもそも不妊の原因は夫にあった。検査の結果、精子に奇形が多いと医者に言われたのだ。彼女自身は健康体で、毎月規則正しく生理が来る。なのに現実には、不妊治療で痛い思いをするのも、仕事を辞めねばならないのも彼女のほうだった。

「夫への、腹いせもあったと思います」

包帯だらけで病室のベッドに横たわったまま、彼女は浦杉に供述した。

「途中から、普通のサークルではないと気づいていました。……なのに通うのをやめられず、いつしか指定されたラブホテルへ行くようになってしまった。夫への、当てつけだったんだと思います」

その報いとして、彼女は顔面が陥没するほどの重傷を負った。大きすぎる代償と言うほかなかった。

浦杉たち捜査員はその「社交サークル」こと、マンションのほぼ全域にわたる主婦売春組織を容赦なく摘発した。いくつかの週刊誌がそれを嗅ぎつけ、ポルノまがいの煽情的な記事を書いた。

逮捕者は十七名にのぼった。

思いかえせば、そのときも『大金星だ』と上から賛辞をもらった気がする。

しかし浦杉の気は晴れなかった。狙いを付けていた主婦を逮捕できぬまま、捜査本部が解散してしまったからだ。

女の名は、浜真千代《はままちよ》。

当時三十六歳。二十九歳のとき夫の浜譲吉《じょうきち》と結婚し、三十一歳で一児をもうけている。

くだんのマンションへ浜一家が引っ越したのは翌年だ。真千代は人なつこく明るい性格で、ママ友の間では「超の付く人気者」だったという。売春の元締めとして検挙された主婦と同階に住んでおり、二人はとくに仲がよかったそうだ。

「ウラよ。おまえなんで、あの主婦にそれほどこだわるんだ?」

当時の係長にそう訊かれた。

その問いに、浦杉は明確には答えられなかった。

実際、浜真千代を逮捕できる証拠はなにひとつなかったのだ。彼女は売春に参加していなかったし、組織からの金銭的授受も認められなかった。

しかし元締めの女と姉妹のごとく親しく、主婦たちの供述によれば「メンバーに慕われ、すすんで心身のケアをしていたのは浜さんだった」という。

結局「売春を把握していた、というだけで検挙はできない」と上司に諭され、浦杉は浜真千代の逮捕を諦めた。

わだかまりはしばらく残ったものの、いつしか薄れた。やがて浦杉は刑事課に異動し、その執着も忘却の霧中へとまぎれていった――。


「防犯カメラだ」

　浦杉は叫んだ。

　いまだ啞《あ》然《ぜん》と棒立ちの堤に、首を向けて怒鳴る。

「防犯カメラのデータは、まだ残ってるか？　コンビニの防犯カメラに映っていた、冷蔵棚の前でケーキを品さだめしていた女だ。堤、あのＵＳＢメモリを捜してきてくれ。至急あの映像を確認しなきゃならん」

　映像を再確認できたのは、約二十分後である。

「間違いない。浜真千代だ」

　浦杉は呻いた。

　あれから十八年の歳月が経った。そのぶん彼女は歳を取り、体重も増えたようだ。しかし浜真千代だった。疑う余地がなかった。

　独特の目つきとたたずまいだ。なぜもっと早く気づけなかったのかと、浦杉は己の腑甲斐なさに歯嚙みした。

　浦杉は、ただちに小田嶋係長へ電話をかけた。

捜査支援分析センター《SSBC》への協力要請と、ビッグデータの照会を希望する電話であった。

警察が所有するビッグデータといえば、AFIS《エイフィス》こと自動指紋識別システム、銃器や線条痕データを管理するBIRIシステムなどが有名である。

しかしなにより有用なのは『手口資料』だと浦杉は思っていた。過去に起こった各犯罪の手口をこまかく分類し、ストックしたデータを通称『手口資料』と呼ぶのだ。

そして浦杉が今回照会してもらいたいのは、ここ十五年の性犯罪事件データベースに〝色白で小柄。一見ごく平凡な中年女性〟の従犯が、はたしていくたび登場するか——であった。

照会の結果は、三日後に届いた。

結果は、浦杉の意に添うものだった。十五年以内に都内で起こった性がらみの事件のうち、すくなくとも七件に〝色白で小柄。一見ごく平凡な中年女性〟の従犯が見つかったという内容だ。

だが、いずれも逮捕にはいたっていない。よしんば捕縛したとしても書類送検で終わる程度の小物として、女は各事件に登場していた。

たとえば三年前、五反田の風俗店が「未成年と知っていて十六歳以下の少女を八人働かせていた」かどで摘発されている。その少女たちを店に斡旋《あっせん》した者の一人に〝小柄な中年女性〟がいた。

そしてその前年には、渋谷区で違法なデリバリーヘルスを使用した男が、従業員と口論の末に腹部を刺す事件が起こっている。該当のヘルスを経営していた事務所は、警察の手入れが入る前に解散。逮捕できたのは社長ほか幹部二名のみにとどまった。そのとき逃した従業員の一人に〝色白で小柄な中年女性〟がいたという。

また五年前、武蔵野市在住の少女が家出する直前に会っていた人物が〝小柄な中年女性〟だった。

その件からさらにさかのぼること七箇月前、違法な風俗スカウトと揉めて重傷を負った吉祥寺の女性は、

「最近親しくしていた女性に紹介されて、加害者と会ったんです。風俗スカウトだとは知らなかった」

と証言した。なおその女性の人相風体は〝色白で小柄。平凡な顔立ち〟。名乗っていた姓名『赤木啓子』は偽名であった。

小田嶋係長の許可を得て、浦杉は浜譲吉と連絡を取った。

十八年前、真千代の夫だった男である。

「真千代なら……、とっくに、離婚が成立しました」

電話口で譲吉は、そう声を湿らせた。

浜真千代が失踪したのは、主婦売春組織の元締めの公判がはじまってすぐだという。

七年以上生死が不明な者に対しては、家族が家庭裁判所に失踪宣告の申し立てをすることができる。もし認められれば失踪者は「死者」と認定されるのだ。そして譲吉の訴えは認められた。つまり浜真千代は、法律上すでに死んでいた。

加えて譲吉は「三年以上生死不明な配偶者」に対する離婚も申し立てていた。

これにより、真千代と譲吉の婚姻関係は解消。真千代は配偶者としての相続権も失っている。

「おれは失踪宣告だけで、離婚まではする気なかったんですが……。親類縁者がどうしてもと言うもんで、押し切られてしまって」

と譲吉は洟を啜った。当時五歳だった息子はとうに成人し、いまや母親の顔すら覚えていないという。

つづいて浦杉は、真千代と同じマンションに住みながら売春した十七人の主婦に連絡を取った。話すことができたのは、そのうち八人であった。

八人中六人は、真千代について「いい人だった。いつも親身に話を聞いてくれた」と語った。

しかし二人は「怖かった」とはっきり声を震わせた。

「怖かったとは、具体的にはどんなふうにです？」

「それは……うまく言えません。直接殴られたとか怒鳴られたとか、そういうんじゃないんです。でも、怖かった。元締めとして逮捕されたのは高圧的な人でしたから、わかりやすい怖さなんです。でも浜さんの場合は、そういうんじゃなくて……。すみません、やっぱりどう言っていいかわかりません。でもわたし、『浜さんだけは怒らせちゃいけない』とずっと思ってました。あそこに住んでいる間、彼女にだけは気を遣っていた。あの頃は言えませんでしたが――売春を断れなかったのも、浜さんの機嫌をそこねるのが怖かったからです」

彼女たちと話した直後、浦杉は当時の興味深い事故を発見した。

十八年前に某大衆週刊誌で『ルポ・主婦売春組織。社交サークルの罠《わな》』なる記事を書き、続報を追っていたフリーの記者が、翌年に駅の階段から転落死したという事故であった。

＊　＊

首をもたげ、彼女はあえいだ。

男たちが彼女にのしかかる。喉に詰まりそうな舌を指で摑み、引きずりだす。男たちの顔にも血が撥《は》ねかかっている。

みな、形相を変えていた。車内にたちこめる血の臭いが、男たちの汗や体臭と混じり合って、えもいわれぬ悪臭と化している。

車が、路肩に一時停止した。

陽光が窓越しに、斜めに射しこむ。もがきつづける彼女の左手を陽が照らす。

光が指輪に反射し、鋭く光った。

内側に〝いかなる罪も冒瀆も赦されよう。なれど御霊に逆らう冒瀆は赦されじ〟と刻印された、プラチナの指輪であった。

第五章

1

また来てしまった、とアパートの窓を見上げ、架乃は唇を噛んだ。

ここが父の――浦杉克嗣の住むアパートであるとは、とうにわかっていた。一階の郵便箱で、部屋が二〇四号であることも確認済みだ。なぜってあの夜、コンビニから出てくる父と少女を目撃したあと、思いなおして二人を尾行したからだ。

見知らぬ少女と手を繋いだまま、父はこのアパートの外階段をのぼっていった。一分と経たぬうち、二階の端の窓が灯った。

灯りが点いたのはその一室だけだった。父が少女とともに暮らしているという、なによりの証拠であった。

その晩から一月近く経った。

そして架乃がこのアパートの前に立つのは、これで六度目だ。

二階へ上がったことは一度もない。怖いからだ。ドア越しに父と少女の笑い声が聞こえでもしたら、平静でいられる自信がなかった。とんでもない醜態を演じてしまいそうで、自分で自分が恐ろしかった。

ショックなことは、さらに重なった。

博之叔父までも――、だったのだ。叔父までもが、例の少女と仲良くしていた。アパートから出てきた博之叔父と少女を見て、架乃は咄嗟に電柱の陰へ身を隠した。肩を並べて弁当屋に入っていく二人を、なすすべなく見送った。

幼い頃から大好きな叔父だった。陽気でおしゃべりで、そのくせさりげない気遣いが巧かった。両親の善弥びいきを察してか、なにかと架乃を気にかけてくれた。しかし父が家を出てからは、叔父とも疎遠になってしまった。

――父はあの少女に、〝親戚付きあい〟まで許しているんだ。

わたしが失った、いや失わざるを得なかった叔父との交流を。

そう思うと、たまらなかった。もともと乏しいと感じていた自信と居場所が、さらに消えていくのを感じた。よるべなさに身がすくんだ。

――まだ父の中に、わたしは娘として存在しているだろうか。

いや、すでにあの少女に取って替わられたのではないか。知らなかったのはわたしだけで、何年も前からわたしは〝いらない子〟だったのではないか。

否定する材料はなかった。

出て行った父。わたしを母のもとへ置き去りにした父。誕生日にもクリスマスにも電話一本寄越さず、高校受験の合格を知らせたときだけ、お義理に万年筆を一本贈ってきた父――。

架乃はきびすを返した。

アパートが見える位置のコンビニに入り、アイスコーヒーを買った。イートインスペースに着く。スマートフォンを取りだす。

『ＫｉｋＩ』のインスタグラムが更新されていた。

今日は文京区の老舗《しにせ》カフェからの投稿だ。蔓草《つるくさ》模様のカップに注がれたミルクティと、自家製らしきベイクドチーズケーキの画像に、五行ほどの文章が添えられている。

――今日のタロットカードは『愚者』の正位置です。直感を信じて進むべき、とカードは示していますよ。みなさんもどうか、自分の感性に自信を持ってくださいね。さてケーキのほうは渋谷『ロッソ』のチーズケーキです。どっしりと濃厚なのに、後口は爽やか。それはきっと秘伝のオレンジソースが……。

架乃は指でハートマークをタップし、「いいね！」を送った。

次いでダイレクトメールを送る。

「こんばんは『ＫｉｋＩ』さん。今日の投稿も素敵でした。いつか『ＫｉｋＩ』さんと一緒にお茶してみたいな。なーんて、あつかましいですよね、ごめんなさい。ところで以前、占星術や四柱推命は信じてないっておっしゃっていましたね。でもタロットカードをお使いになるのは、きっとカードが『ＫｉｋＩ』さんのインスピレーションを高める小道具なんだろうと解釈しました。もし、もしですが、いつかお会いできたら、そのときはわたしのことも占ってもらえませんか？　わたしいま、悩みの塊なんです。自分一人だけだと、煮詰まって爆発しそうで……――」

夢中で架乃は文字入力をつづけた。

アイスコーヒーのカップの中で、溶けた氷がからりと鳴った。

2

『荒川女子高生殺人死体遺棄事件』『小金井市小三男児失踪事件』そして『八王子女子中学生失踪事件』の三事件は同時解決し、合同特捜本部は解散された。

日をあらためて催された、事件解決を祝う酒宴は盛大だった。

なにしろ本庁、荒川署、小金井署、八王子署から成る宴である。日ごろは強面で鳴らした捜査員たちも「無礼講！」と叫んで羽目をはずした。合田主任官は座敷にカラオケセットを持ちこみ、管理官と肩を組んでデュエットをがなった。女装して歌う若手や、半裸になって踊る捜査員までいた。

浦杉は膳を前に手拍子しながら、

「――浜真千代を、追います」

と、小声で隣の小田嶋係長にささやいた。

「反対されても、追うつもりです」

「だろうな」

抹茶塩をまぶした海老天を嚙みながら、係長がうなずく。

「まあ、本来の業務には支障を出さんようにしろ。もし近々にでかい事件が起こったとしても、お鉢は別の班へまわるだろうしな。……ただし三箇月以内に成果が出ないようなら、そこですっぱり諦めろよ」

「了解です」

短く答え、浦杉は杯を干した。

3

浜真千代は一九六×年、神奈川県横浜市の海沿いで生まれた。

旧姓は小塚《こづか》。当時の父は中小ながら鋼構造物工事会社の社長で、母は専業主婦だった。三歳下の妹がいる。

真千代が生まれてから五歳まで、父の会社は順調に業績を伸ばしていた。富裕で平穏な暮らしであり、両親の仲はよかった。なんの問題もなかった。

しかし元請の一社に不渡り手形を摑まされたことから、すべては一変する。以降、運に見放されたかのように、工事の受注は右肩下がりに落ちていったのだ。

万策尽きて父が会社をたたみ、夜逃げ同然に横浜を去ったとき、真千代は満七歳だった。

以後一家は、同県R町に建つ父の実家へ身を寄せることとなる。

この転居は、真千代の人生を大きく変えた。

平屋の一軒家に、曾祖父、祖父母、伯父、父母、真千代と妹の八人がひしめき合っての生活であった。

この環境になかなか馴染めなかった真千代は、曾祖父をはじめとする実家の面々に疎まれた。とくに、家の実権を握る祖母に嫌われた。

祖母はこれ見よがしに妹ばかりを溺愛し、真千代とその母親につらく当たった。

この当時、父の実家周辺では奇妙な噂が立っている。

「小塚さんとこから、しょっちゅう悲鳴が聞こえる」

「若い女の『ぎゃあっ、ぎゃあっ』という悲鳴と、子供のひいひい泣く声が絶えない。うちの子が怖がって困る。おそるおそる塀越しに覗いたら、あそこの親父さんと長男が、裸で家の中を歩きまわっていた」

「次男坊の嫁さんと長女が、縁側に素っ裸で土下座させられているのを見た」

「女房と子供が泣きわめいてる間、次男は庭石に座りこんで煙草を吸ってる。騒ぎが終わるのを、ぼけーっと待ってるんだ」

中には「まあ、あそこの長男は、まだ嫁が来ちゃいなかったから……。次男が嫁と子供を連れて帰ってきたのは、都合よかったんじゃねえのか。待望の嫁が、一気に二人来たようなもんだ」とにやにや語る者さえいたという。

むろん、この話の「長男」とは真千代にとっての伯父であり、「次男」は真千代の実父である。つまり真千代と母親が家族に虐待されている間、父親は庭で煙草を吸って見て見ぬふりを決めこんでいたことになる。

母親が自殺したのは、真千代が十歳の秋だ。

農機具をしまっておく納屋で、首を吊ったのである。下着さえ着けず全裸でぶら下がっていたという説もあるが、確かなところは不明だ。だが通夜も葬式もないままに、直葬にされたのは事実らしい。

真千代は小学四年生になっていた。

当時の担任教師によれば、

「表情のない、無口な子。本が好きなのか、毎日ぎりぎり遅くまで図書室に居座っていた。顔や体に痣を作っていることが多く、本人は『転んだ』と言っていた。妙にませたところがあり、たまに気味悪く思うことがあった」

その真千代の無口さは、母の死を境に拍車がかかった。

また一時は担任いわく〝衣服がきわめて不潔〟になり、悪臭を放ち、髪は脂で固まっていたという。しかし養護教諭の指導により〝自分で自分の面倒がみられるようになった〟そうで、五年生になる前に衛生面は改善している。

小学五、六年時の真千代の渾名《あだな》は、『ソーギ』だったそうだ。

町内で葬式があると必ずもぐりこみ、隅の席に座りこんでいたからである。

その頃の田舎町では、まだセレモニーホールでの葬儀より自宅葬が多かった。男たちは昼間から膳を囲んで酒を飲み、女たちは奥でせっせと立ち働いた。

「まだ子供だし、お腹がすいてるんでしょう」

と女衆は真千代の侵入を見のがした。だが子供たちは不気味に思った。なぜなら真千代は出される食事やジュースより、棺《ひつぎ》に執着したからだ。正確には、棺に横たわった死者に。

あるクラスメイトに、真千代はこっそりささやいたという。

「お葬式はね、お棺の中が見えるから好きなの」

「死んで、動かなくなった人を見るのが好き。でもこの町の死人は、年寄りばかりでつまんないね」と。

この頃、真千代は図書室と保健室に通う常連だった。

現在八十歳を超えた当時の養護教諭は、真千代が伯父や祖父に叩かれていることを知っていたようだ。しかし、

「四十年前は体罰なんて当たりまえでしたし……。躾《しつけ》の範囲内だと思っていました」と証言した。近隣では有名だった小塚家の性的虐待についても、

「そういったあれは、家庭の問題ですから」

と歯切れ悪く答えている。

そんな最悪の環境にありながらも、真千代の成績はよかった。

祖母に溺愛される妹は中の下の出来だったが、真千代はつねにトップクラスだった。唯一、体育だけは苦手だったようだが、それは日常的に負わされていた傷のせいもあるだろう。

事実、真千代はしょっちゅうクラスメイトに、

「痛くて歩けない」

「歩きづらい」

と訴えている。どこが痛いのかクラスメイトが訊くと、真千代は「足の付け根」と答えたそうだ。

またこの頃、彼女は初潮を見ており、図書室で「どうやったら妊娠を避けられるか」を熱心に調べていたという。

そんな小塚真千代のまわりで奇妙な事件が起きはじめるのは、彼女が小学五年生の初秋からだ。

まずは学校で、集団食中毒が発生した。

はじめのうちは給食委託会社の不衛生が疑われたが、嘔吐物を調べた結果、砕いた抗癌剤《こうがんざい》が混ぜられていたと判明した。小学校の近くに住む老人が、空き巣に入られた折に盗まれた薬であった。

警察は悪質ないたずらと見て捜査を開始した。しかし物証も目撃者もなく、一年を経ても

事件は解決しなかった。

だが事態は翌年に大きく動く。同小学校の臨海学校で、またも集団食中毒が発生したのだ。混入していた薬物も同一だった。

このときは学年全体が巻きこまれた。しかし、犯人はのちに捕まっている。真千代と同じクラスの男子児童であった。

彼は「前年の犯行も自分がやった」と自供し、

「なんでやったか、わからない。でもみんなが困ったら面白い気がした。薬は盗んだのではなく、拾った。前にバレなかったから、今度も大丈夫と思った」

と訥々《とつとつ》と語った。

年齢を考慮され、この男子児童は罪に問われなかった。なお真千代はこの連続混入事件において〝運よく〟二度とも食事を口に入れていない。

同年、真千代の住む町では連続して小火《ぼや》騒ぎが起こっている。いずれも家人が早くに気づいて消し止めたため大ごとにならなかったが、庭木や植え込みから火が発生するという点は同一であった。

ちなみに放火と睨んで警察が介入しはじめた途端、この年の不審火はぴたりと止まっている。

4

浦杉は、炭火で煤けた暖簾《のれん》をくぐった。

『鳥よし』の文字が白で染め抜かれた、紺の暖簾であった。

鶏の焼ける香ばしい匂いが、一気に鼻孔を満たす。空腹感はないはずだったのに、現金なもので急につばが湧いてきた。

L字形のカウンター内では、店主が熟練の手つきで焼き鳥の串をさばいていた。たれの焦げる甘い香りがたまらない。まだ七時前のせいか、客の入りは四割程度だった。

カウンターの端で、見慣れた色白の男が片手を挙げる。

「すみません、呼びだしちゃって」

高比良であった。

「いや」と短く言い、浦杉は彼の隣に腰かけた。

「すまんが、そう長くはいられないんだ。一時間ほどで……」

「近所のお子さんを預かってるんですよね。わかってますよ」

うなずきながら、高比良は彼にメニューを手渡した。浦杉は生ビールの中ジョッキと、軟骨、つくね、椎茸《しいたけ》串などを適当に注文した。

ジョッキはすぐに届いた。

かるく乾杯して、ぐっと呷《あお》る。驚くほど美味かった。喉がからからだったとようやく自覚する。捜査書類と電話に没頭しすぎて、そういえば午後はコーヒー一杯飲んでいなかった。

高比良がジョッキを置いて、

「──浜真千代を、追っているとお聞きしました」と低く言う。

「誰からお聞きしたんだ」

浦杉は苦笑した。

「堤くんからです。気にかけていましたよ。『ウラさんがのめりこみすぎて、怖いくらいだ。県境と管轄を越え、あの女の実家まで行きかねない勢いだ』と」

「よけいなことを」

「そう言わないでやってください。あなたが心配なんですよ」

べつに心配されるいわれは──と反駁しかけ、浦杉はやめた。

大人げない気がしたし、言っても詮ないと気づいたからだ。代わりに指でメニューをなぞり、ハツ串の塩を追加注文した。

「で、どうなんです」

「なにがだ」

「わかるでしょう」

数秒黙りこんだのち、浦杉は話した。

浜真千代の生い立ちを突きとめたこと。父の会社が倒産して以降、彼女の人生が百八十度変わったこと。父の実家で激しい虐待を受けていたらしいこと。母が自殺したこと。そして『ソーギ』という渾名で呼ばれていたことを。

「性的虐待ですか」

高比良は眉根を寄せた。白皙《はくせき》の頬が、わずかに歪んで見えた。

「ああ」

ジョッキを干して、浦杉は唸るように答えた。

「浜真千代こと旧姓小塚真千代は、父の実家に引っ越したとき、わずか七歳だった。母が自殺したのは、真千代が十歳の秋だ。成人女性すら耐えきれずに死を選ぶほどの虐待を、母の死後、彼女は一身に受けつづけたと推測される。近隣住民が匂わせたところでは、性的虐待に加わっていたのは真千代の曽祖父、祖父、伯父の三人だそうだ」

「曽祖父まで？　驚きですね。曽祖父は当時、何歳だったんですか」

「戸籍によれば、真千代が七歳のとき曽祖父は七十四歳。祖父が五十五歳、伯父が三十四歳だった。そして真千代の母親は二十八歳だ」

「七十四か……。性欲ってのは、個人差が大きいですからね。つい先日も、ショッピングセンターのトイレで園児に性的暴行しようとした爺さんを捕まえたばかりです。むしろ勃起しなくなってからのほうが、性的執着が増すタイプも多いらしい。人間は身体的本能より、脳を使って興奮しますからね」

後半はなかば独り言だった。

高比良は箸で軟骨を串からていねいに引き剝がして、

「やりきれませんね。とくに父親が、妻子を生贄《いけにえ》に差し出していたのがやりきれない。妻子が家内で暴行されていると知っていて、終わるまで庭で煙草を吸って待つ男の気分ってのは――おれには、想像もつかないな」

「案外、なんとも思ってなかったかもしれんぞ」

二杯目のジョッキを受けとって、浦杉は大きく呷った。

「妻子を家族に差し出してさえいれば、やつは安泰だったんだ。おそらく実家にいることを許され、働かずにぶらぶら暮らしていても小言を言われずに済んだ。家庭内のカーストで〝自分より下〟の存在を作ることで、やつは己を守ったんだろう」

「でも浜真千代の父は社長で、一国一城の主だったんでしょう？　結末は倒産だったとはいえ、そんな料簡《りょうけん》の男に、何年も会社を切り盛りできますかね」

「できるさ。中小企業のワンマン社長に、情性欠如者は珍しくない。最近はブラック企業という便利な言葉ができたが、似たような会社は昔から存在した。平気で社員を使い捨てにし、搾取と中抜きとピンハネで肥え太るんだ。この手の企業の経営者は他人に対する共感性が低く、良心に乏しく、知能が高くないわりに保身に長けている。優れているから人の上に立つ社長になる、とは限らんのさ。周囲と協調できないからこそ、みずから会社を興してお山の大将をやりたがるケースは、いやになるほど多い」

「なるほど」

高比良はうなずいてから、

「父親がそんな男だとしても、せめて祖母が真千代に好意的だったら救われたんですがね。同じ孫なのに、彼女は妹のほうばかりを溺愛して真千代を疎んだ。嫁いびりならまだわかりますが、孫いびりとは……」

「もともと真千代の両親の結婚を、祖母はこころよく思っていなかったらしい」

浦杉は言った。

「『息子は、あの女と出会ってから変わった。故郷を捨ててよその土地で会社を興して、案の定失敗して……。あの女は疫病神だ』と近所にしゅっちゅうこぼしていたそうだ。真千代の容貌はその母親似で、妹は父親似だったんだ。坊主憎けりゃ袈裟《けさ》まで憎い、というやつだな。憎い嫁が産んだ、嫁似の孫は愛せなかったわけだ」

「嫁姑間の激情は理屈じゃない、とよく聞きますしね。おれも何度か、嫁姑争いの末に殺傷にいたった事件を担当していますよ」

　高比良は箸で軟骨をつまみ、口に入れた。

「十一、二歳になった真千代は他人の家の葬儀にもぐりこみ、棺の中の死人を見たがった……。彼女は〝死〟に憑《つ》かれていたんでしょうか。きっかけは、母親の自殺ですかね」

「おそらくな」

　浦杉は短く答えた。

「母親の死に関しては、いまだあいまいな点が多い。噂が噂を呼んで錯綜《さくそう》し、真実が霧の中へまぎれてしまったんだ。確かなのは納屋で首を吊ったことと、直葬にされたことだけだ。一説では第一発見者の近隣住民が納屋を覗いたとき、梁《はり》からぶら下がる母親の足もとに、真千代がじっとしゃがみこんでいたという。またべつの噂では、縊死体《いしたい》の母親も真千代も全裸で、二人とも体は傷と痣だらけだったそうだ。なお『ソーギ』と渾名が付く前の真千代は『ガニ』と級友に呼ばれていた。ガニ股のガニだよ。……十歳以下の少女が恒常的に性的虐待を受けていたんだから、まともに歩けなくて当然だな」

しばし、沈黙が落ちた。

炭火の煙が流れてくる。後ろのテーブル席では、サラリーマンらしき一団が上司の愚痴で盛りあがっては、ときおり馬鹿笑いを爆発させる。

高比良がぽつりと、

「S……という無期懲役囚をご存じですよね」

と言った。

有名な「子殺し」の女性受刑者だ。浦杉は無言でうなずいた。

高比良がつづける。

「馴染みの雑誌記者が、彼女の裁判を傍聴したんだそうです。彼女の生い立ちは過酷でした。父親と兄から日常的に激しい暴力を受け、しかも彼女が虐待を受けていたことを、近隣も教師もクラスメイトも知っていた。知った上でクラスメイトは彼女を『汚い』『ばい菌』といじめ、教師はそれを黙殺した。

被虐待児が、長じてわが子に虐待をはたらく悪しきサイクルは有名だ。いわゆる〝虐待の連鎖〟です。『連鎖を生むシステムは、直接的暴力だけでなく、周囲の無関心だと痛感した』とその記者は言っていました。――無期懲役囚も浜真千代も、まわりの大人が手を差しのべていれば、いま頃は違った未来があったのかもしれません」

浦杉はその言葉には答えず、

「話には、まだつづきがある」

と言った。

そして真千代が小学校五、六年次につづけて起こった集団食中毒と、連続小火騒ぎについて話した。

高比良は聞き入っていた。視線をカウンターに落とし、追加したぬる燗《かん》の杯を、無言で舐めるように飲んだ。

「――おれは浜真千代に、同情しない」

浦杉はきっぱりと告げた。

「確かに、虐待された生い立ちは悲惨そのものだ。真千代の父親も、伯父も祖父も曽祖父も、恥ずべき男と言うほかない。道徳云々以前に、犯罪者だ。全員が逮捕され実刑を受けるべきだった。……すでに全員が、故人だがな」

手酌で銚子《ちょうし》から酒を注ぐ。

「しかし浜真千代は、人生のどこかで選択肢を誤った。虐待の連鎖を断ち切るどころか、意図的に〝弱者を支配し、痛めつける側〟にまわることを決めた。弱かった過去の自分を憎み、弱さそのものを否定にかかったんだ。――誤りだ」

われながら苦い口調だった。

「おれは怒りと不満を、関係のない弱者に向ける者を肯定しない。絶対にできない。生い立ちや不幸な過去を、免罪の材料とする風潮におれは反対する。……べつだん、すべての人間に強くあれと言うつもりはない。弱くたって、ずるくたってかまわん。だが人は他者に対し、残酷であってはならないんだ」

ふたたびの沈黙があった。

やがて、高比良が口をひらいた。

「浦杉さんは、四十数年前の集団食中毒と連続小火騒ぎに、浜真千代の関与があったと思いますか？」

「ああ」

ためらわず、浦杉は首を縦にした。

「思う。いや、確信している」

集団食中毒の犯人とされた少年は、小学三年生から六年生まで、真千代と同じクラスだった。担任教師の評価は『意志薄弱。他人の意見をよく聞くことができるが、反面流されやすい。来学期はもっと積極的になりましょう』である。

死に憑かれた少女と、流されやすい意志薄弱な少年。彼らの間になにがあったかは、もははや知りようがない。なぜなら少年は十九歳になったばかりの夏、自室で縊死したからだ。遺書はなく、発作的な自殺とされた。

「……今夜は、話せてよかったです」

高比良が低く言った。

「おれもだ」浦杉は応《いら》えを返した。本心だった。

カウンターの中で、店主がフライパンを振りはじめる。ガーリックが油と馴染む香りが、高く立ちのぼった。


「ただいま」

鍵を開け、浦杉は室内へ入った。

「おかえりなさい」

間髪を容れず亜結の声がした。

今日は博之の都合が悪く、留守番を頼めなかったのだ。亜結には「これで夕飯を買いなさい」と千円札を二枚渡してあった。

テーブルを見る。食べ終えたばかりらしいコンビニ弁当の空き容器と、千数百円の釣り銭が載っていた。

「なんだ、それしか買わなかったのか？　アイスでもプリンでも、好きなものを食べていいんだぞ」

浦杉がネクタイを解きながら言うと、亜結は「うん」と生返事をした。

亜結は基本的に好き嫌いがない上、「あれが食べたい」「これがほしい」と主張はしない。しかしこれまでの生活で、アイスクリームとプリンが好きらしいと浦杉は察していた。買ってやると、目の輝きが違った。

「おじさんは、晩ごはん食べたの？」

「おっ、心配してくれるのか？　ありがとう。でもおじさんは、焼き鳥屋で食べてきたから大丈夫だ。すこしお酒も飲んでしまったが、酒臭かったらごめんな」

「ううん」

亜結は首を振った。

「おじさんのはいやじゃない。おじさんは酔っても、殴らないって知ってるから」

その言葉を横顔で聞き、そうか、と浦杉は思った。

そうか、そういえばこの子も、父親に殴られて育った子だった。

――でも助けてくれる大人なんて、この世の中に、ほんとうにいるの？

いつかの日、亜結の口から洩れた言葉が鼓膜の奥によみがえる。

「この世に魔法使いはいるの？」「恐竜はまだ生き残っているの？」と問うような口調だった。つまり、「いやしないよね、知ってる」というニュアンスを帯びた質問だ。

浦杉はざっとシャワーを浴び、歯を磨いてから部屋に戻った。

兎のぬいぐるみを抱え、テレビを観ている亜結の隣へ腰を下ろす。

「すまん。いま、話しかけていいか？」

「うん」

振りむかず、亜結は答えた。

「きみはいま何年生だっけ？」

「二年生。でもまだ誕生日が来てないから、七歳」

七歳か、と浦杉は口の中でつぶやいた。

善弥がいなくなった歳だ。そして浜真千代が両親と妹とともに、父方の実家へ引っ越した歳でもある。

――ということは、こんなちいさな子が大人三人に性的虐待されていたのか。

浦杉はあらためて亜結の全身を眺めた。

どこからどう見ても子供だ。皮膚が薄く、骨が細い。手も足も頼りない。こんな言いかたは失礼かもしれないが、まだ人間として完成しきっていないと映る。もし浦杉が本気で亜結の腕を捻《ひね》りあげたなら、簡単に折れるか脱臼するだろう。

「どうしたの？」

「ん？」

「なんだか、じっと見てるから」

「ああ……」浦杉は苦笑した。

「ごめんよ。べつに粗探しをしていたわけじゃないんだ。いま、ちょっと……きみくらいの年齢で、親に叩かれたり、いじめられた子の捜査をしていたから」

「そう」

亜結はうなずいて、

「そんな子、たくさんいるからねえ」

と首をかしげて言った。

思わず浦杉は笑ってしまった。斜めに首をかしげての「何々だからねえ」「ですからねえ」は、母の一美の口癖だ。そっくりだった。あまり似ていない母子だと思っていたが、声質にははっきり遺伝を感じた。

くっくっと笑いで喉を揺らしながら、

「そうだな」浦杉は言った。

「たくさんいちゃあ、いけないいんだが……。そうだな、きみの言うとおりだ。それが現実だ」

なぜか、鼻の奥がつんとした。

殴られる子供。殺される子供。つい数十分前、浦杉は柄にもない演説をぶってしまった。人は他者に対し、残酷であってはならないいんだ――と。

だが現実には、傷つけられる子供はあとを絶たない。実子を殴る父親。妻の連れ子を殴殺する男。生まれたばかりの赤子を絞め殺す女。内縁の夫による性的虐待を無視しながら、「おまえが誘ったんだろう」と娘を責める母親――。

「よし」

亜結に見えぬよう目じりを拭ってから、

「ディズニーリゾート、行くか」

と浦杉は膝を叩いた。

「事件が解決したら行こうって約束してたよな。言ってなかったが、じつはこの前、解決したんだ。ほんとうはきみのお母さんが退院してから、みんなで行ければ一番いいんだが、そのときにおれが暇かどうかわからないからな……。博之と、三人で行くってのはどうだい」

「え？　うーん」

亜結は子供らしからぬ顔つきで考えこむと、

「でもおじさん。ディズニーリゾートって、高級なんだよ」

と教え諭すように言った。

「同じクラスの子が言ってた。夏休みに親子四人でディズニーリゾートに行ってホテルに二泊したら、『予算オーバーだ』って、そのあとどこにも連れてってもらえなかったって。わたし、そこまで高級なところは困る。ほかのところでいい」

「そうか」

笑いを嚙み殺しながら、浦杉は相槌を打った。

「それじゃあ、どこがいい？　遊園地か、動物園か、それともキャンプやハイキングがいいのかな。そういえばおれは、きみの好きな動物さえ知らないよ。犬が好きならドッグランへ行くのもいいし、猫が好きなら――」

「ペンギン」

亜結がさえぎった。

「ペンギン……テレビでしか、観たことないから。だから、一度見てみたいなって思って……。ごめんなさい、それだけ」

語尾が、ちいさく消え入る。

亜結はぎゅっと兎のぬいぐるみを抱きしめ、長い耳と耳の間に顔を埋《うず》めていた。わがままを言ってしまった――と恥じているのが、痛いほど伝わってきた。

なかば無意識に、浦杉は手を伸ばした。

少女の頭にそっと手を置く。壊れものを扱うように、やさしく撫でる。

「いいんだ」

低く言った。

「好きなものを、いくらでも言ってくれていいんだ。よし、ペンギンだな？　じゃあ水族館だ。博之のやつに車を出させて、三人で行こう。きっとイルカショーや、きれいな水母《くらげ》も見れるぞ。帰ったら絵を描いて、お母さんに見せてあげるのはどうだ？」

5

小塚真千代のまわりではじめて〝事件被害者〟が出たのは、彼女が中学一年生の夏だ。やはり放火であった。

半年ほど前から、その半径六キロ以内の区域では不審火が多発していた。いずれもバイクにかぶせられたシートや外置きのゴミ箱に火を放たれる手口だ。しかし見回りが強化されたこともあって、しばらくは止んでいた。

約半月の間をあけて放たれた火は、手口を大きく変えていた。

犯人は灯油で湿らせた紙束を古家の新聞受けに突っこみ、紙束の端にライターで火を付けたのだ。

時刻は明け方であった。木製の引き戸に燃え移った火は、またたく間に燃え広がった。住宅密集地での放火であり、住民はみな寝静まっていた。

結果、四軒が全焼、六軒が半焼。死者四人、重軽傷者十九人を出す大惨事となった。

逮捕されたのは小塚家と同じ町内に住む、真千代より二学年上の少年である。

「高校受験がストレスで、火を付けるとすかっとした。あとのことはとくに考えていなかった。人が死ぬかも、という実感もなかった」

と彼は供述している。

当時の少年法では、十六歳未満の者は刑罰に問われないと決まっていた。彼は鑑別所送致となり、退所後は一家ごと他県に引っ越した。

余談ではあるが、このとき放火されて火元となった家の姓は「赤城」であり、焼死した隣家の次女が「桂子」という名だった。わずか三歳での死であった。

翌年、真千代は二年生に進級した。

ここまでの真千代は成績優秀だった。校内の図書室に通う習慣はつづいており、

「家だと勉強できないから」

と、閉室の時刻まで毎日居残って予習復習に励んでいたという。とくに歴史と英語が得意で、文系教科の偏差値は七十を超えていた。

真千代と三年間同じクラスだったという女性に、浦杉は当時の話を聞くことができた。

「小塚さんは、とてもおとなしい人でした。友達らしい友達はいませんでしたね。でも学級委員のわたしとだけは、ぽつぽつしゃべる機会があったんです」

と女性は言い、

「こんな言いかたはあれですけど……、わたしも小学生のとき母を亡くしていますから、小塚さんとはどこか相通《あいつう》ずるものがありました。彼女のほうもそう思ってくれたみたいで、雑談というほどじゃないですが、たまに二人でお話ししました」

彼女が言うには、真千代は「とても聡明で成績優秀なのに、常識がところどころ欠如していた」そうだ。

「一番印象に残っているのは、母の命日のことです。『昨日が命日だったから、菊を買って母のお仏前に供えた』と言ったら『へえ。命日って死んだ日でしょ？　よその家じゃそんなことするのね』ときょとんとしていました。わたしが『小塚さんのおうちではしないの？』

って尋ねかえしたら、『花なんて買って帰ったら、たぶん笑われるね。それか無駄遣いするなって殴られる』と……。悲しそうな顔ひとつせず言うので、すこし怖かったのを覚えています」

だが二年生の二学期から、真千代の成績は急降下をはじめる。

「授業中も、心ここにあらずといったふうでした」

元学級委員の女性はそう語った。

「それまでの小塚さんは、とにかく授業での集中力がすごかったんです。『塾に行けないし教材も買ってもらえないから、授業を真面目に聴くしかない』と言っていました。『いい学校に進学して、家を出るんだ』と語るときだけ、目が輝いてました。なのにあの頃から、どんどん彼女はぼんやりしていって……」

変容は、学業に対する態度だけではなかった。

真千代は太っていったのである。ただの体重増加ではなく、全体にむくんだ太りかただった。とくに足は、押すとしばらくへこみが戻らないほどだった。

またこの頃、校内に「小塚さんが、父親に連れられて産科医院に入っていった」という噂が立っている。

小学校と違い、中学校では噂はひそやかに広まった。誰も声高に真千代を問いつめはしなかった。しかし風聞は教室の底を這い、水が紙に染みるように着実に広まっていった。妊娠、堕胎という単語がちりばめられた陰惨な噂であった。そして該当の産科医院は、真千代の曽祖父の〝昔馴染み〟が経営していたという。

やがて真千代のむくみは治った。体重もゆるやかに戻っていった。

だが、成績が戻ることはなかった。彼女は授業中にノートを取るのをやめ、窓の外ばかり眺めるようになった。

この直後、校内ではひとつの事件が起こっている。

産休に入る直前の女性教師が、階段の踊り場から突き落とされて流産したのである。背中を突いて落としたのは、一年生の男子生徒であった。

「やれと言われて、しかたなくやった」

最初のうち、彼はそう教師に語っていたものの、

「お腹が大きくて、みっともないし気持ち悪いから突き落とした。深く考えていなかった。いまは反省している」

と途中で供述をひるがえした。

なおこの証言は、放火で大火事を起こした少年の「あとのことはとくに考えていなかった。人が死ぬかも、という実感もなかった」という言葉とどこか共通している。

流産の一件は表沙汰とならず、内々で処理された。女性教師は退職し、突き落とした少年は一箇月学校を休んだのち復学した。

年度が替わり、真千代は三年生となった。

前述の学級委員だった女性と、この頃から真千代は疎遠になっている。

「小塚さん、変わったんです」

女性は語った。

「三年に進級してから、すごく社交的になりました。気が付くと、人の輪の中心にいましたね。別人になったのかと疑うほどでした。明るくて陽気で、クラスメイトの相談ごとをしょっちゅう聞いてあげてました。例の堕胎の噂も、なぜかその頃にはプラスに変わっていました。なんて言うかな、けして醜聞じゃなく、小塚さんが『経験豊富な大人である証拠だ』みたいな……。すみません、この空気、ちょっと説明しづらいです」

三年生ともなると、将来を見据えた三者面談がおこなわれる。

学校に来た真千代の父は、

「高校進学？　とんでもない」と鼻で笑った。

「そろそろ婆さんも、足腰が弱ってきましたしね。こいつには家のことをやってもらわにゃならん。成績も落ちてきましたから、ちょうどいい」

「ですが娘さんは優秀です。これから本腰を入れて勉強すれば、県内一の進学校も夢じゃありませんよ」

と担任教師は勧めたが、父親の意志は固かった。

担任教師はこのときのことを、

「家庭の事情ならしかたがない。学校はそこまで踏みこめないし、それ以上なにもできなかった」と語った。

真千代本人は、父親が「高校なんて金の無駄。ただなら行かせてやってもいいが、これ以上無駄めしを食わせる気はない」と演説をぶつ横で、無表情にぼうっと座っていたという。

三年の三学期ともなると、真千代はほとんど学校に来なくなった。

制服を着てかばんを持ち、朝に家を出るものの、その足で繁華街へ向かうのである。コインロッカーに服を入れておき、駅のトイレで着替えるのだ。

別人のように社交的になった――いや、社交的な別人格を意図的に作りおおせた小塚真千代は、この繁華街で着々と〝人脈〟を作りあげていく。

中学校の卒業式に、小塚真千代は来なかったそうだ。

卒業証書は学級委員だった女性が預かり、帰りに小塚家へ届けた。

「お祖母さまらしき方が玄関へ出てこられたので、筒ごとお渡ししました。『小塚さんは風邪ですか？　代わりに預かってきました』と言うと驚いた顔をされていたから、たぶん休んだこと自体を知らなかったようです」

彼女は浦杉にそう話してから、

「そうそう、お祖母さまの背後から小学生の女の子が覗きこんでいたのを覚えてます。たぶん妹さんだと思いますが、小塚さんと全然似ていないので、ちょっと驚きましたね。いえ、顔立ちのことだけじゃないんです。なんていうか、家族って雰囲気が似るじゃないですか。夫婦がだんだん似てくるっていうのも、べつに顔が変わるわけじゃなくて、同じ家庭の空気をまとっていくからですよね。でもお祖母さまも妹さんも、小塚さんとはまったく異質でした。きれいな服を着て、裕福そうで、清潔で……。いえ、小塚さんが不潔だったというわけじゃないんです。そうじゃなくて、ただ、その……とにかく異質でした」

と歯切れ悪く言い添えた。

しかし卒業後の真千代は、父の望むとおりの家事手伝い要員にはならなかった。ある日ふらりと家を出たきり、戻ってこなかったのだ。

その後、真千代は繁華街で知り合った不良仲間の家を転々と泊まり歩いたようだ。

彼女が作っておいた人脈は、思いのほか広かった。不良少女、暴走族、ヤクザの舎弟など、多岐にわたっていた。

この頃に伯父が捜索願を出した記録が、最寄りの署に残っている。だが「自由意思での家出。事件性なし」として、警察はとくに動いていない。

真千代が小塚家に戻ってきたのは、約十六箇月後である。

真千代は十七歳になっていた。そして曽祖父が八十四歳。祖父は六十五歳、伯父は四十四歳。父は四十二歳で、妹は十四歳だった。

帰ってきた真千代は、一人ではなかった。暴走族らしき揃いの特攻服を来た男たちを、二十人近く連れていた。

「――平日の、夕方でした」

いまだ存命ながら、千葉の公営団地に独居中だという真千代の妹は、うつむきがちにそう語った。

「姉が帰ってきたとき、家にはわたしと祖父母と曽祖父だけでした。その頃には、曽祖父はほぼ寝たきりで……。でも姉は、容赦してくれませんでした」

「なにを容赦しなかったんです？」

訊くのは酷だとわかっていた。だが浦杉は、あえて尋ねた。答えを聞かねばならない問いであった。

妹は唇を噛んで、

「……暴力を、です」

と呻いた。

「老人だろうが子供だろうが、おかまいなしでした。姉とその仲間は――あの家を、占拠しました。夜になって帰ってきた父も、やつらに殴り倒されました。そのあと帰宅した伯父もです。わたしたちは、服を脱ぐよう、命じられて……全裸で、一列に正座させられました。……わたしはまだ、中学生で、他人の前で、裸になるのなんて、はじめてで……。祖母が、かばってくれました。『この子だけは堪忍してくれ』と、立ちはだかってくれたんです。でもあの男たちは、祖母を殴って、祖母を、わたしより先に、父たちの前で――」

ここで妹は過呼吸を起こし、約四十分間、会話不能となった。

真千代の祖母は当時六十一歳だった。小塚家を占拠した男たちは、六十一歳の祖母と十四歳の孫娘を、家族の前で並べて輪姦したのである。

男たちが祖母と妹を凌辱《りようじよく》する間、真千代は冷ややかに一部始終を眺めていた。

妹の言によれば「姉は、ずっとお菓子を食べていた」という。

「そのときだけじゃありません。姉と男たちは、半年くらい家に居座りましたが……その間ずっと姉は、お菓子かカップラーメンしか食べなかった。男たちは祖母に食事を作らせて食べましたが、姉だけは、かたくなに口にしなかった。『気持ち悪い』『人の手でこねくりまわした食べ物なんて、ゲロ以下』だと言ってました。……暴力に、加わることもなかったです ね。身体的な乱暴も、性的な乱暴も両方です。姉は、どちらにもノータッチでした。ただわたしたちが、昼も夜もなくひどいことをされている間――必ず、その場にいました。同じ部屋にいて、わたしたちを見下ろしていました」

悲鳴や殴打の音は、むろん近隣住民の耳にも届いていた。

しかし真千代が虐待されていたときと同じく、住民たちはその悲鳴を黙殺した。小塚家に対し耳目を塞ぐことに、彼らは慣れきっていた。

ひとつには、祖父が醜聞を恐れたせいもある。数人が小塚家をこっそり訪ねた折に「通報しましょうか」とささやいたらしいが、そのたび祖父が「世間体が悪い。やめてくれ」と懇願して止めていたのだ。

ときは一九八〇年代初頭。いわゆる〝校内暴力・家庭内暴力全盛時代〟であった。学生運動の波が引いた代わりに、十代の若者たちが荒れ狂っていた。

俳優の娘の壮絶な非行化を描いた『積木くずし』がベストセラーとなる一方、真面目だった予備校生が親を殴殺する『神奈川金属バット両親殺害事件』などが起こっている。

暴力の波は約半年、小塚家を襲った。

そしてある日、唐突に引いた。

なんの前触れもなく、真千代と暴走族たちはねぐらを変えたのである。あとには蹂躙《じゅうりん》され尽くし、ぼろきれ同然の家族だけが残った。

むろん、なにごともなかったようにもとの生活に戻るなど不可能だった。妹は半年の間、いっさい学校に行けていなかった。父も伯父も職を失っていた。祖母は宙を睨んでは奇声を発するようになっており、貯金のあらかたは奪われていた。

「父は『いまからでも遅くない。学校へ行け』と言いましたが——無理でした。だってみんな、知ってる。わたしが半年間、家の中でなにをされていたか知ってる人ばかりです。学校になんて、戻れるはずない——。無理でした」

だがその「無理」を、姉の真千代は強いられていたのだ。浦杉は思った。

小学一年生から中学二年生まで、小塚真千代は耐えた。進学して家を離れることだけを目的に、歯を食いしばって努力した。しかしそれすらかなわないと知ったとき、彼女の心は壊れた。

「……姉が出ていく前、一回だけ、ほんの数分、姉と二人きりで話す機会がありました」

うつろな瞳で妹は言った。

人でなし、と彼女は真千代をなじったのだと言う。

どうしてこんなひどいことができるの。人でなし——と。

真千代は笑って、

「そんなら、あんたも〝人〟でなくなればいい」

と応えたそうだ。

「あたしはそうしたよ。あんたもそうすれば？　そしたら、楽になるかもね」

と。

真千代たちが去った二箇月後、曽祖父は自宅で息をひきとった。死因は老衰による心停止。またその直後から祖母は徘徊《はいかい》を繰りかえすようになり、翌月に用水路へ落ちて溺死している。

伯父が不審死を遂げたのは、さらにその二年後だ。

「いいもうけ話があるんだ。おれたち一族にも、また運が向いてきたぞ」と、真千代の父に語って聞かせた直後の死であった。

そのもうけ話とやらを持ちこんだ相手と会う、と言って家を出た三日後、伯父は変死体となって見つかった。

栃木県の山中に駐めた車の中で、彼は一酸化炭素中毒死していた。排気口から繋いだホースを車内に引きこみ、ガムテープで窓とドアを密閉しての死であった。

警察は「期待したもうけ話が消え、悲観した末の自殺」と断定した。伯父の体に複数の痣があったことは、とくに考慮されなかった。

その後、真千代の祖父と実父も死亡。

現在の妹は精神科から投薬を受けつつ、生活保護をもらって日々をしのいでいる。

高校へは進学せずじまいだった。働こうにもパニック発作がひどく、単純作業すらできない。また男たちから伝染《うつ》された性病の後遺症にも、いまだ苦しんでいるという。

「……ここ十年は、毎日死ぬことばかり考えています」

光のないよどんだ瞳で、妹は最後にそうこぼした。

6

「架乃――、今日みんなでマック寄ってく予定なんだけど、架乃はどうする？」

ロングホームルームのあと、友人にそう声をかけられ、

「あ、ごめん」

と架乃は首を横に振った。

「予定入れちゃったんだ。ほんとごめん」

「いいよお。んじゃ次、またね」

「うん。また誘って」

屈託なく離れていく友人を見送って、ちいさく架乃はため息をついた。

予定なんて嘘だ。どうせまた日比谷線に乗り、迷いながらも三ノ輪駅で降車して、父のアパートを外から眺めてしまうだけなのだ。

無益で無意味な行為だ。わかっていた。なのに、やめられなかった。

――いまからでも、友人のあとを追おうか。

そう考えた。いま走って追いついて、

「やっぱ予定なくなった。一緒にマックいい？」

と訊けば、みんなこころよく受け入れてくれるだろう。

きっと楽しい時間が過ごせる。教師の愚痴や、男の子の噂話。芸能人のゴシップ。誰と誰が付きあっているらしいと情報交換し、逆に誰それが破局したと盛りあがり、喉が痛くなるまで笑うことができるだろう。

だが結局、架乃はそうしなかった。

スクールバッグに教科書とノートを詰めこみ、足早に教室をすべり出た。

上履きをローファーに履き替え、校門を出る。まっすぐ駅に向かいかけた足を、しかし架乃は意思の力で止めた。

駄目だ、駄目、と己に言い聞かす。もうあそこへ行っちゃ駄目。あの女の子を、あのアパートをこれ以上見てなんになるの。父と博之叔父をあの子に取られたと、何度確認すれば気が済むの。

——何度、目にすれば諦められるの。

架乃はきびすを返した。

駅と反対方向へ歩く。体が前のめりになるほどの大股で、前だけを見つめて進む。目に入った適当な店に入った。一度も足を踏み入れたことがないカフェだ。マックより割高だろうが、それだけに「一度注文してしまえば出る気になるまい」と思えた。

窓際のテーブル席に着く。

卓上のメニューを見て『本日のケーキセット』を頼んだ。

ふうとひと息つく。バッグから、スマートフォンを取り出す。

なんとはなしに見まわすと、店内は一人客ばかりだった。ほぼ全員が、自分のスマートフォンを眺めている。忙しなく画面をスワイプし、ときおりタップする。

注文したケーキやパスタが届くと真っ先にスマートフォンで撮り、すこし画像を加工してからＳＮＳに上げる。「いいね！」がいくつか付くのを確認してから、ようやくフォークに手を伸ばす。

——みんな同じだ。

架乃は口の中でつぶやいた。

わたしたちはみんな、自分のちいさな世界に閉じこもって生きている。インターネットで瞬時に世界と繋がることができるようになったのに——ううん、そうなればなるほど、なぜか自分の世界は縮こまり、まとう殻は硬くなっていく。

父のことばかり気にしてしまうのも、きっとそのせいだ。

視野が狭い、と自分でも感じる。いつまでも家族のことから抜け出せない。

父、母、そして善弥。過去を悔やみ、苦く反芻するのをやめられない。外界へ目を向けることができない。堂々巡りだ。

ケーキと紅茶が届いた。

無地の真っ白なカップに、紅茶の赤褐色があざやかだ。ケーキはガトーショコラだった。添えられたたっぷりの生クリームに、ミントの葉が挿してある。

架乃はケーキと紅茶の位置を調整し、窓からの光源を計算して、何度かスマートフォンのシャッターを押した。

一番写りのいい画像を選び、いらない部分をトリミングしてからインスタグラムにアップする。案の定すぐに「いいね！」が付いた。

紅茶を一口飲む。

渋みの強い、濃い紅茶だった。きっとガトーショコラの濃厚さに負けないよう、渋みのある紅茶をセレクトしたのだろう。セイロンかな、とひとりごちてから、架乃は右手でフォークを持ち、左手でスマートフォンをいじった。

選択してひらいたのは、昨夜届いたダイレクトメッセージである。

『ＫｉｋＩ』からのメッセージだ。すでに二度読んでいたが、何度読みかえしても飽きなかった。

――『カノン』さん、お返事ありがとう。

――わたしなんかにいつも悩みを相談してくれることも、ありがとう。心の内を他人に打ち明けるのって、勇気がいるわよね。その相手にわたしを選んでくれたこと、とても光栄です。

――ところで例の女の子に嫉妬心を抱いてしまうという件、人間なら当たりまえと思います。大人はみんな、子供に清廉であれ、心清くあれと押しつけますが、人間ならきれいな部分も汚い部分もあって当然。十代の少年少女だって人間だということを、大人はもっと考慮し、あなたたちに敬意を払うべきです。

――それにね、敵というのは誰にでも一人はいるものです。運命と言ってもいいかもしれません。カノンさんは読書家だから〝不倶戴天《ふぐたいてん》の敵〟という言葉を知っているわよね？　ともに天を戴《いただ》くことさえできぬ仇敵《きゅうてき》、という意味です。人生のうち、誰だって一人はこうした敵を持っているものです。わたしだって例外ではありません。

――子供の頃にも、敵はいました。でも彼らは、いま思えば敵というほどの存在ではありませんでした。以前にカノンさんは、タロットはわたしの「インスピレーションを高める小道具」であると見抜きましたね。さすが慧眼《けいがん》です。そう、タロットも手相も、わたしの直感と霊感を刺激し、より明解なヒントをもたらすための媒介でしかありません。その直感が、いま告げています。わたしたちがいま「敵」と感じている相手は、まさしく正しい「運命の敵」であると……。

読みながら、無意識に架乃はネックレスのチェーンをいじっていた。ものごとに集中するときの癖だ。没頭していた。

だがそのとき、指さきに妙な感覚を覚えた。

唇から「あっ」とちいさな声が洩れる。気づいたときには遅かった。強く引きすぎて留金が壊れたのか、それともうまく嵌《は》まっていなかったのか――指の間から、プラチナのチェーンがさらりとこぼれた。

通していた指輪が、テーブルに転がり落ちる。

慌てて掌で押さえ、拾いあげた。祖母の形見だ。失くすわけにはいかない。印字された警句の意味はいまだ理解しきれていないし、教義に興味があるわけでもないけれど、でも——。

掌の中で、架乃は冷えたプラチナをぎゅっと握った。

顔を上げる。ジェイコブの梯子に似た陽光がひとすじ、街路樹の枝葉を透かしてテーブルに射しこんでいる。

架乃は財布をひらき、コインポケットにチェーンをしまった。

そして指輪は、すこし迷った末、自分の左手へと嵌めた。

＊　＊

彼女は胸の内で、助けを呼んだ。救援が来ると確信していた。ここで終わりだとは、とうてい思えなかった。

血にまみれた男たちの顔を、彼女は睨みつけた。

こんなやつらに、と思う。こんなやつらに、いいようにされてたまるものか。絶対にいやだ。絶対にわたしは屈しない。

こいつらの思うがままになんかならない——。己の胸に刻みこむように、彼女はつぶやいた。体内を、アドレナリンが巡っているのがわかる。興奮のせいで痛みが遠い。口内に広がる血の味だけが、やけに生なましかった。

男の一人が誰かに電話していた。送話口につばを飛ばしている。彼女を押さえつける男たちの手はいっそう汗ばんで、ぬるぬると不快だった。

ともかくこれで車は停めた、と彼女は心中で叫んだ。

停めることはできた。だから、早く助けて。早く追いついて。

わたしの呼ぶ声は、きっと届いている。そう信じる。信じるものがあるからこそ、最後の最後まで希望を失いはしない——。

車窓の外で、青信号がむなしく点滅している。

その青の向こうに、彼女は近づいてくる黒のセダンを見た。スピードを上げている。センターラインを越え、さらに近づく。迫ってくる。目と鼻の先だ。

車内の男たちが気づいたときは、すでに遅かった。セダンはブレーキを踏む気配すら見せなかった。

激しい衝撃が襲った。

車がななめに傾く。フロントガラスが砕け、破片が飛び散る。男たちの悲鳴と怒号を、彼女はシートに伏せながら片耳で聞いた。

第六章

1

その日の午後、浦杉は電車で横浜市鶴見区に向かった。

三十八年前、横浜少年鑑別所で法務技官をつとめていた男性に会うためであった。

当時十六歳だった小塚真千代は、十日間その鑑別所に収容された。ケチな窃盗の見張り役として逮捕されたのである。たかが見張り役で観護措置になるのは珍しいが、家出中の犯罪関与を重く見られたのかもしれない。

元法務技官は現在、息子夫婦とともにマンション暮らしであった。

七十代なかばのはずだが、髪は完全に真っ白だ。細い鼻梁《びりょう》に銀縁眼鏡を引っかけた顔が、いかにもインテリ然として映る。背にした本棚には、精神医学や心理学の書籍がずらりと並んでいた。

「ええ、小塚真千代ですね。なにしろ四十年近く前ですし、たった十日の収容でしたから、細部の記憶はあやふやですが……」

　息子の妻が運んできたコーヒーを啜って、元法務技官はそう謙遜した。

「それでもよろしければ、お話しできることは話しましょう。当時のノートを段ボール箱から引っぱり出してきましたよ。いやあ、読みかえせば、意外と記憶がよみがえってくるものですな」

「ご協力、感謝いたします」

　浦杉は頭を下げた。

　法務技官とは、鑑別所などで少年少女の更生を助け、心身のケアを担当する国家公務員である。眼前の男はかつて、矯正心理を専門としていた。収容した少年少女を、カウンセリングや心理テストによって分析するのである。

　一般に、鑑別所は少年院と混同されがちだ。しかしその役割は大きく違う。

　少年院は更生と社会復帰を第一の目的とし、矯正教育ならびに職業指導を主とする。一方鑑別所は、少年少女の資質や成育環境の調査をする場だ。カウンセリングや作文などを通して知性、人格、倫理観などを推しはかり、審判で処遇決定するための資料とするのである。

　元法務技官はノートをめくって、

「小塚真千代は——ええと、ウェクスラー児童用知能検査、バウムテスト、言語連想検査などを一通りおこなっています。作文は六回提出、面接は一日おきの五回でした」

「作文を、六回……」

浦杉は眉根を寄せた。

「失礼ですが、それは普通なんでしょうか。十日のうちに作文を六回提出というのは、かなり多いように思われますが」

「ええ、多いですよ」

あっさりと元法務技官はうなずいた。

「個人的に、彼女に興味があったのでね。ほかの収容少年より頻繁に書かせたんです。口でしゃべるより文章のほうが正直になれる人間というのは、間々いるものですよ。当時のノートにも『書かせて語らせるべき人物』と、走り書きが残っています」

彼は眼鏡を指で押しあげて、

「興味を抱いたのは、彼女が一回目の知能検査で驚くべき数値を叩きだしたせいもあります。このノートによれば、知能指数百四十八。動作性知能指数が百四十二で、言語性知能指数にいたっては、なんと百五十四です。この百四十八という数値は全体の上位二パーセントに属し、あえて語弊を恐れず言えば、犯罪傾向のある少年少女には滅多に見られない数値です」

と言った。

「この知能検査は百を平均値とし、八割強の人間が八十から百二十の間に属します。動作性知能指数がやや劣ったのは、符号が苦手なせいでした。……しかしわたしが彼女に注目したのは、その後の展開のほうです」

あまりの高数値に驚いた彼は、真千代に再度検査を受けさせたのだという。

二度目の結果は、『知能指数百八。動作性知能指数百十一。言語性知能指数百四』と、四十も低い数値であった。

「鑑別所の職員には『なんだ、たいしたことなかったじゃないか。技官の先生でもこんな凡ミスをするんだな』なんて笑われましたがね、わたしは笑えませんでした。小塚真千代が、あまりにも巧く〝手を抜いて〟くれたからです。『はからずも目立ってしまった』と、再検査の実施によって気づいたんでしょう。いや、じつに巧い演技だった。素晴らしく自然で、よどみなく、計算され尽くしていた。百八という平凡な結果に終わるよう、知識問題も類似指摘も語音整列も記号探しも、全テストにおいて均等に手を抜いた。なかなかできることじゃありませんよ」

元法務技官は愉快そうに笑った。

「とはいえ、まだ十六歳の少女です。賢いことは賢いが、まだ熟練していなかった。初回の知能検査でぼろを出したのがいい証拠です。彼女はわたしに、その存在を強く印象付けてしまった。あらゆる意味で、非行少女らしからぬ少女である、とね」

「あらゆる意味で、とは？」

浦杉は尋ねた。

「申しわけない。門外漢のわたしにもわかるよう、嚙みくだいてお願いします」

「では端的に言いましょう。非行少年少女の九割強は、虚勢を張りたがるんですよ」

元法務技官は言った。

「自分を実際より強く、大きく、賢く見せようとする。職員相手にもイキがり、肩を怒らせて歩き、絶えず示威行動に出る。中には愚かなふりをして庇護《ひご》欲をかき立てようとする非行少女も存在しますが、それは媚びて得がある相手にだけです。男に〝可愛いお馬鹿さん〟だとアピールすることはあっても、自分を実際以上に〝低価値〟に見せたがる者はいません。序列の厳しい鑑別所内なら、なおさらです」

「小塚真千代は、そうではなかった？」

「と、見えましたね」

ふたたび元法務技官は眼鏡を指で上げた。

「わたしが勘づいていると、彼女は知っていましたよ。作文もわざと誤字を増やし、ところどころに誤った文法を使い、愚鈍に見せかけようとしていた。そのくせリーダー格の粗暴な少女に取り入るのが、抜群に巧いんです。気づけばふっと懐にもぐりこんで、リーダーたちをおだて、笑わせていた。また、物真似がとても上手でね」

「物真似？」

「職員や、われわれ技官の物真似をして受けを取るんですよ。素晴らしく上手でした。特徴をとらえていて、訛りのイントネーションなんか、そっくりに発声してみせましたね。玄人はだしだったな」

そういえば浜真千代は関西弁を流暢に操るらしい、と浦杉は思い出した。

地元民とまったく遜色ない話しかたをするそうだ。小湊美玖を拉致する際にも、得意の関西弁でまわりの乗客たちを笑わせている。

「彼女は幼い頃、母親を亡くしているそうですね。生い立ちについて語らせると、それがまた巧い。耳ざわりのいい、大人が望む答えばかりをくれるんです。『寂しすぎて、いつも気持ちがふらふらしていた』『ほかの子と同じようになれなくて、悩んでいました。学校がいやで、寂しさを埋めてくれる誰かがほしくて、繁華街へ……。そうしたら声をかけてくれる子たちがいたから、ついふらっと……』なんていうふうにね。そんな言葉の合間合間に、

『母の死がすべての根源にある』と匂わせてくるんです。多くの職員が、彼女に同情していましたよ。めろめろだったと言ってもいい。反省の弁をちりばめた作文なんて、お手本のようでした。〝けして優等生ではない、知能は中の下程度の非行少女が書く作文〟としては、満点をあげていい出来です」

元法務技官はコーヒーで舌を湿して、

「ああ、そういえばこんなことがありましたよ。一回だけ、ものすごく達者な作文を書きあげてきたんです。誤字脱字いっさいなし。文法の誤りなし。内容は確か『一般に流布する〝家族〟の定義が、現代社会に与える弊害』というようなものでした」

「その作文は、どこかに保存されているんでしょうか？」

浦杉は身を乗りだした。

しかし元法務技官は苦笑し、かぶりを振った。

「残念ながら、どこにもありません。提出した直後、小塚真千代自身が『もうすこし見なおしたいから、返してください』と言いに来たんです。そこで、渡してしまったのがいけなかった。再提出された作文は、似ても似つかない平凡なテーマと文章に書きなおされていましたよ。……どうも彼女、そのとき生理前だったらしいんだな。苛々する時期で、馬鹿のふりをするのが億劫《おっくう》だったんでしょう。その後廊下で会ったとき『先日の作文、第一稿のほうがよかったよ。見事な出来栄えだった』と誉《ほ》めたら、『そうですか？　まぐれかな』なんて、しれっとした答えが返ってきた。しかし眉がぴくりと動いてましたよ。しまったと悔やんでいるのが伝わってきました」

「食事については、どうでしたか？」

浦杉は尋ねた。

「小塚真千代は、手作りの食事を忌避していたそうです。わたしは少年係に配属されたことがないのでわからないんですが、鑑別所の食事というのは業者が入っているんですよね？　学校給食のようなものを想像したらいいんでしょうか」

「まあ、そうですね。管理栄養士が決めた献立どおり、最寄りの刑務所の炊事班が作った食事が運ばれてくるのが慣例でした。とはいえほとんどが業務用のレトルトで、温めなおすだけの食品です。わたしは収容少年たちと一緒に食事しないので現場は見ていませんが……ああそうだ、ここだ」

と元法務技官はノートを覗きこんだ。

「職員の一人が小塚真千代について『パンしか食べないので困る』と愚痴っていた、とメモ書きがあります。給食でも出てくるコッペパンのたぐいですね。従順で好かれていた収容者でしたが、『偏食』と『身体的接触を嫌う』、これは職員たちにも問題視されていたようです。

激励でかるく肩を叩く、背に触れるなども拒否しました。相手が同性であってもです。まあこれは非行少女には、珍しい事例じゃありませんがね――」

と彼はカップを置いて、

「非行少女の多くが、性的虐待を経験していますから」

さらりと言った。

一瞬、浦杉の二の腕が粟立《あわだ》った。

彼の言葉があまりにも平静に、ごく当然のこととして発せられたからだ。空は青い、海水は塩辛い、とでも告げるような口調だった。

「小塚、真千代は……」

声が喉に絡んだ。浦杉は咳払いをして、

「小塚真千代は、自分の性的虐待の経験について、語りましたか。もしくは作文に書きましたか」

と問うた。

「いえ」

元法務技官は即答した。

「いっさい語りませんでした。しかし彼女の歩きかたに、独特の障害がありましたのでね。

巧く隠していたが、股関節に問題があるようでした。ごく幼い頃から恒常的に性的虐待を受けてきた女性が、適切な治療を受けられないと出る特有の障害です」

「それを、知っていながら」

浦杉は問うた。

「知っていながら、あなたは――どう報告したんです」

「ありのままを報告しました。わたしにできることはそれだけですから。結果、審判不開始と決まったので彼女は退所していった。当時のメモによれば、保護司に引きわたしたようです。入所した際、鑑別所から親宛てに送った入所通知に返事がなく、また面会にも身元引き受けにも来なかったため、保護司に託したのでしょう。もともと窃盗の従犯に過ぎず、少年院送致になる恐れはなかった。収容中の態度も、偏食など多少の問題はあれど従順でした。退所させない理由はありませんでしたね」

「そうですか……」

浦杉は低く言った。そうとしか言えなかった。

カップに残ったコーヒーは冷めきって、泥のようによどんでいた。

なお鑑別所を出た三箇月後、小塚真千代は実家へ戻り、仲間とともに家族を蹂躙している。誕生日を迎え、彼女は十七歳になっていた。

2

翌年、十八歳になった真千代は、水商売の世界へと足を踏み入れる。

と言ってもホステスではなく、裏方の店員だ。掃除をする、レジ打ちをし帳簿を付ける、酒を補充するなどの雑用係であった。

さいわい、この時期に真千代と同じ店で働いていたという元ホステスから、電話で話を聞くことができた。

元ホステスは真千代の名を聞くやいなや、

「まっちゃん、懐かしい！　うわあ、いま頃なにしてんのかしらねえ」

と声を弾ませた。

「すっごく人気ある子だったわよ。ううん、お客さんじゃなくて、あたしたちホステスに。なんでかって言うと、とにかく聞き上手なわけ。こっちがべろべろに酔っぱらって泣きながら愚痴ってんのを、向こうは一滴も飲まずに烏龍茶だけで朝まで付きあってくれんのよ。ほんと、いい子だったわあ。……あ、それだけじゃなかった。人気がある理由、もう一つあったわ。いま思い出したけどさあ、占いよ」

「占い？」

浦杉は聞きとがめた。

「そう占い。よくある星占いとかじゃなくて、カードで運勢を診るってやつ。えーと確か、合わせて手相も診てたっけな」

と元ホステスは唸ってから、

「自分で言うのもなんだけどさあ、ホステスやるような女って、気は強くても脆《もろ》いっていうか、根っこのとこが弱いタイプばっかじゃん？　自分の力だけじゃどうにもなんないことが、人生には多すぎるってことも知ってるしさ。だからみんな、占いとか好きなわけよ。たとえ嘘でも『今日の運勢は最高です』って言ってもらえたら嬉しいし、しくじったあとに『今日のカードでは対人運がよくなかったです』って言われれば、ああ自分のせいじゃなかった、って思えるじゃん。だからみんな、あの子にむらがってたね。『今月の男運、診て！』とか『店移るタイミング、いつがいいか占って』とか、ことあるごとに頼ってたよ」

「当たったんですか？　小塚真千代の占いは」

「うん。けっこう当たってた。そりゃ百発百中じゃないけどさ。たとえば、ホステスの一人に新しい男ができたとするじゃん？　まずはまっちゃんがカードで占うわけよ。そんで『死神のカードが出ました。これは直接的な死を意味するのじゃなく……』とかなんとか言って、

『一度お会いしてみなければならない、とカードに出ています。店に呼んでいただけますか？』って言うわけ。

だから連れてきて会わせたのよ。そしたらまっちゃん、『彼が寝ている間に、財布を覗いて保険証か免許証を確認してみてください』ってアドバイスしてくれたわ。で、言うとおりにしてみたら、免許の名前も年齢もそれまで聞いてた情報とは大違い。保険証を見ると、会社は聞いたこともないような零細よ。いい時計していい靴履いてたから、あやうく騙されるとこだったわ。あー、あれはマジであぶなかったあ」

途中から語り口が変わり、女自身の体験談になっていた。

だが指摘せず、浦杉は黙って聞きつづけた。占いどうこうではなく、真千代が男のうさん臭さを見抜いただけでは——という言葉も、喉の奥に呑みこんだ。

「まっちゃんかあ。そういやお水から足洗って占い師になったとか、結婚したとか、いろんな噂があったっけねえ。いまどうしてるかは……ま、訊かないでおくわ。おまわりさんが、わざわざあたしなんかのとこに電話して過去を訊くくらいだもんね。尋ねるだけ野暮ってやつよねえ。あはは」

最後の笑いに皮肉を滲ませて、女は通話を切った。

調べによれば、真千代はこの元ホステスと同じナイトクラブで四年働いた。その後、店を替えてさらに二年、同市の歓楽街で勤務した。

ちなみにこの六年間において、同歓楽街ではホステスが刺殺、絞殺される事件がそれぞれ一件ずつ起きている。いずれも犯人は捕まっており、痴情のもつれとして処理された。

しかし犯人は二人とも、

「なんとなく、ふらふらっと。魔が差したとしか言いようがない」

「いつもなら、あんなことはしなかったと思います。ただあのときは、酔ってたし、なんというか……馬鹿なことをしたと思います」

とあいまいな供述に終始した。

当時この歓楽街でバーテンダーをしていたという男は、

「ああ、そういやあの頃は、妙に治安が悪かったですね。べつだんヤクザが抗争をはじめただとか、地上げ屋がうろついてたわけでもないのに、みんな理由もなく殺気立ってました。いえ、あの一時期だけですよ。理由？　さあ、さっぱりです。なんとなくそういうふうになって、なんとなく終わったって感じでした」

と証言している。

真千代は二十四歳の夏、水商売を辞めた。

そして県庁所在地に建つ雑居ビルの片隅に、自分の店を構えた。占いの店である。店名は

『運命の館・フォーチュンホイール』。

タロットカードにおける〝運命の輪〟だ。正しくは「Wheel of Fortune」と綴《つづ》るはずだが、店名として呼びやすいよう工夫したのだろう。

完全予約制の、隠れ家的な店だったようだ。しかし当たると評判を呼び、予約の一箇月待ち、二箇月待ちはざらだったという。

この頃、実家では真千代の祖父と実父が相次いで亡くなっている。

実父が祖父の首を絞め、その後自分は縊死するという父子心中であった。

真千代の妹が「心中じゃない。外部の誰かによる殺人だ」と主張したものの、押し入った形跡がないこと、小塚家が経済的に困窮していたことなどから、それ以上の捜査は為されなかった。

そんな実家の事情とはかかわりなく、小塚真千代は五年間、占い師として活躍した。

しかしある日、唐突に店をたたんだ。結婚のため上京したからである。

相手は二歳年上の、浜譲吉という男だった。

ガスや水道などの管工事を請け負う工事会社で、経理係長をつとめていた。風采の上がらない平凡な男だったので、真千代を知る者はみな驚いたという。

披露宴はせず、内々だけで挙式して、二人は籍を入れた。

真千代は小塚真千代から〝浜真千代〟となった。

浦杉は以前、この浜譲吉と電話でのみ話した。そのときは「電話でなら」と渋りながらの返答だったからだ。

しかし元ホステスと話した三日後、譲吉のほうから連絡が入った。

「やはり会ってもよい」との一報であった。気が変わらぬうちにと、浦杉は急いで電車で向かった。

現在の浜譲吉は、中野区のアパートに独り暮らしであった。

「……もともとは、おれの母が、真千代の客だったんです」

ぽつぽつと、言葉をこぼすように話す男だった。

小柄で痩せ形。生気に乏しい。浦杉の目には、人生に疲れきった中年男と映った。

「客というと、占いの店のお客でしょうか？」

「そうです。母はそのとき、遺産争いの件で気が弱ってましてね……。いえね、遺産なぞと言ってもたいした額じゃないんですよ。なのに金ってのは、人を変えますな。たかだか数百万程度の金で、親類縁者の仲にみるみる亀裂が入りました。母はそれを気に病んでね。当たると評判の占い師にすがったんです。――それが、真千代ですわ」

真千代はなぜか、一目見て譲吉の母を気に入ったらしい。つまり未来の姑を、である。

優先的に予約を入れてやり、なにかと便宜をはかり、ほかの客には見せぬ心遣いを隠さなかったという。

「『死んだ母に似てる』と、いつも真千代は言っていました。『あなたもお義母さんも、わたしが十歳のとき死んだ母によく似ている。初対面の日から、とても他人とは思えなかった』とね。おふくろはともかく、男のおれが母親似というのは変だろう、と笑うと『でも似てるのよ』とむきになっていましたっけ。え、母親の死因？　病死と聞いていましたが……なにか？」

「いえ」

浦杉はかぶりを振った。

「とくになにも。ところで浜真千代は――元奥さんは、主婦として母親としてどうでしたか。差しつかえなければ、結婚生活について教えていただきたいのですが」

「主婦として母親として、ねえ……。まあ、世間から見りゃ変わってたと思いますよ。あいつは食事なんか作ったことないし、掃除も洗濯もやらなかったから。でも家事は、うちの母親がやってくれましたしね。夫婦仲はよかったですよ。円満でした」

「あなたは妻に、とくに不満はなかった？」

「はい。うちは母一人子一人だもんで、母が気に入る嫁ならそれでいいと思ってました。母は『まっちゃんはね、そこにいてくれるだけでいいの』と、あいつを下にも置かぬ扱いでしたよ。それがよかった。家庭ってのはね、嫁姑の仲がいいのが一番なんです。そこがぎすぎすしたら、家はほんとうに地獄ですから」

己の言葉にうなずきながら、譲吉は言った。

「とくにうちの母は、姑との不仲で苦労しましたからね。おれもそれを、近くでずっと見て育ったんです。だから真千代が嫁に来てくれてよかった、といつも思ってましたよ。嫌味の絶えない家に住むくらいなら、家事ができないくらい、なんてことたぁないです。真千代のやつも嫁姑戦争に苦労しながら育ったようで、おれに同意してましたよ。『祖母がきつい人で、いつも母をいびるから大嫌いだった』と言ってました。その祖母さんは、真千代のこともかなりいじめたみたいです。あいつのほうからは、しゃべりたがりませんでしたがね。でもそういうのって、なんとなく伝わるじゃないですか」

譲吉は、自分の言葉に何度かうなずいていた。

浦杉は言葉を選んで、

「ではあなたは、元奥さんが幼少時に虐待を受けていたとご存じだったんですね」

と、かるく誘導してみた。

「そりゃまあ、誰でもわかりますよ」

譲吉はためらわず首肯した。

「体に傷が残ってたし、雨の日は『古傷が痛む』って、おかしな歩きかたしてましたもの。でもまあ……こんなこと言うのもなんですが、おれは男にしちゃあ欲求の薄いほうでしてね。真千代がアレを嫌いなのも、そう気にならなかったですよ。人の作った飯が食えずに、菓子パンとビタミン剤で済ますのもね。……確かに七年間の夫婦生活で、アッチのほうは片手で数えるほどしかしませんでした。でも、子供はちゃんとできましたもん。母が気に入った嫁な上、子供まで産んでくれたんだから、それで十二分でしょ。贅沢言ったらばちが当たるってもんです」

真千代が出産したのは、彼女が三十一歳の夏だ。

男の子だった。勇介《ゆうすけ》と名付けた。

真千代は産後すぐに、子育ての全権を姑へと譲りわたした。

「いい子に育てる自信がない。わたしなんかが中途半端に手を出すより、お義母さんに任せたほうがいいと思う。育児はやりなおしがきかない。失敗したくないから、わたしは育児の三番手以下でいたい」

と真千代は主張したという。なおこの図式は津久井渉の成育歴に似かよったものがあるが、これはおそらく偶然であろう。

ともかくその判断が功を奏してか、三歳までの勇介は健やかに育つ。

おそらく浜真千代にとって、この頃がもっとも平穏かつ幸福な時期だっただろう。とはいえ、百パーセント問題がなかったわけでもない。

自宅に専業主婦が二人いたにもかかわらず、勇介は保育園の審査に通って、一歳から登園しはじめた。真千代が「社交性の高い子にしたい」と主張したからだ。そのためには、早い年齢から他人に慣れさせるのが一番だ、と。

前述した「問題」は、この保育園時代に二度起きている。

一度目は勇介より一歳上の男児が、ショッピングセンターで迷子になったきり行方不明となった事件だ。園では有名な問題児で、多動、他害を繰りかえすため保護者から苦情が絶えなかったという。要するに落ちつきがなく、じっとしていられず、ほかの子を叩いたり噛んだりする男児だったのだ。

この男児はいまもって発見されておらず、二十年以上経ったいまも未解決である。なお男児が迷子になった時間帯に、ちょうど真千代は勇介とともに同ショッピングセンターへ買い物に来ていた。男児がいなくなる三十分前の目撃者として、警察の聴取に答えた記録が残っている。

二度目の「問題」は、もっと卑俗なつまらない事件だった。

同園に子供を通わせていた母親が、窃盗で捕まったのである。いわゆる〝ママ友〟の家に招待された際、ダイヤ付きの婚約指輪や、スワロフスキーの置物などを盗んで帰ったらしい。逮捕された母親は、園内では持てあまし者のクレーマーだったという。保育士や保護者に、些細なことで抗議の電話をかける常習犯だった。

この窃盗事件の被害届は、示談成立後に取り下げられた。しかし犯人は子供とともに実家に戻され、半年後に離婚している。

この窃盗が起こったとき、招待されていた〝ママ友〟の中に真千代はいなかったため、彼女の関与は不明だ。ただし婚約指輪や置物を盗まれた家主は、真千代と非常に仲がよかったらしい。その日なぜ親しくもないクレーマーママを招待し、真千代をはずしたのかは、家主がすでに故人であるため永遠の謎である。

とはいえこの二件が起こった際も、浜家はいたって平穏だった。勇介はすくすく健康に育っており、夫婦仲は相変わらずよかった。嫁姑の仲も良好だった。

しかし平和な生活は、長くつづかなかった。

真千代の姑が急死したのだ。

姑、譲吉、真千代、勇介の四人で夕餉《ゆうげ》の食卓を囲んでいたとき、突然「うぐう」と声を発し、真後ろへ倒れたのである。ただちに救急車を呼んだが、昏睡《こんすい》から目覚めることなく五日後に死亡した。脳卒中であった。

真千代は取り乱し、荒れた。狂乱から醒めると、次に鬱状態に陥った。

葬儀に出席した近隣住民は、

「旦那さんじゃなく、奥さんのほうが実子なのかと思った。そのくらい悲嘆に暮れていた。こっちがもらい泣きしそうだった」

と証言している。

例の主婦売春組織の逮捕劇がマンションを揺るがしたのは、この姑の死から二年後のことだ。

元締めとされた主婦の公判がはじまった数日後、

「ちょっとコンビニに行ってくる」

と言って出たきり、真千代は姿を消した。

五歳の息子を残しての失踪であった。以後、譲吉は一度も真千代に会えていない。会えぬまま失踪宣告が認められ、離婚が成立してしまった。

「あなたは現在、元奥さんのことをどう思っておいでですか」

との浦杉の質問に、長い長い間、譲吉は無言だった。

己の爪に目線を落とした姿勢で、やがて彼は呻くように答えた。

「どう――と言われても、もうよくわかりません。恋しいのか、恨めしいのか、それとも腹立たしいのか……。ただ、なんとも思っていない、ということはないです。抱いている感情が多すぎて、どれが一番なのか、わからなくなってしまった……。

ひとつだけはっきり言えるのは、息子と会ってやってほしい、ってことくらいです。いっときは息子も、ひどくグレたもんですがね。いまや立派な大人です。せめて顔だけでも、見てやってほしいですね……」

3

浦杉の携帯電話が鳴ったのは、その夜の九時過ぎだ。

出てみると、真千代の妹だった。浦杉はすでにアパートへ帰宅しており、亜結はさいわい入浴中だった。

妹は酔っていた。いや、泥酔していた。

「あんたにはわかんないでしょう。だって警察で、男だもんね。わかんない。あんたには、絶対わかんない。警察って名乗れば、みんなへいこらするんでしょ。おまけに刑事だもん。そんなやつらに、わたしの気持ちがわかるわけない……」

アルコールだけの酔いではないな、と浦杉は察した。

度数の強い缶チューハイで、精神安定剤を流しこんだのかもしれない。最近は度数が十度以上で、しかもジュースのように甘い酒をコンビニで手軽に買えるのだ。社会問題になりつつあると聞いた。

「あんたたちには、わかんないでしょうけどねえ、他人からセックスの道具に使われた人間は、自分は糞だと思うようになるの。……自分の価値が、わかんなくなる。道を歩いてるやつらが、みんな自分より幸せそうに見えて、あいつらと比べたら自分は糞だ、汚らしいんだ、無価値だって一日中ぶつぶつつぶやいて、そんな生活から戻れなくなる……。もちろん、そっから立ちなおれる人もいるよ。でも、できないやつだっている。わたしみたいなやつよ。わたしは、いまも糞。糞のまんま。姉もそう。でも姉とあたしじゃ、糞の種類が違うのよ……」

辛抱強く、浦杉は妹の繰言《くりごと》に付きあった。

「わたしはさ、もう、糞でいるのが楽なわけ。逆にやさしくされたり、いたわられると落ちつかない。平気で踏みつけにしてくる人のほうがさ、裏表ないように思えて、安心したりすんの。……姉はさ、違うね。全然違う。あいつはわたしみたいなのを、踏みつけにする側。ううん、粉々にする側。そういうふうに、痛めつけるほうにまわったの。なんでかって、あいつが世界中全部を嫌いだからよ。あいつは、世界を憎んでる。自分以外、みんな死ねばいいと思ってる。ううん、自分自身のことも憎んでる……」

語尾が力なく消え入る。

電話の向こうで、やがて妹はいびきをかきはじめた。たっぷり一分待ったのち、浦杉は静かに通話を切った。

——世界を憎んでる、か。

そうだろうな、と浦杉はひとりごちた。浜真千代がやっていることは、ただの虐待の連鎖ではない。世界への復讐《ふくしゅう》だ。

真千代は男たちをコントロールしている。小湊美玖や平瀬洸太郎を惨殺させるだけではなく、同時に男たちを破滅に追いやっている。

『ヘルメス』こと津久井渉や『純』『徳丸』『19』は、ケチな痴漢に過ぎなかった。だがいまや、彼らは殺人者だ。

掲示板の管理者だった北爪徹や室戸武文は起訴され、職を失うだろう。奥寺あおいの殺害に関与した男たちも同様だ。馬場治にいたっては、間違いなく死刑判決が下るはずだ。

——性を餌に、浜真千代は男たちを操っている。

しかも真千代自身の性的魅力ではなく、他人を標的にさせて、だ。

浴室の扉が開いた。

首にタオルをかけた、パジャマ姿の亜結が出てくる。洗いたての髪はドライヤーをかけたらしく生乾きだった。

ほんとうに手のかからない子だ。浦杉は思った。一人で入浴し、一人で身支度して、一人で髪を乾かしてくれる。

浦杉に小児性愛の気はないが、それでも七歳の少女の着替えや入浴に関わるのは抵抗があった。食事と布団さえ提供すれば淡々と過ごしてくれる亜結は、預かるには最適な子であった。

――架乃もおとなしくていい子だった。でも、ここまでじゃなかったな。

浦杉は目を閉じた。

不思議だ。なにかにつけて娘を思い出すというのに、いまや架乃の顔も声も遠い。まぶたの裏に造作が浮かんでくるまでに、いくばくかの時間を要する。

「きみはもう寝なさい」

パジャマ姿の亜結に、浦杉は声をかけた。

「おじさんは？」

「おじさんはもうすこし調べものがあるんだ。だからきみは、先に寝てくれ。電気を点けたままでも寝られるよな？　まぶしかったら、電気スタンドに切り替えるが……」

「大丈夫」

答えて、亜結はもそもそと布団にもぐりこんだ。

浦杉に背を向け、布団を頭からかぶる。じきに規則正しい寝息が聞こえてきた。

亜結を起こさぬよう、浦杉は静かに立って冷蔵庫を開けた。

缶ビールを一本抜く。立ったまま、一口呷った。

そして、浜真千代を思った。

――性的虐待の被害者が、長じて性依存症に陥るケースはすくなくないと聞く。

一種の自己防衛機能なのだそうだ。

強制された〝セックス〟という行為をみずからの意思でおこなうことで「自分はもう弱くない」「自分はこの行為をコントロールできる。克服した」と思いたがる確認型。もしくは「あれは異常なことではなかった。だから自分は被害者ではない」と思いたがる正常性バイアス型などがいるという。また反社会性パーソナリティ障害を併発し、他者を人間でなく〝性の対象〟としか認識できなくなるタイプもいると聞いた。

――浜真千代は、その亜種なのではないか？

真千代は性被害の痛みを克服するだけでなく、性そのものを支配下に置きたいのだ。だから他者の性に介入し、コントロールする。かつての弱い自分を否定するために、弱者を踏みにじる。そうやって彼女は、世界へ復讐しようとしている。

「性犯罪は心を殺す」

そんな言葉を、浦杉は過去にベテラン捜査官から聞いたことがある。

そのとおりだと思った。いまならば、さらなる実感を持ってうなずくことができる。性犯罪は人の心を殺し、人格を壊す。七歳の小塚真千代が壊されたように。そして浦杉たち遺族の心が、善弥の死によってゆっくり殺されていったように。

善弥は肉体までも破壊され、殺された。しかし心だけを殺された人々は、その後も生きていかねばならない。記憶を抱え、傷を抱えたまま生きていくことを強いられる。

「命あっての物種」

「傷はいつか癒える。生きてさえいれば、いつか立ちなおれる日が来る」

などと主張する者は多い。それが真実なのかどうか、浦杉にはわからない。わかるのは、自分の心がいまも半分死んでいることだけだ。

あのとき浦杉家は壊れた。家族として、死んだ。

浦杉は耐えられず、逃げた。息子が殺されたことに——いや、死そのものより、犯されて殺されたことに耐えられなかった。

捜査員として、彼は強姦がどういうものかを知っていた。知り尽くしていただけに、受け入れられなかった。「なぜすぐ絞め殺してくれなかった」とさえ思った。わずか七歳の善弥がどれほど苦しんだか、痛かったか、恐怖し絶望したか――想像するだけで心臓が早鐘を打ち、嘔吐がこみ上げた。

浦杉は、缶ビールをふたたび呷った。

胃からせり上がった不快感を、苦い炭酸で無理に呑みくだす。冷蔵庫にもたれて立ったまま、彼は三百五十ミリリットルを一気に干した。

すこし迷って、もう一缶抜く。二本だけだと自分に言い聞かせて、ロウテーブルに戻り、捜査ファイルをひらいた。

資料としてコピーしておいた、過去のセックス殺人鬼の発言に目を落とす。

まずは二十世紀なかばのイギリスで、女性を犯して首を切断したパトリック・バーンという男だ。彼は自分の性欲を駆りたて、理性を失わせる世の女性すべてを憎んでいた。

「俺はセックスのことを考えると苛々する。その原因は女だ。この世に女がいるせいだ。だから女に復讐した」

「すべての女に恐怖を与えてやりたかった」

とバーンは供述した。

またドイツで十件の強姦殺人、二十件の強姦、三十五件の強盗の容疑で起訴され、懲役百四十年を宣告されたハインリヒ・ポメレンケも同様の考えを持っていたようで、最初の殺人について、

「『十戒』という映画を観て、世界のあらゆる問題の原因は女だと思った。だからまず一人殺した」と語っている。

要するに彼らは他罰的なのだ。

性欲がコントロールできない怒りと苛立ちを、「おれを興奮させ、心をかき乱す女が悪い」「あいつらの存在は邪悪だ」とすり替える。あくまで悪いのは自分ではなく〝誘惑〟する女のほうだという考えだ。

――大きな声じゃ言えないけど、キリスト教義のそういうところは嫌いだわ。

耳の奥で、妻のかつての言葉がよみがえる。

――なぜいつも誘惑者は女なの？　姦淫して石で打たれるのは、どうして女のほうだけなの？　だって姦淫って、一人じゃできないじゃない。男女一組ですることなのに、どうしていつも男は透明化されてしまうの？　ムスリムもそうよね。女の肢体が男を惑わすからと、全身をブルカで隠すよう命じられる。どうしていつも女ばかりが犠牲を強いられるの？

――厳格なヒンドゥー教徒ばかりのインドでも、女性蔑視は激しいわよね。強姦しても有

罪になるのは、ほんの一握り。これも根っこにあるのは〝誘惑する女が悪〟という考えよ。仏教でだって、女の地位は低い。どんなに仏道修行に励んでも、女身のままでは成仏できない変成男子説《へんじょうなんし》が長く信じられてきた。こんなのばかりだから、いやになるのよ。世界のほとんどの宗教において、女は悪魔扱いなんだもの……。

悪魔？　と、浦杉は手を止めた。

テーブルに缶を置く。

なんだろう、いまなにか引っかかったような。

過去の記憶が、揺り起こされる気配を感じたような――。

防犯カメラ映像を通して、浜真千代の姿を視認したときと同じだ。記憶を司《つかさど》る海馬を、見えぬ手で摑まれて揺さぶられる感覚であった。

浦杉は目を閉じ、眉間を指で押さえた。

脳裏を、めまぐるしく走馬灯が駆け抜ける。過去に見聞きした映像と声が、凄まじいスピードで過ぎ去っていく。

――浜真千代。

一度だけ、浦杉は彼女を肉眼で見たことがある。主婦売春の巣窟となっていたマンションでだ。五メートルほどの距離があったが、なぜか目が合ったのだ。

あの瞬間、浦杉は確信した。

この女だと。この女は事件のただの脇役ではない。おれはこの女を追うべきだ、と。

――なぜだ。真千代を悪魔とでも思ったのか？

いやそうじゃない。悪魔なんてものはこの世にいない。確かにあのとき、常人ならざる女だとは感じた。逃してはいけないと思った。だがけして、魔や妖《あやか》しのものと決めつけたわけではない。

ならば、なぜだ。

なぜおれはいま、引っかかりを感じている？　浜真千代と「悪魔」の単語に繋がりを感じるのは、こんなにも拘泥してしまう理由はなんだ――？

次の瞬間、頭の片隅を閃光《せんこう》がかすめた。

その光を皮切りに、次つぎと回路が繋がる。記憶の抽斗《ひきだし》が音をたててひらく。脳内で再生される、しわがれた男の声を浦杉は聞いた。

ハンドルネーム『ＢＵＺ』こと馬場治の声だ。

「あの女、なんだったんだろうなあ。ほんと、得体の知れねえやつだったよ。けど一緒にいると、とにかく便利だったのさ。女子供ってのはおれみたいな中年男は警戒するが、あの手のおばさんにはころっと気を許すからな。またあの女、子供受けする話題をよく知ってんだ。

流行りのアニメ、ゲーム、特撮ヒーロー、ペット、子供向けファッション……。週刊の漫画雑誌までチェックしてたっけ。そうそう、雑学も感心するくらい豊富でよ。とくに受けがよかったのが、お化けや妖怪の話さ。子供ってのは、どういうわけか怖い話が好きだからな。コックリさんだの、吸血鬼だの悪魔だの、大真面目に話して聞かせてたよ」

その声と言葉が、新たな連想を呼ぶ。さらに深層へ埋もれていた、懐かしい記憶を掘り起こす。

「知ってる？　河童《かっぱ》って悪魔と同じなんだよ」

脳内で、善弥がそう得意げに言う。

次いで顔が浮かんだ。顎を上げ、こまっしゃくれた表情だ。

息子らしからぬ顔つきに、おやと思ったのを覚えている。この子もこんな表情をするようになったのか、成長してるんだな、と感慨を抱いたからだ。

——あれは、いつ頃だったろう。

珍しく浦杉は、夕餉の時間に帰宅していた。善弥と二人でテレビの前にいた。映し出されていたのは、旅行やグルメが主体の情報番組だった。毒にも薬にもならない番組だ、と思って観ていた気がする。

しかし一瞬だけ、浦杉は息を呑んだ。

柳田國男の郷里につくられた公園の溜め池から、一定時間ごとにせり上がる河童のギミックが映ったのだ。漫画やアニメで見慣れたユーモラスな姿ではなかった。爬虫類《はちゅうるい》そのものの潰れた顔に鋭い牙を生やした、グロテスクな怪物であった。

これは善弥が怖がるのでは、と浦杉は息子を横目でうかがった。

だが杞憂《きゆう》だった。善弥はむしろ、目を輝かせて画面に見入っていた。画面がスタジオに切り替わると、善弥は父親を振り向いて、

「ねえ、これお母さんには内緒だけどね、……知ってる？　河童って悪魔と同じなんだよ。悪魔と同じように、もとは神様だったの」

と言った。

「さあ、知らないな。どういうことだ？」

浦杉は体を前へ傾けて訊きかえした。

話の内容より、生意気な口をききはじめた息子の成長に興味があった。善弥が嬉しそうに鼻の穴をふくらませる。

「教えてあげよっか。あのね、ハイネって知ってる？　外国の作家なんだよ。その人が書いた『流刑の神々』って本があるんだ。流刑っていうのは、島流しのこと。天使が堕落して悪魔になったみたいに、島流しにされた神様もいるんだ。でね、その本に出てくる水中の神様

は、魚みたいな歯をして、手が柔らかくて冷たくて緑色の帽子をかぶってるんだ。ね、わかるでしょ。これって河童のことだよ。日本じゃ河童だけど、ハイネの国じゃ水の神様だった。神様が堕ちて島流しになって、妖怪になったんだ。あ、これほんと、お母さんには内緒ね……」

そこで、記憶の扉が閉じた。

片手にビールを、片手に資料を持ったまま、浦杉はしばらく動けなかった。

微笑ましいエピソードだと思っていた。得意げに知識を披露する反面、カトリックの母には話せないと自制する息子の成長がまぶしかった。

善弥は妻とともに毎週教会へ通っていた。とはいえ、神より悪魔に興味を示しはじめる年頃だ。浦杉自身、小学生の頃はお化けや妖怪漫画が好きだった。十代にはヤクザ映画やアンモラルな小説に耽溺したものだ。息子も情緒が発達しつつあるのだ、と実感できた。

確かに七歳の男児が語るにしては、ハイネは大人びすぎている。だが図書室の司書にでも聞いたのかと考え、とくに気に留めなかった。児童用にリライトした本だって、巷《ちまた》には多いしな、と。

――しかしいま思えば、二年生の男児相手に、神の堕落について語る司書がいるだろうか？

いない、と断言はできない。世の中に確かなことなど、ほんのわずかしかない。

だが、あの『ＢＵＺ』の証言。子供が喜ぶ話題にくわしく、それで獲物を〝釣って〟いたという浜真千代。拉致されて無残に殺された善弥——。

浦杉は片手で喉を押さえた。

あれはいつだった？　と自問自答する。

善弥がテレビを観ながら、『流刑の神々』について語ったのはいつ頃のことだった？

記憶では、窓とカーテンが開いていた。涼しい夜風が吹きこんでいた。網戸を気にしていなかったから、真夏でもなかったと思う。暖かい、気候のいい日だった。では五月か、六月の晴れ間か。

そして善弥が失踪したのは、夏休み目前の七月十九日だった。

——まさか。

浦杉の手から、缶がすべり落ちかけた。急いで持ちなおし、テーブルに置く。だが手は大きく震えていた。

指さきがひどく冷たい。歯の根が合わない。

一瞬にして酔いが醒めていた。つんざくような耳鳴りだけが、ひどくうるさい。

——まさか、そんな。

あのマンションでほんの数秒、いやゼロコンマ数秒、浜真千代と視線が合った。けして相容れぬ敵だと悟った。この女は社会の敵だ、見逃してはいけない悪党だと。

浜真千代のほうも、そう思ったのではないか——？

はじめて浦杉は、その可能性に思いいたっていた。

あの瞬間、あいつのほうもおれを、けして相容れぬ敵だと察したのではないか。おれが一方的に目を付けたのではない。お互いがお互いを、瞬時に敵視したのではないか。

——しかし、十二年のタイムラグがある。

確かに善弥の死にざまは、いままでの浜真千代の犠牲者たちと酷似している。小湊美玖。平瀬洸太郎。奥寺あおい。おそらくまだ発見されぬ被害者もいるだろうが、ともかく、似ている。

拉致。輪姦。拷問。死体損壊と遺棄。対象は男女を問わず、七歳から十五歳の間。ゴミのように死体を捨てる手口が、とくに特徴的だった。被害者の尊厳を、死後も冒瀆していた。

——マンションで浜真千代と目を合わせたのは十八年前。善弥の失踪は六年前だ。

このタイムラグはなんだ？

わからなかった。浦杉はふらりと立ちあがった。

よろめきながら、窓へと近づく。新鮮な空気を吸いたかった。動悸が激しい。頭蓋と胸によどんだ空気が詰まっているようで、息苦しい。

亜結を起こさぬよう、静かにカーテンとサッシを開ける。

外へ首を突き出し、浦杉は忙しなく呼吸した。ようやくまともに息ができた気がした。冷えた夜気が、肺を通る。一息ごとにすこしずつ心が凪《な》いでいく。

――あれ？

浦杉は瞬いた。

眼下に映る電柱の陰に、目を凝らす。誰かが立って、こちらを見上げていた気がしたのだ。

だが勘違いだったらしい。

よほど動転していたんだな、と己を笑う。自嘲がこみ上げる。

――そうだよな。架乃がこんなところにいるはずがない。

こんな時刻に、よりによってこのアパートの前になんて。

きっと罪悪感が見せた幻だ――。そう口の中でつぶやいて、浦杉は窓を閉めた。

4

リヴィングから聞こえてくる音声に、架乃は思わず眉をひそめた。

母はボリュームを絞っているつもりなのだろう。しかし閉ざした扉越しにも、廊下を通れば聞こえてしまう。善弥のかん高い笑い声。追う母の声。弟がまだ生きていた頃、植物園に行ったときの動画だ。

繰りかえし繰りかえし、母は善弥の生前の動画を観る。食い入るように観賞しては、静かに啜り泣く。

母に気づかれぬよう、架乃はキッチンの扉を静かに開けた。

LDKでなくてよかった、とこんなときいつも思う。リヴィングとキッチンの間に、ぶ厚い扉があってよかった。廊下からダイニングキッチンへ直通する造りで、ほんとうによかった。

冷蔵庫を開け、ペットボトルから麦茶を注ぐ。

お腹がすかなければいいのに、と架乃は思った。食事やお風呂の手間がなければ、共有スペースに来なくて済む。ずっと自分の部屋に閉じこもって、この声を——善弥の声を聞かずにいられるのに。

母とは正反対に、架乃は動画を観るたび善弥の「死」を実感した。おまえの弟はもういないのだ。この声は二度と聞けない、この笑顔は永遠に消えたのだ、と鼻さきに指を突きつけられる気がした。

折詰がキッチンカウンターに載っている。鮨屋の折詰だ。

蓋をひらいてみると、上にぎりが整然と並んでいた。穴子、えんがわ、帆立、かんぱち、甘海老、鮪《まぐろ》、赤貝、イクラの軍艦巻き。

締め鯖《さば》はない。なぜって善弥が鯖アレルギーだったからだ。父も架乃も締め鯖が好物だったけれど、善弥のアレルギーが発覚して以降は食卓にのぼらなくなった。味噌煮も塩焼きも南蛮漬けも、鯖を使った料理はいっさい出てこなかった。

「我慢して」

と母は言った。善弥が食べられないものを、目の前で食べるなんて可哀想でしょう。だから我慢して。みんなで同じものを、同じくらい美味しく食べなきゃ意味がないじゃない。だってわたしたちは家族なんだから——と。

角盆に麦茶のコップと折詰を置き、すこし考えてから、架乃は冷凍庫を開けた。デザートのアイスクリームを角盆に追加し、架乃は入ってきたときと同じように、音もなくキッチンを出た。

リヴィングからはまだ弟の声が洩れ聞こえる。「こっち、こっち！」とはしゃぐ声。南国植物の看板を読みあげる声。母を呼ぶ歓声。

——わたしがいま死んだら、母はどうするだろう。

わたしの過去の動画も観てくれるだろうか？　善弥の動画と同じくらいに、同じ頻度で？同じように涙に暮れ、泣きあかしてくれるだろうか？

答えは考えたくなかった。

架乃は廊下を戻り、自室へすべりこんだ。

勉強机の前へ座る。スタンドに立てたスマートフォンを観ながら、鮨を口に運ぶ。しゃりがまだ硬くなっておらず、美味しかった。かんぱちの身にのった脂が、蛍光灯を弾いて虹いろに光る。

スマートフォンの液晶では、流行りのミュージシャンのＰＶがエンドレスで自動再生されていた。

甘海老を食べ終え、左手で一時停止をタップする。右手に握った箸で穴子をつまみ、画面をＳＮＳに切り替える。

『ＫｉｋＩ』が更新していた。

今日の画像は、レモンのシフォンケーキだった。見るからにふわふわの、突いたら指が沈みこんでいきそうなスポンジは、マーブル模様のレモンイエローだ。雪のような糖衣をかぶって、頂に砂糖漬けのレモンピールをちょこんと載せている。

ケーキ皿とカップは淡いブルーグレイを基調とした、揃いのしのぎ彫りである。渋めの青

に、レモンのあざやかな黄が映えていた。カップの中身はアールグレイの紅茶だそうで、

——最後までオーダーを紅茶のシフォンケーキと迷いましたが、今日は飲むアールグレイを楽しみたかったので、悩みに悩んだ末にレモンです。ケーキも紅茶もアールグレイじゃ、なんとなくもったいないと思ってしまって。どうせなら違う味を二種類楽しみたい……なんて、欲張りがバレちゃいますね。

と文章が添えられている。

——さて、今日のカードは『正義』の逆位置です。あらゆるバランスが崩れがちなとき。とくに家庭内のトラブルに気をつけて。家庭と仕事、または家庭と学業の両立に苦しむ時期かも。頑固になりすぎないよう、自制するのが吉です。

架乃はためらわず「いいね！」を押した。

スマートフォンが鳴ったのは、約五分後だ。ダイレクトメッセージだった。『ＫｉｋＩ』からだ。

文面をざっと読んで、架乃は目を見張った。

——『カノン』さん、今日も「いいね！」ありがとう。『カノン』さんに押してもらえると、画像の出来に自信が持てるわ。

——じつは南千住に素敵なカフェを見つけました。『カノン』さんはそのあたりに住んで

いるって、以前におっしゃっていたわよね。もしよかったら、今度一緒に行きませんか？

架乃の手から、箸が落ちた。

誘い文句の下に、「インスタでコラボなんて面白いと思うの。同じテーブルの、違う角度から撮った画像を同時にアップロードして……」と『ＫｉｋＩ』の文章がさらにつづく。だが架乃の目は、すでに文字を追っていなかった。

——『ＫｉｋＩ』さんと会える。

その一点に、すでに架乃の心は飛んでいた。

心臓が甘く高鳴り、頬が火照った。

——どうしよう。なにを着ていこう。

デニムじゃ駄目だよね。カジュアルすぎるのは避けて、やっぱりワンピース？　プチプラでいいからメイクしていかなきゃ。それからネイルも必要だし、髪だって……。ああそれより、お金を下ろしてこないといけない。お年玉を貯《た》めた通帳があるから、そこから一万円、ううん二万円——。

さっきまでの重苦しい気分が吹き飛んでいた。

架乃は頬を緩めながら、アイスクリームのカップへ手を伸ばした。

5

浦杉は、小田嶋係長に「浜真千代は善弥の事件に関与しているかもしれない」と報告すべきか迷っていた。

しかし、結局はやめた。確証があるわけではない。それに浜真千代の捜査は正式なものではない。あくまで温情で、余暇を使わせてもらっているに過ぎないのだ。

「ウラさん、マル変の指令入りました」

警電の受話器を置いた堤が、中腰の姿勢で浦杉を見やる。

「アパートで首吊りだそうです。通報は隣人からで、縊死体は該《ガイ》部屋の住人男性に間違いなし。十中八九非犯罪ですが、臨場を……」

「ああ、行こう」

みなまで言わせず、浦杉は立ちあがった。

いいタイミングだ、と思う。縊死した男には悪いが、気をまぎらわすための仕事がほしかったところだ。

堤を追い越し、浦杉は大股で執務室を出た。

署に戻ってこれたのは三時間後であった。

壁掛けの時計は、午後八時過ぎを指していた。

席に着き、死体見分報告書を清書にかかる。メモ書きの情報から、現場と遺体の図面を作成する。派手に思われがちな刑事課の捜査員だが、実務の八割強は書類作成だ。とくに大きな事件を抱えていないときは、事務作業が一日の大半を占める。

「ウラさん、コーヒー飲みます？」

「ああ、頼む」

堤の声に顔も上げず応え、浦杉はペンを走らせた。変死の見分報告書なら慣れている。死後硬直、死斑、眼瞼溢血点、眼球溢血点――。メモどおり、よどみなく埋めていく。

手もとで電話が鳴った。

警電ではない。署から支給された専用端末でもなかった。この着信音は、浦杉個人の携帯電話だ。ペンをかまえたまま、左手でスーツの内ポケットから取り出す。

発信者を確認して、思わず浦杉は眉根を寄せた。

妻だった。

――平日の、こんな時間に電話してくるとは珍しい。

いつもなら用があれば、固定電話の留守電に吹きこんでおくはずだ。彼が独居にもかかわらず固定電話を契約しているのは、九割がた妻のためであった。

浦杉は椅子から腰を浮かせた。

「すまん。コーヒーはキャンセルだ」すれ違いざま堤に告げ、早足で廊下へ出た。

扉を閉めるやいなや、携帯電話を耳に当てる。

「おれだ。どうした？」

「お、――お父さん、そこどこ？」

動転しきった声が耳を打った。

妻から「お父さん」と呼ばれるのはひさしぶりだ。廊下を歩きながら、浦杉は受話器を持ちなおした。

「どこって署だよ。どうした？　きみが携帯にかけてくるなんて――」

「か、架乃は？　架乃と一緒じゃないの？」

「架乃？」

妻にさえぎられ、思わず問いかえす。いまや浦杉は小走りになっていた。

「待て、架乃がどうした。落ちつくんだ。順を追って話してくれ」

「順を追ってって――そんな、そんな悠長なこと言ってるときじゃ……。どうしよう、お父さん、いまおかしな電話がかかってきて、それであなたに。ああどうしよう、わたし……いたずら電話じゃなかったらどうしよう」

「落ちつけ」

廊下の突きあたりに着き、ようやく浦杉は声を荒らげた。

「まずは深呼吸しろ。深く息を吸って、吐いて。よし、もう一回だ。息を吸って、吐いて。——すこしは落ちついたか？　じゃあ、おれの質問に答えてくれ。いいか、きみから話すのではなく、こちらの質問にひとつずつ答えていくんだ。架乃はいま、家にいないのか？」

「い、いないの」

妻の声は震えていた。

「今日は、塾のない日なのよ。だからいつもなら、五時頃に帰ってくるはずなの。でもわたし、うっかりしていて——。あの子、いつも静かだから。帰ってきても静かに自分の部屋に閉じこもっている子だから、だから、いないってわからなくて」

「学校にまだいるんじゃないのか？　連絡はしたか」

「したわ。いないって言われた。あの子はいま部活もやってないし、図書室にも保健室にもいないらしいの」

「友達と連絡は取れないのか」

「取れない。というか高校生になってからの架乃の友達なんて、知らないわ。いまの子供はスマホで連絡を取り合うから、親を通すことなんてないもの」

「じゃあ架乃のスマホは？　かけてみたか」

「そのスマホから、電話があったのよ！　あの子の番号から！」

電話口で妻が叫んだ。

「わ、わたしのスマホが鳴って、あの子の番号だと思って出たら——知らない声だった。機械を通したような、変な声よ。訛ってた。娘がいないことに気づいていないだろうって、そういう意味のことを、関西訛りで言われたわ」

「関西訛り」

浦杉の顔から、血の気が引いた。

そんな、と思う。そんな馬鹿な。そんな——。

「そいつ、わたしのこと知ってたわ。『また善弥の録画を観てたのか』って言うの。わたし……わたし、てっきり架乃のいたずらだと思った。『なにやってるの。高校生にもなって馬鹿はやめなさい』と言って、切ろうとしたのよ。そうしたら、声が——電話の向こうの声が、ふっと笑って『やれやれ』と言ったの」

妻はこまかく歯を鳴らしていた。

「そのとき、や、やっとわかった——。架乃の声じゃ、ないってわかった。もっと年寄りの、女の口調だった。なぜかわからないけど、そのときわたし、ぞっとしたのよ。女が、わたしを馬鹿にしてるのが伝わってきた。馬鹿にして、笑ってた。くだらないものを嘲笑う口ぶりだった」

メールが届いたのは、その直後だったという。「見ろ」と電話口でうながされ、妻は通話を切らぬままメール画面に切り替えた。

架乃のアドレスからだった。件名も本文もない。しかし添付画像があった。

手の画像だ。ぐったりと力なく垂れた、華奢《きゃしゃ》な少女の手であった。その指には、見慣れたプラチナの指輪が嵌まっていた。

「母の、指輪だった。あなたも覚えてるでしょう?——母が、架乃に遺《のこ》していったあの指輪よ」

妻の声はいまや、涙でふやけて揺れていた。

「『架乃をどうしたの』って、わたし叫んだわ。『あの子は無事なの。あの子を電話に出して』と。でも女の声は、やっぱり笑ってた。それから、あ、あなたに電話しろって、言ってた」

「おれに——?」

浦杉は問いかえした。ひび割れ、乾いた声だった。

「そうよ。あなたに『娘がいなくなったと知らせろ』とそいつは言ったの。そして、『これから起こることは全部、浦杉克嗣のせいだ』って。理由はあなたが知ってる、とも言われた。善弥も架乃も、あなたの犠牲者だって。……ねえ、これはどういうことなの。架乃はどうなっちゃったの。あの女は誰。あなた、いったいなにを知ってるっていうの。犠牲ってなんのこと」

浦杉は答えられなかった。

浜真千代の顔が脳裏に浮かぶ。防犯カメラの映像として見た顔。十八年前、マンションの踊り場で視認した顔。

ごく平凡な容姿の女であった。美人ではなく、かと言って振りかえるほどの醜女《しこめ》でもなかった。やや小太りの鈍重な体形。経産婦にありがちな、ぼってりとした下半身。

化粧っ気はなく、服装も髪型もごく標準的だった。およそ記憶に残るような女ではなかった。なのに浦杉の気を惹いたのは、その双眸だ。

射るようなまなざしの女だった。

重い一重のまぶた。亀裂のような細い目。その奥で、眼球が鈍く光っていた。得体の知れぬ憎悪をたたえた瞳であった。

――その意味が、いまならわかる。

あの女は世界を憎んでいた。自分をこの世に産み落とした世界すべてに、復讐をはかっていた。浦杉を釘付けにしたのは、その異様さだ。

「ま、――待って、いろ」

喉から、浦杉は言葉を押し出した。

妻を落ちつかせ、安心させたかった。そんな思いを裏切って、声は大きく震えた。彼は数度その場で深呼吸し、

「待ってろ」

つばを呑んでから、ふたたび送話口へそう告げた。

「――いいか、落ちつくんだ。おれがこれから、架乃のスマホのＧＰＳを追う。係長に報告して、協力を仰ぐ。大丈夫だ、警察の科学捜査技術は進んでる。あの子の居場所は、すぐに割れる」

なかばは、自分自身に言い聞かせた言葉であった。

「ほ、ほんとう？」

わななく妻の声が鼓膜を打つ。

「ああ。約束する。あの子を無事に助け出してみせる。だからきみは、そのまま家で待機し

ているんだ。絶対に早まったことはするんじゃないぞ。まずはそっちに人員をやる。特殊班まで話が通れば、逆探知の専用電話を引いてもらうことだってできる。きみは自宅で、スマホに次の連絡が入るのを待っていてくれ、いいな？」

「わ、わかった」

震える妻の声に「大丈夫だ」ともう一度言い、浦杉は電話を切った。きびすを返す。執務室に戻り、小田嶋係長にすべてを報告すべく廊下を駆ける。しかしその足が途中で止まった。ふたたび携帯電話が鳴ったからだ。

また妻かと思った。だが違った。

架乃の番号であった。

三コールで電話は切れた。直後に、メールの着信音が鳴る。

未登録のアドレスからだ。しかしkanon_0925ursg@×××.ne.jpというアドレスで、瞬時に送信者の察しはついた。九月二十五日は、架乃の誕生日であった。

緊張に強張る手で、メールをひらく。

途端に浦杉は、その場に凍りついた。

画像が二枚添付されていた。まず視界に入ったのは、肌色だった。服を剝がされ、めくられ、露《あら》わになった肌色。むらがる複数の腕。

次に赤が目を射た。鮮血の赤だった。赤と肌色の中心に、苦悶を浮かべた顔がある。その目鼻立ちは、見間違えようもなく息子の善弥のものだった。

一枚目は、まだ耐えられた。だが二枚目はとうてい正視に堪えなかった。善弥は、ぼろきれ同然だった。複数の男たちに凌辱され、拷問され、息も絶え絶えだった。殴打で、顔面が変形していた。

メールには一行のみが表示されていた。

――あの子もこうなる誰にも知らせるなすぐアパートに帰れ

その後どうやって署を出たのか、浦杉は覚えていない。

気づくと、アパートにいた。外付けの階段を駆け上がり、うまく動かない手で鍵を開け、部屋に飛びこんだ。

そして立ちすくんだ。

室内は荒らされていた。冷蔵庫の位置が大きくずれ、ロウテーブルが倒れている。カーテンは半分がたカーテンレールからはずれていた。床に散乱するのは、コンビニ弁当の残滓《ざんし》だろうか。

――亜結がいない。

浦杉は慌てて押入れを開けた。布団をめくり、トイレと風呂場をあらためた。だが亜結の姿はどこにもなかった。

床の隅に、ランドセルが転がっている。

時計を見上げた。午後八時半近い。

この時刻に小学生が――とくに亜結が出かけるはずはない。なぜならあの子は、父親を怖がっていた。けして一人では不用意に出かけず、厳重に戸締まりする子だった。いまだ父の襲撃に怯えていた。

浦杉は、己の携帯電話を確認した。先刻のメールをひらく。

――あの子もこうなる誰にも知らせるなすぐアパートに帰れ

メールの文面に「架乃」の文字がないことに、そのときはじめて浦杉は気づいた。

架乃ではないのか。これは亜結のことを指していたのか。いや違う。おそらく浜真千代は、二人とも――。

浦杉は壁にもたれた。

自力では、もはや立っていられなかった。ずるずると崩れ落ちるように座りこむ。

耳のそばで脈動が早鐘を打っている。自分がいま感じている激情が、もはや怒りなのか悲哀なのかもわからなかった。悪寒と恐怖が、全身を浸していた。

携帯電話を握りしめ、なすすべもなく浦杉は次の連絡を待った。

6

どれほど部屋の隅でうずくまっていただろうか。手の中で電話が鳴った。

発信者を見る。架乃の番号であった。

通話ボタンを押す指が震えた。何度か的をはずしながら、浦杉はようやく電話に出た。

「……誰だ？」

返事はなかった。しかし浦杉は、嘲笑を感じとった。

間違いない。この電話の向こうにあいつがいる。唇を吊りあげ、ほくそ笑んでいる。

息づまるような長い長い沈黙ののち、ふ、と吐息が聞こえた。笑いを含んだ吐息だった。

「——あんたやと、わかっとったわ」

かすれた女の声だった。

はじめて聞く浜真千代の肉声だ。ボイスチェンジャーを通さぬ、生の真千代の声であった。

「なあ、あんたも覚えとるやろ？　あたしら、十八年前にあのマンションで会《お》うたよなあ」

流暢な関西弁だ。

鎧《よろ》っている、と浦杉は思った。

浜真千代は演じることで己を鎧う。素の自分を押し隠すのは、彼女にとって武装なのだ。そしていま、彼女は全身を武装している。

「眼が合《お》うた瞬間に、ビビっときたわ。あんときわかってん。あたしを逮捕するのはあんたや、ってな。あたしは長いこと占いをやっとったけど、占星術や四柱推命なんかは信じてへんのよ。信じるのは自分の勘だけ。その勘が言うとった。あたしを逮捕できるやつがいるとしたら、それはあんた以外におれへんってな」

真千代はそこでふっと声を落とし、

「なんで、辞めへんかったんや」

と言った。

「チャンスはあげたやんか。子供二人のうち、一人で勘弁したったやん。あんとき素直に警察辞めとったら、見逃してやったのに。……ほんま阿呆な男やなぁ」

「おまえか」

浦杉は呻いた。

無意識に拳を握る。気づけば憤怒が、手の震えを止めていた。

「善弥を殺したのは——殺させたのは、おまえか。なぜだ、あの子がおまえに、なにをしたと言うんだ」

「六年前」

謳《うた》うように真千代は言った。

「六年前、カードで卦《け》が出たんよ。あんたがまた、あたしの邪魔になりそうやってな。せやから、その前にあんたの心を折る必要があった」

「なんのことだ」

唸るように問いかえす。

浜真千代が、ぼそりとひとつの名を口にした。

浦杉の体が強張る。記憶が一気によみがえり、波のように押し寄せる。

それはまさに六年前、浦杉が所属する強行犯係第一班が担当した変死体の姓名だった。当時、中学二年生の少年だ。家出した二箇月後、林で白骨死体となって発見されたのだ。

少年は学校でいじめられていた。いじめを苦にしての自殺と思われたが、推定死亡時期が家出の直後ではないことから、他殺の可能性が浮上した。家出は二箇月前で、死亡したのは四十日から三十日前との検視結果だった。

携帯電話の通信履歴から、彼がいじめについてネットで相談していたことが判明した。オフ会と称し、何度か相手と外で会った履歴も確認できた。

浦杉は、他殺派にまわった。

いじめによる自殺の大半は縊死か飛び降りで、自宅もしくは校区内でおこなわれる。そして八割強が、告発文に近い遺書を遺していく。意趣返しだ。自分がいじめによって死を選んだと周囲に知らしめたいのだ。しかしくだんの男子中学生の死は、そのどれにも当てはまらなかった。

「――あの子も、か」

浦杉はあえいだ。

「あの子も、おまえが……」

善弥が失踪したのは、思えば男子中学生の捜査がはじまってすぐだ。浦杉は、捜査班からはずされた。約半月後、男子中学生の死は自殺と結論付けられた――。

「あんたのせいやで」

真千代の声音は愉快そうだった。

「あんたのせいで六年前、息子は死んだ。そして今日また新たな死人が出る。これはぜぇんぶ、あんたのせいなんやで」

浦杉は絶句した。

反論したかった。しかし言葉が出てこなかった。

頭が働かない。反駁の声は喉の奥で縮こまり、干からびてしまっていた。

「……どう、すればいい」

すがるように、彼は言った。

「おれがどうすれば、架乃と加藤亜結を、無事に返してくれるんだ。おまえはいったい、なにが望みだ」

「さあな。それより、あっこ覚えとるやろ？」

笑いを含んだ声で真千代が言う。

「あたしと『ＢＵＺ』が、『ヘルメス』と一緒に隠れ家《ヤサ》にしとったアパート。あの部屋までおいでぇな」

「大田区のアパートか。だがあそこは……」

いま空室では、と言いかけて浦杉は黙った。

確かに不動産屋が「事故物件じゃあないが、ここは瑕疵《かし》物件扱いにしますよ。最低半年は休眠させます」と言っていた。しかし浜真千代ならば、ピッキングしてでも入るだろう。他人を手足のように操れる女だ。空室にもぐりこむくらい、この女にはたやすいはずだ。

「行く」浦杉は送話器に叫んだ。

「すぐに行くから、だから二人には――」

手を出すなと乞う前に、通話は無情にぶつりと切れた。

7

築十数年の木造アパートは、商店街の片隅にひっそりと建っていた。

目当ての部屋は一〇三号室だ。鍵は、やはり開いていた。浦杉はドアノブを握り、ゆっくりとまわした。

身を乗りだして、室内を覗きこむ。配管の具合がよくないのか、トイレが詰まったような悪臭が鼻を突いた。

靴を脱ぐか一瞬迷い、結局、土足で上がることにした。気は引けたが、架乃と亜結を抱えて逃げるとなれば、靴ごときでもたついていられない。

メゾネットタイプだった。沓脱からリヴィングまで三メートルほどの廊下がある。静かだ。こそりとも音がしない。

腰を落として警戒しながら、浦杉はリヴィングの扉を開けはなった。

しかし、浜真千代の姿はなかった。

――くそ。包丁の一本でも持ってくるんだった。

いまさらながら浦杉は悔やんだ。動転しきっていて、武器にまで思いいたらなかった。交番勤務の制服警官と違い、浦杉たち捜査員は許可が下りない限り拳銃を携帯しない。警棒すら持たない。

とはいえ、いままでは身ひとつで犯罪者と対峙《たいじ》してきたのだ。武道は警察学校の必須科目だ。警官である限り、どんな小柄な女性だろうと初段以上の心得はある。ことに浦杉は、中高の六年間を通して柔道部だった。その彼をして、素手の身をこれほど心細く思うのは、はじめての経験であった。

「おい」

声をかけた。

「いないのか。――おい？」

「ここや」

突然、声がした。

浦杉はぎくりと身を強張らせた。数秒の混乱ののち、ななめ後ろの浴室からだと気づく。閉ざされた磨《す》りガラスの向こうに、人の気配がある。

しばし浴室の引き戸を凝視してから、

「あ、……開けるぞ」

浦杉は把手に手をかけた。

胸の内で三、二、一と数える。一気に引き開ける。

浴槽の縁に、女が一人座っていた。

ぼってりと鈍重そうな体形だ。歳の頃は五十代なかばだろう。髪は短く切り揃え、長袖Tシャツにジャージのズボンというでたちである。

下ぶくれの頬、垂れた細い目、そして両端がやや吊りあがった唇。つねに微笑んでいるような顔が、お多福の面を思わせる。

だが、その瞳は笑っていなかった。

剃刀《かみそり》で切りこんだようなまぶたの下から、冷えた眼が浦杉を観察している。爬虫類じみた眼差しだった。なにをも見逃すまいとする、捕食者の眼であった。

「やっと、会えたなあ」

間延びした声で真千代は言った。

彼女はかたわらにキャリーケースを置き、片肘をかけていた。海外旅行に使うような大型で、ハンドルと車輪付きのアルミニウム製だ。

浦杉は素早く視線を左右に走らせた。狭い浴室である。ほかに人はいない。浴槽の蓋は開いており、真千代の仲間が隠れられる場所はない。

――しかし、ここに彼女が一人で来たとは考えにくい。

では隣のトイレか、もしくは押入れに仲間が待機していると考えていいだろう。

浦杉は浴室に足を踏み入れた。

素早く引き戸から離れ、真千代の斜め前に立つ。引き戸と真千代が同時に視界に入るよう見はからいつつ、背を壁に付ける。

「ああ」浦杉は言った。

「そうだな。――やっと、会えた」

声が震えないよう留意した。弱みを見せてはいけない、と己に言い聞かす。

対峙して、あらためてわかった。この女は危険だ。

すこしでも弱みを見せたら、瞬時に喉笛に嚙みつくたぐいの生き物だ。本能がそう教えている。ひりひりと、痛いほど皮膚で感じる。

「人質は、どこだ」

浦杉は問うた。

「おれの娘と加藤亜結は、どこにいる」

「まあ、待ちぃな」

悠然と浜真千代は含み笑った。

「早漏は嫌われるで、ふふ。あんたもいい歳こいてんねやから、もっと余裕持たなあかん。四十過ぎたら、前戯にたっぷり時間かけるのが男のたしなみってもんや。いらちは、損しかせえへんのよ」

彼女はゆっくりと足を組み替えて、

「まずはお話ししようやないの。……息子くんの画像は、観てくれた？」

と微笑んだ。

「よう撮れとったやろ。あたしもなあ、一年もあんな山ん中にあんたの息子ほかしてもうて、申しわけのう思てたんよ。子がどんなふうに死んだか親にも知らせんて、あんまり殺生やもんなあ。せやからいつかは、あんたに知らせたらなあかん、と考えてたんや。誰に、いつ、どんなふうに――。な、知りたかったやろ？」

気が狂いそうだ。浦杉は思った。

ここでこの女の言葉を聞きつづけていたら、おれはおかしくなる。頭がどうにかなってしまう。そして正気を失えたほうが、きっと楽だ。わかっている。でもいまは駄目だ。せめて架乃と、加藤亜結を救出するまでは――。

――それまでは、耐えなくてはならない。

ぎりっと音がするほど奥歯を噛みしめ、浦杉は声を押しだした。

「……なにが、望みだ」

「まずひとつ」

真千代は顎を上げた。

「あんたが警察を辞職すること。次に、あたしについて得た情報すべてを忘れること。ついでに退職する前、書類保管庫とデータベースから、あたしのデータをできる限り破棄してってちょうだい」

「そんな……そんなことが、できると思うのか」

「知らんよ。けど、やってもらわなあかん」

浦杉の言葉に彼女は肩をすくめ、

「なんや、人質を返すだけじゃご褒美が足りんか？　欲張りな兄ちゃんやな。そんなんやから女にモテへんのやで。しゃあけど、わかったわ。ほなこうしよ」

ぱん、と手を叩いた。

「――言うとおりにしてくれたら、浦杉善弥くん殺しの真相を教えたげるわ。それから、主犯の正体もな」

浜真千代が言い終えると同時に、すぐ隣で扉が軋《きし》む音を浦杉は聞いた。

同室の、トイレの扉だ。やはり中に誰かいたのだ。

だが、扉の音はなかばで止まった。ひらいてはいない。廊下に出てくることもない。まだ、中で誰かが息をひそめている。

「顔、見たいやろ」

浜真千代がせせら笑う。

「主犯や。この部屋ん中に、たったいまおるんやで。あんたの大事な大事な息子くんを、死ぬまで責めて責めて責めつくした憎い敵や。な、せめて一目でも見ておきたいやろ？」

浦杉は答えられなかった。

一声も出せない。体も心も脳も麻痺していた。

いまここに、善弥を殺した男がいる――？　言葉の意味は理解できても、思考が追いつかない。指一本、動かせそうになかった。

「ああ、待った待った。こんだけじゃおもろないわ」

真千代は手を振った。

「ふたつにひとつ、てことにしよか。あんたはあたしの言うことを聞く。その代わり、あたしはあんたに息子くんを殺した犯人を教える、もしくは女の子を一人返したる」

「――一人？」

浦杉は呻いた。

うまく働かない頭で、必死に考える。なにを馬鹿な、二人とも返す約束だ——と反駁しかけ、そんな約束などしていないと気づいて愕然とする。

そうだ、浜真千代は「二人とも返す」などと一度も言ってはいない。ただここに来いと、電話越しに告げただけだ。

「そう、一人よ」

真千代がうなずく。

「ここではっきりしとかんと、あんたみたいなもんはすぐ勘違いしよるからな。イニシアチブを握っとんのは、あくまであたしや。当たりまえみたいに両方返してもらえると思うんは、身のほど知らずっちゅうもんや」

かたわらに置いたキャリーケースを、真千代はぐいと足で押した。

「——さて、どっちでしょう？」

一瞬、浦杉は言葉の意味がわからなかった。

細い目を、真千代がさらに細める。唇の端を吊りあげる。

「なあ。どっち、が入ってると思う？」

浦杉は目を見ひらいた。

まさか、と思う。まさか。あのキャリーケースは、逃走用ではなかったのか。

そこまで考えて、浦杉はようやく悪臭の源に思いいたった。

トイレの配管が詰まったような臭い？　いや違う。死ぬと人間は、あっという間に臭くなる。彼自身がよく知っている。

——何度も嗅いできた臭いだ。死臭だ。

浦杉は、キャリーケースを凝視した。大型のケースだった。そう、華奢な少女の体なら、きつく折りたためば一体入るほどの——。

真千代が微笑んで言う。

「昔の人はいいこと言わはるよなあ。二兎を追う者は、なんとやら。あんたかてそう思うやろ？　さてどっちがこん中におって、どっちが生き残ったと思う？」

浦杉の膝が、こまかく震えはじめた。

歯の根が合わない。寒い。凍えるように寒い。全身の血が冷えている。

どっちだと思う、だって？　そんなことは考えたくない。やめてくれ。おれにそんな現実を突きつけないでくれ。知りたくない。ああ、でも逃げることもかなわない。

「嘘、だ」

歯を鳴らしながら、浦杉は唸った。

「ほんまよ」

ことなげに真千代が言う。

そうだ、ほんとうだ。浦杉にもわかっていた。この女はいま嘘をついていない。

浜真千代はけして正直ではない。だが嘘を好むわけでもない。

彼女は嘘よりも、残酷な現実を愛している。なによりも、その現実と事実を相手に突きつける瞬間をだ。

——架乃。

浦杉は胸中で、娘の名を呼んだ。

架乃は、浦杉が二十六歳のとき生まれた子だ。嬉しかった。両親は「一姫二太郎と言うからな。最初は育てやすい女の子がいいんだ」と喜んでくれた。

実際、架乃はおとなしく育てやすい子だった。大病することなく、大きな怪我もせず、聞きわけのいい賢い子だった。学校では優等生で、友達が多く、トラブルらしいトラブルなど一度もなかった。

小学五年生のとき、クラブ活動としてブラスバンドをはじめた。クラリネット奏者であった。音楽などろくにわからない浦杉にも、上達は早いように思えた。

思えばあの頃が、浦杉家のもっとも幸福な時期ではなかったか。

善弥は小学生になったばかりだった。浦杉は昇進試験に合格し、刑事課の巡査部長に昇格した。

仕事は忙しかった。しかし、なんとか合間を縫って家族旅行をした。善弥の好きな植物園にも連れていった。妻は笑顔でビデオカメラをまわした。善弥はあちこち行きたがった。そんな弟を、架乃が手を握って繋ぎとめていた――。

「さあ、選んでぇな」

浜真千代がうながす。

「善弥くんを殺した犯人を知るか、女の子を一人返してもらうか、どっちかよ。全部は手に入らへんねんよ」

浦杉は喉もとを手で押さえた。

脳内で、三人の自分が戦っている。一人は「犯人の名を望め」と叫んでいる。善弥を惨殺したやつがいま、この部屋にいるのだ。知らずにいられるのか。黙って見逃して、おまえはこの先生きていけるのか、と突きつける。

もう一人は「架乃を助けろ」と主張している。死んだ息子より、生きている娘だと。父親の役目をこれ以上放棄するなと、彼を叱咤《しった》する。

そして残る一人は、「亜結が大事なんだろう」とささやく。おまえはあの子の心に寄り添った。あの子もおまえの寂しさを理解した。本心から亜結を可愛いと思っていただろう。二年会わない娘より、いまや大切な存在になっていたはずだ、とそそのかす。

「――ま、待て。待ってくれ」

浦杉は懇願した。

「今日も、なのか」

無様に舌がもつれる。言葉が喉につかえて出てこない。

「息子を殺したやつが、き、今日も、その――」

わななく指で、彼はキャリーケースを指した。

そこにいる子も、そいつが今日殺したのか、と問いたかった。だが、どうしても口に出せなかった。

ふっと真千代が笑う。

肯定の笑みだった。浦杉の膝から力が抜けた。

すこしでも気を抜いたら、この場に崩れ落ちてしまいそうだ。善弥を殺したやつが、いまここにいる。それだけでなく今日、加藤亜結か、もしくは架乃を――。

「今回も、ええ仕事してくれたよ」

鼻で笑って、真千代が片手を振る。

「あらもう病気やな。病膏肓《やまいこうこう》、いたぶり好きの不治の病や。何度捕まって臭い飯食うてもやめられへんのやから、アレが好きで好きでたまらんねやろ。あいつ、よう言うてたもん。あんたの息子が『忘れられなかった』て。『あの子が一番よかった。いままでの中で一番可愛くて敏感だった。もうすこしだけでいいから、生かしておけばよかった』――ってな」

真千代は愉しんでいた。浦杉にはわかった。

いまこの瞬間を。浦杉の反応を。彼の絶望を。舌なめずりせんばかりに、心の底から愉しんでいた。

「し、――……証拠を。証拠を見せろ」

あえぐように浦杉は言った。

「おれは信じない。……キャリーケースの中に、死体があるという証拠はない。善弥を殺した犯人が、ここにいるとは……」

嘘だった。真千代の言葉に、彼は明確な真実を嗅ぎとっていた。しかし言わずにおれなかった。せめてもの、抵抗であった。

「ふふ」

真千代が微笑む。目がさらに糸のように細まり、唇の間から舌が覗く。ミルクにありついた猫さながらの顔だ。愉悦に輝いていた。

真千代の手がジャージのポケットを探る。

光るものをつまんだ指を、かざして見せる。

指輪だった。浦杉は瞠目した。

華奢なプラチナに、確かに見覚えがある。妻の亡母が、架乃に遺した指輪であった。

立ちすくむ浦杉に、次いで真千代がなにかを放る。ティッシュに無造作にくるまれた〝なにか〟だった。拾いあげて、彼は息を呑んだ。

――指。

根もとから切断された小指だ。浦杉よりひとまわり以上細い。大きさからして、十代の少女の小指に間違いなかった。

架乃、と浦杉は胸中で叫んだ。

おまえか、架乃。あのキャリーケースに詰めこまれているのはおまえなのか。では、生き残ったのは――。

加藤亜結の記憶が、一気にせり上がってきた。

はじめて会ったとき、アパートの非常階段で一人遊びしていた亜結。「そんなところにいるくらいなら、うちに来るか？」と浦杉が声をかけると、無言でうなずいて付いてきた。あのときから変わった子だった。反応に乏しく無口で、なのにときおり驚くほど鋭い言葉を放った。

七歳とは思えぬ老成した少女。整った容貌と、透きとおる琥珀いろの双眸。あの目で見つめられると、心が揺さぶられた。そばにいるとなぜか安らげた。あの静けさと無口さが、不思議なほど浦杉を癒した。

亜結は実父に殴られていたという。いまだに実父の影に怯えていた。しかし、浦杉には心をひらいてくれた。警戒心をとき、同じ部屋でくつろいでくれた。

——ほんとうに、いるの？

亜結のいつかの言葉がよみがえる。

澄んだ声だった。

——でも助けてくれる大人なんて、この世の中に、ほんとうにいるの？

その瞬間、浦杉の心は折れた。

崩れるように、その場に両膝を突く。迷わず彼は、上体を折った。

両手と額を、冷たいタイルに付ける。土下座だ。生まれてはじめてする土下座であった。

だが悔いはなかった。助けてくれる大人はいる。現実に存在するのだと、彼が身をもってあの少女に証明せねばならなかった。

「……あの子だけは、頼む」

額をタイルに擦りつけ、浦杉は頼んだ。

「なんでもする。だから――頼む。殺さないでくれ。母親のもとへ、無事に返してやってくれ。おれにできることなら、なんでもする。なんでも言うことを聞く」

懇願しながら、架乃、すまん、すまん、と胸中で謝った。

すまん、おまえをこの女に殺させてしまってすまない。守れなくてすまない。最期の瞬間、一緒にいてやれなくてすまない。

謝罪しながらも、恐ろしい思いが片隅で首をもたげる。

――もし生き残っていたのが架乃のほうだったら。

そうしたらおれは、息子を殺した犯人を選ばずにおれただろうか。

いまと同じように土下座し、恥も外聞もなくすがることができただろうか。犯人の正体を教えろ、おれに引きわたしてくれと、真千代に迫ったのではないか――。

否定できなかった。それだけに、自分で自分が恐ろしかった。恐怖を押し隠すように、浦杉は声を張りあげた。

「頼む。このとおりだ、頼む――」

そのとき、背後で浴室の扉が開いた。

気づいたときには遅かった。顔を上げる間もなく、浦杉は首を後ろから摑まれていた。

しまった、とほぞをかむ。腕に覚えがあろうと、この体勢はあまりに不利だ。首を絞めてくる手首を、浦杉は反射的に摑んでひねり上げた。ごつい男の腕だった。静脈が浮いている。若くはないと皮膚でわかる。

手を振りはらわれた。と同時に、背後から男がのしかかってくる。

浦杉は押し負けるふりをして、のしかかられるままに腰をかがめた。タイミングを見はからい、背筋《はいきん》のばねを使って思いきり体を起こす。同時に後頭部を男に叩きつけた。手ごたえがあった。鼻骨が折れたはずだ。

男が呻く。よろめきながら、浦杉から距離を取る。

浦杉は立ちあがりながら、素早く振りかえった。男と対峙する。そして、目を疑った。

鼻血にまみれたその顔は、確かに見知った顔であった。

――博之の、相棒だ。

あいつがいつも「エグっさん」と呼んでいた男だ。名は江口《えぐち》某――。いや違う。もっと以前から、おれはこの男を知っている。

「おまえ、……おまえ、柴内《しばうち》か」

浦杉は呆然とあえいだ。

柴内登志男《としお》。かつて浦杉自身が逮捕した男だ。下校途中の小学生を尾行し、宅配業者を装って鍵を開けさせ、暴行する常習犯だった。被害者の幾人かと示談が成立したものの、懲役六年の実刑判決が下ったはずだ。

――出所していたのか。

あれから何年が経った？　と素早く脳内で計算する。

確か、刑事課に異動したばかりの春に逮捕したのだ。ならば十四年前か。とうに出所していておかしくない。

それに柴内は、かなり痩せた。逮捕したときより二十キロはゆうに落ちただろう。おまけに博之と一緒のときは、つねに眼鏡をかけていた。だから、この特有の眼差しに気づかなかった。

「おまえか」

いま一度、浦杉は唸った。

博之が「例の〝相談〟に乗ってくれ」と何度も言っていた。博之たちが面倒をみている元受刑者の中に、浦杉がかつて逮捕した男がいると。逮捕された記憶がトラウマになっているから、会ってやってくれと頼まれていた。

「それが、……おまえか」

更生中の元受刑者とは、おまえだったのか。

「気づいてなかったよな、あんた」

柴内がせせら笑う。

「弟の相棒がおれだと、まるで気づいてやしなかった。まあ刑務所のまずい飯と規則正しい生活で、二十五キロも痩せちまったからな。おまけに結婚して、苗字《みょうじ》も変えたんだぜ。信じられるか？　いまやおれは、ＮＰＯ幹部の娘婿だ。あんたの弟が採用されたのも、そのおれが口利きしてやったからさ」

「つ、――……」

浦杉は言葉を失った。

すべて計画だったのだ。浜真千代と、柴内登志男。二人ともだ。こいつら二人とも、俺を潰したがっていた。だからこその共謀だ。

真千代はおれを排除しようと目論み、柴内はおれへの恨みを晴らしたかった。博之が縁もゆかりもないＮＰＯ団体を紹介されて採用されたことも、善弥が殺されたのもそのためだ。

そしてついに、架乃までが――。

――おれのせいだ。

おれのせいで、息子と娘は死んだ。

なんの咎《とが》もない子供たちが拷問され、命を落とした。屈辱と苦痛にまみれて死んでいかねばならなかった。

「はい、そこまで」

つまらなそうに、真千代が言う。

「跳ねっかえるのも、そこまでにしときや。茶番まがいの大立ち回りは終わりや。……あんた、女の子を返せって土下座までしたん、忘れたんかい。登志男も登志男や。なんで勝手に出てくんねん。合図するまで、便所から出たらあかんて言うといたやろ」

「ごめんよ、ママ」

柴内登志男が眉を下げた。

叱られた子供の表情だ。許しを乞うように、真千代に、一歩近寄る。

「我慢できなかったんだ。それに、もういいじゃないか。どうせこいつもあの子も始末するんだって、そう決めたじゃないか。ママの愉しみを邪魔したのは悪かったけど、どうせ――」

さらに一歩真千代に近づきながら、柴内は片手を真横に突きだした。ひどく無造作な動きだった。浦杉を、見もしなかった。

浦杉に一瞥もくれぬまま、柴内登志男は腰に挿していた包丁を抜いたのだ。刃はひどくすんなりと、浦杉の下腹へのめりこんだ。

一瞬、浦杉は痛みを感じなかった。

ゼロコンマ数秒置いて、その場へくずおれる。己のシャツがみるみる鮮血に染まっていくのを、愕然と見下ろす。

血がズボンを汚し、床のタイルにまで垂れ落ちていった。どこかの動脈を傷つけたのだろうか、出血が激しい。白いタイルに、見る間に血だまりが広がっていく。

「あーあ」

真千代が肩をすくめた。

「なんで登志男は、そう刺すのが好きかなあ。自殺に見せかけて殺さなあかんのに、計画が台無しやんけ。こいつが娘を殺して首吊ったよう、偽装する言うたやろ。警察てのは、なにより身内の不祥事を嫌うんや。ちょっとばかし不自然でも、ヤバい臭いがしたらばたばたと〝自殺〟で片づけよんねやから」

膝を突いたまま、浦杉は真千代を見上げた。

亜結は、と言おうとした。加藤亜結はどこだ、と。

だが、声が出なかった。腹筋に力が入らない。手も足も動かなかった。体が麻痺している。

血とともに、勢いよく生命《いのち》が流れ出ていくのがわかる。

「いいじゃないか、べつに」

柴内登志男が笑う。

「こいつも息子と同じにしちゃえばいいじゃないか。一年もほっておけば、骨になるよ。白骨死体になれば、刺したのか絞めたのかなんてわからなくなる。こいつの娘は誘拐の芝居を打って、親の金を引き出してから家出しようとした。でも止めようとしたこいつに殺され、悔やんだこいつは樹海に行って自殺。……そんな筋書きで、きっと片がつくよ」

「まったく単純でええな、登志男は」

真千代はため息をついた。

眉をひそめたその白い顔が、浦杉の視界の中で霞んでいく。霧がかかったようにぼやけ、すこしずつ薄れる。世界が遠くなる。

「まあええわ。あとの始末は――」

つづく映像は、浦杉の目にスローモーションとして映った。

扉を蹴破る音。複数の足音。

雪崩《なだ》れこんでくる。紺の制服を着た一団だ。警官隊だった。先頭は、堤だ。

警官隊に、浜真千代と柴内登志男が押し倒される。うつぶせに押さえつけられ、腕を背中側にねじ上げられる。

「確保！」と誰かが叫んだ。

わずか数十秒の制圧劇であった。柴内がわめいている。身をもがいて抵抗している。対する浜真千代は、ひどく静かだ。呆然としているようにも見えた。

「ウラさん！」

堤が駆け寄ってきた。抱き起こされる。

「堤……。どう、して」

「GPSですよ」

署から支給の専用端末か。浦杉は呻いた。そういえば電源を切っていなかった、とようやく気づく。動転しきっていて、端末のGPSどころではなかった。

「ウラさんの様子がおかしかったんで、迷ったんですが、高比良さんにこっそり相談したんです。そしたら高比良さんは『小田嶋係長に言え。隠すな』と……。結果的に、正解でした。係長がウラさんの奥さんに連絡をとってくれて、それで――」

つづく堤の言葉は、ほとんど耳を素通りした。手錠をかけられる浜真千代と柴内登志男を、霞む視界の向こうに浦杉は認めた。

「あ、開けて、くれ」

力を振りしぼり、利き腕を挙げた。キャリーケースを指さす。

「中に、死体が――。開けて……くれ」

娘の遺体があるんだ、とは言葉にできなかった。

堤が警官の一人に指図する。手袋を嵌めた制服姿の警官が、キャリーケースの横にひざまずく。

真千代を取り押さえた警官が、彼女のジャージのポケットを探った。鍵を、キャリーケースの横へしゃがんだ警官へ放る。かすかな音がしてケースの錠が開く。

蓋がひらいた。

次の瞬間、浦杉はすべてを悟った。

死臭が漂う。命を失った青ざめた皮膚が、視界を占める。血。だらりと垂れた舌。見ひらいた目。

切り刻まれていた。拷問されている。善弥のときと同じ手口だ。ここに来る前に送られてきた、善弥の画像。あれとそっくり同じだ。

――架乃ではない。

加藤亜結だった。

先に真千代に指輪を見せられたせいだ、と浦杉は悟った。だから、架乃だと思いこんでしまった。いやそれとも、架乃だと思いたかったのか。

だとしたら、己の愚かさと汚さが許せない。最低だ。おれは人でなしだ。親の資格がない。

捜査員である資格もだ。おれは最低だ最低だ最低だ最低だ最低だ最低だ最低だ最低だ最低だ——。

ティッシュに包まれていた、あの切断された指。

十八歳の少女の小指ではなかった。七歳の女児の薬指だった。見誤った。思いこみが目を曇らせ、己の脳を騙したのだ。

浦杉は絶叫を放った。

8

ざわざわと、喧騒があった。まぶたをゆっくりひらく。

浦杉は、目を覚ました。

まず視界に入ったのは、見知らぬ天井だった。ここはどこだ、と考えかけ、まだ同じアパートにいると気づく。

彼は、救急車のストレッチャーに寝かせられていた。

そうだ、つい数分前、絶叫しながらおれは気を失った——。

「お父さん」

かぼそい声がした。浦杉は眼球だけを動かし、声の主を見た。

架乃だった。

生きている。傷ひとつない。髪は乱れ、頰に血の気はないが。それだけだ。殴られた痕すらなかった。

「駄目、起きないで。……覚えてる？　お父さん、刺されたんだよ。刃が腸壁を傷つけてるから、動いちゃ駄目だって救急隊の人が言ってた」

「か、の――……」

浦杉は呻いた。それ以上、なにも言えなかった。

堤が、架乃の背後から浦杉を覗きこむ。

「娘さんは縛られ、猿轡《さるぐつわ》を嚙まされて、すぐ隣のトイレにいました。でも大丈夫ですよ。ちょっと憔悴《しょうすい》していますが、無傷です。奥さんもこれから病院へ向かうそうですからね。向こうで会えます。もうなにも、心配いりませんよ」

なにも？　浦杉は胸中でつぶやいた。

なにも心配ないだって？

加藤亜結はどうなった。おれが預かった子だ。母親は、おれを信頼して託してくれた。その子をむざむざと殺させてしまったのに、心配はいらないだって？

おまえのせいじゃない、と小田嶋係長は言うだろう。堤も高比良も、それに賛成するだろう。悪いのは犯人どもだ。おまえが殺したわけではないと。だが違う。浦杉のせいだった。なにもかも彼が招いた事態だ。彼が殺したも同然であった。誰よりも、その事実は彼自身が骨身に染みていた。

「お父さん」

架乃の手が、そっと浦杉の右手を握る。

温かな、柔らかい手だった。愛情のこもった仕草だ。その愛情が、いまはなによりつらかった。身を切られるようだった。

「わたしね、……わたし、壁越しに聞いてたの。壁が薄くて、浴室での会話が全部聞こえた。お父さんと『ＫｉｋＩ』さんの……ううん、あの女との会話を、なにもかも聞いてたの」

浦杉の体が強張る。

しかし架乃は気づかなかったようだ。父の手を握ったまま、言葉を継ぐ。

「こんなこと言って、ごめんね。でもわたし、嬉しかった。わたし――わたし、お父さんはきっと善弥を選ぶと思った。善弥を殺した犯人を知りたいと……わたしの命より優先するだろうと、そう諦めてた。ううん、もしかしたら、あの女の子のほうを選ぶかも、って」

浦杉は、そのとき気づいた。

浜真千代に土下座して乞うたとき、「あの子だけは、頼む」としか言わなかった自分に。架乃の名も、加藤亜結の名も口にしなかったことに。

架乃がうつむく。啜り泣きが洩れる。

「ご、ごめんね、お父さん。信じてなくて、ごめんなさい。そして、ありがとう。善弥より、あの女の子より、わたしを選んでくれて、ほんとうにありがとう……」

やめてくれ。浦杉は胸中で叫んだ。

だが叫ぶことも、娘の手を振りはらうこともできなかった。体に力が入らない。ただ激しい罪の意識だけが、心を責めさいなんだ。

違うんだ、架乃、やめてくれ。おれはおまえに感謝されるような父親じゃない。おまえに手を握ってもらえる資格などない。おれを罵ってくれ。軽蔑してくれ。

おれは最低な男だ。人でなしだ。浜真千代を非難できる権利なんて、もとよりかけらもなかったんだ。

——そんなら、あんたも〝人〟でなくなればいい。

かつて真千代が、妹に言ったという言葉を思い出す。

——あたしはそうしたよ。あんたもそうすれば？　そしたら、楽になるかもね。

そうか、と浦杉はようやく悟った。

これがあの女の真の狙いか。杜撰《ずさん》すぎる幕切れだと思った。あの女にしては穴だらけの、粗雑な計画であり誘拐劇だと。だが誘拐も殺人も、あの女の本命ではなかった。浜真千代の目的はこれだ。

警察を辞めよう――。

浦杉は決心した。

目を閉じ、唇を嚙む。おれにはもう、捜査員はつとまらない。正義のしもべではなくなった。悪を追う資格を失った。

架乃の手に視線を落とす。その指に、指輪はなかった。だが刻まれた警句は覚えている。

〝いかなる罪も冒瀆も赦されよう。なれど御霊に逆らう冒瀆は赦されじ〟。

御霊とは神のことだろうか、ぼんやりと浦杉は思う。

しかし、おれに神はいない。神仏を信じず、信仰心を持たず生きてきた。いままでおれの胸に棲《す》むのは、息子の霊だけだった。

――その霊を、おれは裏切った。

あの瞬間、おれは実の娘と息子を棄てた。御霊に逆らう冒瀆は赦されじ。冒瀆は赦されじ。おれは、これ以上ない冒瀆を犯した。死ぬまで許されぬ罪を背負った。

償わなければ。

閉じたまぶたの中で闇を凝視し、浦杉は誓った。

一生かけて妻子に償っていく。残りの人生は、余生だ。四方に頭を下げて再就職先を世話してもらおう。妻と架乃のそばにいるのがどんなに苦しくとも、つらくとも、贖罪《しょくざい》の道を歩んでいかねばならない。

いまならわかる。浜真千代の狙いはこれだった。

あの女はおれから、一生ぶんの心の安寧を奪っていった。

——二度とおれは、安眠できないだろう。

亜結の隣で夢も見ずに熟睡した、いつかの夜を思い出す。あんな眠りは、今後は二度と訪れないだろう。当然だ。それが報いだ。残りの人生すべてを費やして、おれは家族に償っていく——。

救急隊員がストレッチャーを担ぎあげた。

架乃が「娘です」と告げながら、救急車へともに乗りこむ。

浦杉は薄くまぶたをひらいた。

うつろな目が、車外に立つ堤を映す。堤は携帯電話を耳に当てていた。誰かと話している。

いや、怒鳴りかえしている。

「え、パトカー《PC》が？　どういうことだ。いや落ちつけ。落ちついて、順に話せ……」

どうしたんだ、と問いたかった。だが、むろん声は出なかった。

堤が彼に背を向ける。遠ざかっていく。うなじに汗をかいているのが見えた。一瞬で噴き出たらしい、粘い脂汗であった。

救急車の後部ドアが、音をたてて閉まった。

エピローグ

激しい衝撃が襲った。

車がななめに傾く。フロントガラスが砕け、破片が飛び散る。男たちの悲鳴と怒号を、彼女はシートに伏せながら片耳で聞いた。

だが、予期していた衝撃だった。彼女は素早く身を起こした。

ドアロックを開ける。衝突した黒のセダンから、男たちが降りてくるのを目視する。

セダンの後ろに、さらに二台の車が横付けされた。白のステーションワゴンと、黒のミニバンである。どちらの車もガムテープでナンバーを隠してあった。

「ママ！」

後部ドアが外からひらいた。彼女は——浜真千代は、アスファルトへ転げ出た。

伸ばされた腕にすがる。抱き起こされる。筋肉質な、若い男の腕であった。

「勇ちゃん」

真千代は微笑んだ。

実子の浜勇介が、そこにいた。

彼女が待ち望んでいた「助け」だ。来るとわかっていた。なぜって、事前に手配しておいたからだ。勇介とその仲間たちには今日逮捕されることも、パトカーが荒川署までたどるだろうルートも説明済みであった。

元夫の譲吉は知らない。四年前に真千代と勇介が再会し、その後も秘密裏に連絡を取り合っていたことを知らない。

その過程で、真千代は勇介の交友関係をすべて押さえた。勇介の友人たちを手なずけ、懐柔し、全員に「ママ」と呼ばせるまでに懐かせた。

痛む舌をもつれさせ、不明瞭な発音で真千代は言った。

「ありがとう、勇ちゃん。また、あとでね」

「うん。またあとで」

短く言い交わし、警官の対処は息子に任せて走った。

ミニバンの助手席側のドアが開く。走りこみ、飛びこむ。手錠が嵌まったままの手で、もたつきながらもドアを閉める。

「大丈夫、ママ？」

運転席から心配そうな声が飛んできた。

息を切らしながら、真千代は「ええ」とうなずいた。

あぶない橋を渡ってしまった。ここまでやったのははじめてだ。こんなにも己の身を危険にさらし、表舞台に顔を出したのは。

だが必要な過程だった。すべては、人生の危険因子を取り除くためだ。いまこうせねばならないと、彼女のカードが教えていた。

「ママ、舌が痛い？　手もだよね。でも大丈夫、鎖なんてすぐに切ってあげる。手錠の鍵も、時間をかければピッキングの技術で開くってさ」

ハンドルを握る女がそう言い、顎でグローブボックスを指す。

開けっぱなしのグローブボックスに、ボルトカッターが突っこまれていた。手錠の鎖とて簡単に切れるだろう工具だ。ごつい刃が、鈍く輝いている。

「ええ、お願いね」

ガーゼのハンカチを噛みしめながら、真千代は己の両手に目を落とした。

両の手首に、冷たい鉄の輪が嵌まっている。そして左手の小指では、プラチナの指輪が陽光を弾いていた。あの刑事の娘からいただいた戦利品だ。脂肪の乗った真千代の手では、小指にしか嵌まらなかった。

――体重を落とそう。

真千代はひとりごちた。

鈍重な五十女のキャラクターは、今日をもって捨てよう。「浜真千代」の名も今日限りだ。ファッションを変え、化粧を変え、体重を十キロ落とす。関西訛りもやめだ。

この仮面はもう使えない。新たな人格を構築せねばならない。犯行のスタイルもだ。すべてを一新しよう。

――あの子が、そう示唆してくれた。

舌先は二ミリほど失われたようだ。とはいえ、命にかかわる傷ではなかった。痛みと血の味が不快だが、レーザー治療で十二分に塞がるはずだ。

真千代はもごもごと、運転手の女に告げた。

「緊急配備《キンパイ》がかかる。じきに検問が張られるわ。防犯カメラのない細い道を選んで通って。ああ、その月極駐車場で車を替えましょう。服も着替えるから、鎖を切って。あやしまれないよう、ナンバーのガムテは剝がしておいてね」

月極駐車場に車を入れる。手錠の鎖はボルトカッターで切った。

かねて用意の喪服に、真千代は手早く着替えた。ウィッグをはずす。あらわれた地毛は、薄紫に染めた白髪であった。

太い黒縁の眼鏡をかけ、口にハンカチを含んだまま黒いマスクをする。手錠の嵌まった手首は、たっぷりのレースをあしらった袖口で隠した。

運転手をつとめる女は、とうに喪服姿だった。真珠のネックレスとピアスまで完璧である。勇介の彼女、いや元彼女だ。彼がグレていた頃、繁華街で知り合った女だった。ピッキングと車両窃盗の常習犯で、少年院に二度入ったという。勇介はまだ知らないが、いまや真千代の「女」であった。

着替えを終えた真千代は、新たな車に乗りこんだ。型落ちの軽自動車だ。シートに身を沈める。目を閉じる。

ゆっくりと深呼吸した。

まぶたの裏に、加藤亜結の顔が浮かぶ。

――いい子だった。

あらゆる意味で、あの子はいい子だった。最期の瞬間、驚くほど澄んだ瞳で真千代を見つめた。胸を刺し貫くような眼差しだった。

――殺してよかった。

そう思えた。

だから女と子供を殺すのは、あの子で最後にしよう。

有終の美を飾るにふさわしい子だった。あの美しい琥珀いろの瞳は、一生忘れないだろう。あの眼がすべてを教えてくれた。もはや真千代は弱くない。過去の自分を殺す必要はないのだと。

——惨めなやつを見ると、すっとする。

——あたしより惨めなやつ。そういうやつを見ると、胸がすうっとする。

すこし前に、真千代は津久井渉にそう言った。本心だった。

真千代は己の過去を憎んでいた。唾棄《だき》していた。殺した少年少女にかつての自分を重ね、弱く惨めだった過去そのものを抹殺しようとしてきた。

けれどもう、その必要はない。

弱かった自分を殺したい、否定したいという衝動が消え失せていることに、真千代ははじめて気づけた。あの子のおかげだった。運命を感じた。

すべてが好機だった。仮面を付け替え、人格と犯行スタイルを変えるのに絶好のタイミングだ。これこそ〝運命の輪〟であった。

女子供を殺す犯行スタイルに、もう興味はない。いまだ胸で煮えたぎるのは伯父、祖父、曽祖父、父への憎悪のみだ。そして同類の男たちへの、果つることなき敵意と嫌悪。遺恨。怨嗟《えんさ》。復讐心。

真千代はハンドバッグを開けた。冠婚葬祭用の、ごくちいさなバッグだ。数珠《じゆず》や香典袋の代わりに、カードが一箱入っていた。愛用のタロットカードである。

運転手の女が、手馴れた動作で軽自動車の電気配線を直結させた。エンジンがかかる。車が震えだす。

真千代はカードを一枚抜いた。『世界』の正位置であった。

成功、完成、完全、願望成就を表す最高のカードだ。真千代の行く手を祝福し、賛美していた。今後の成功を、彼女は確信した。

ゆったりと真千代は微笑んだ。

「とっくに人じゃあ、なくなったからね」

——だから、なんでもできる。

軽自動車が月極駐車場から、静かにすべり出た。

引用・参考文献

『警視庁科学捜査最前線』今井良　新潮新書
『犯罪者プロファイリング　―犯罪を科学する警察の情報分析技術』渡辺昭一　角川ｏｎｅテーマ21
『刑事ドラマ・ミステリーがよくわかる　警察入門　捜査現場編』オフィステイクオー　じっぴコンパクト新書
『男が痴漢になる理由』斉藤章佳　イースト・プレス
『性犯罪者の頭の中』鈴木伸元　幻冬舎新書
『性依存症のリアル』榎本稔　金剛出版
『子どもと性被害』吉田タカコ　集英社新書
『子どもへの性的虐待』森田ゆり　岩波新書
『悪魔の話』池内紀　講談社学術文庫
『現代殺人百科』コリン・ウィルソン、ドナルド・シーマン　関口篤訳　青土社
『不完全犯罪ファイル　科学が解いた１００の難事件』コリン・エヴァンズ　藤田真利子訳　明石書店

この作品は書き下ろしです。原稿枚数508枚（400字詰め）。

幻冬舎文庫

●好評既刊
ドリームダスト・モンスターズ
櫛木理宇

悪夢に悩まされる高校生の晶水。なぜか彼女にまとわりつく同級生・壱。他人の夢に潜れる壱が夢の中で見つけたのは、彼女の忘れ去りたい記憶!? それとも恋の予感!? オカルト青春ミステリー!

●好評既刊
ドリームダスト・モンスターズ
白い河、夜の船
櫛木理宇

悪夢に苛まされていた晶水は、他人の夢に潜る「夢見」能力をもつ壱に助けられる。壱の祖母が営むゆめみ屋を、今日も夢に悩むお客が訪れる。壱と晶水は厄介な夢を解けるのか。青春ミステリー。

●好評既刊
ドリームダスト・モンスターズ
眠り月は、ただ骨の冬
櫛木理宇

壱と晶水が通う高校で同じ悪夢をみる生徒が続出。晶水は他人の夢に潜る能力をもつ壱に相談するが、なぜか妙によそよそしい。ぎくしゃくする二人は、夢の謎を解き、仲間を救うことができるのか。

●好評既刊
僕とモナミと、春に会う
櫛木理宇

偶然立ち寄ったペットショップで子猫を飼うことになった高校生の翼。その店でアルバイトをするはめになるが、対人恐怖症の翼は接客ができない。そんな彼の前に、心に傷を抱えた客が現れて。

●最新刊
寄生リピート
清水カルマ

十四歳の颯太は母親と二人暮らし。ある晩、家に男を連れ込む母の姿を目撃して強い嫉妬を覚える。その男の不審死、死んだはずの父との再会。奇怪な現象も起き始め……。恐怖のサイコホラー。

殺人依存症《さつじんいぞんしょう》

櫛木理宇《くしきりう》

令和2年10月10日　初版発行
令和6年6月25日　12版発行

発行人――石原正康
編集人――高部真人
発行所――株式会社幻冬舎
〒151-0051東京都渋谷区千駄ヶ谷4-9-7
電話　03(5411)6222(営業)
　　　03(5411)6211(編集)
公式HP　https://www.gentosha.co.jp/
印刷・製本―中央精版印刷株式会社
装丁者――高橋雅之

幻冬舎文庫

ISBN978-4-344-43025-9　C0193　く-18-5

この本に関するご意見・ご感想は、下記アンケートフォームからお寄せください。
https://www.gentosha.co.jp/e/